小月迢迢

沈乔生——著

中国书籍出版社
China Book Press

图书在版编目（CIP）数据

小月迢迢 / 沈乔生著. —北京：中国书籍出版社，2018.1（2023.3重印）
ISBN 978-7-5068-6674-3

Ⅰ.①小… Ⅱ.①沈… Ⅲ.①中篇小说—小说集—中国—当代
②短篇小说—小说集—中国—当代 Ⅳ.①I247.7

中国版本图书馆 CIP 数据核字（2018）第 024189 号

小月迢迢

沈乔生 著

图书策划	牛　超　崔付建
责任编辑	牛　超
责任印制	孙马飞　马　芝
出版发行	中国书籍出版社
地　　址	北京市丰台区三路居路 97 号（邮编：100073）
电　　话	（010）52257143（总编室）（010）52257140（发行部）
电子邮箱	eo@chinabp.com.cn
经　　销	全国新华书店
印　　刷	三河市华东印刷有限公司
开　　本	650 毫米 × 940 毫米　1/16
字　　数	272 千字
印　　张	16.75
版　　次	2018 年 4 月第 1 版　2023 年 3 月第 2 次印刷
书　　号	ISBN 978-7-5068-6674-3
定　　价	68.00 元

版权所有　翻印必究

目录

小月迢迢 / 001

唱　歌 / 017

书　痴 / 030

老　余 / 078

饥饿和饕餮 / 093

球迷皇帝 / 162

不为绿卡 / 222

这老流氓，见谁咬谁 / 237

后　记 / 252

小月迢迢

哪想到天空会变得如此狭窄。

常汝北走出阳台，禁不住吃惊。四边的楼越造越高了，早超过他的头顶，又密密一圈围着，他犹如跌进井里一样。他搬来住的时候，周围是一片平地，铺着平房拆迁后的碎砖断瓦。在孤零零立着的楼房里，他携着儿子住在六楼，放眼望，是城里难得的开阔天地，尤其是东南角的一派山脉，粗犷雄壮，萦绕着紫色的烟霭，叫他神往。没想到纯属一时景象。打桩机、起吊机、挖掘机雄赳赳地赶来集结，四壁的楼一起齐刷刷地往上涨，漫过他胸，齐他颈，淹过他的头顶。只在楼房的豁口里，还能隐约见到山脉的一段影子，和他艰难地照面，不肯隐去。

常汝北在阳台上踱步，他看了房子的造势，心想，照这样下去，窗口很可能要填没。他不知道，一旦看不见山情绪会怎样。

背后有卡哧卡哧的声音，他回过头去，是他刚及五岁的儿子，捧住一个遮住他的大半个脸的苹果，津津有味地啃。

他说："怎么又吃了？放下。"

嗯——儿子说的是一个含混的滑音，来表示他的抗议。

常汝北摇头，说："吃东西有像你这样的？吃一个，吃两个，就一路吃下去，非要吃个精光才放心。"

他想，怪不得刚才屋里有椅子拖动声，他是把剩下的苹果放在橱顶上的，儿子一定是拖动椅子，爬上去才拿到的。现在的父母都怕孩子得厌食症，非要填鸭一样塞进去才脸上乐开花。偏偏他相反，或者说他的儿子相反。他犹如饿死鬼投人生，一投到他家，就张开喇叭一样的小嘴，嗷嗷欲吃，吃又没有尽头，再多的东西拿来，都要一时吃光。好像吃进的是燃料，把炉子点旺，但炉子又是不熄的，那火苗急呼呼地伸出手来，拉着新的燃料往里填。

常汝北只会尴尬地笑。起先他高兴，看看你们家的儿子喂点东西多困难。接着他困惑，除了吃三顿饭一杯茶几根烟之外，他什么都捞不到吃了，不过他情愿。接下来他慌张了，他是五十多岁的人了，才有一个雏子，他在北疆凛冽的风雪中度过了生命中的最宝贵的时光，他可以不给衰弱的身子增添多的营养，但是他的那点收入是绝对对付不了那些要源源不断购买的苹果、雪碧、饼干、巧克力的。到最后，他想，这个状况是否和他的经历、精神构成一个悖论。这时他严肃了，心头沉甸甸的。

常汝北看造房子的工人，东边的房子靠得最近，那个小间可能是厨房，将来搬进人家，烧起饭菜，香气会飘过来。他看得聚精会神。儿子把苹果吃成核，甩手扔出去，两手对拍一下，走过来，问："爸爸，你看什么呀？"

"我看这个。"

小月迢迢

"这个是什么？"

他回过头，见儿子的眼里黑的黑，白的白，没有一点杂质，他的脸光得像剥掉壳的熟鸡蛋。

他说："你来看。"伸出手去，指的是一个工人，他像壁虎一样贴在外墙上，两脚踩着一根发亮的粗竹管，在往墙上抹什么，动作熟练，像在平地上一样自如。常汝北却悬着心，不知为自己还是为他，想想没有道理，自己稳稳站在阳台上，他么，身后有一个很大的安全网。

他问儿子："你长大了做什么？"吹来一阵风，安全网悠悠晃动。

儿子嘟起鼻子，狡狯地笑。他觉得儿子有一股奇异的气，说不清是灵气还是鬼气，他大概本能地觉得老子的问话有用意。

常汝北重复问话。儿子说："什么也不干。"

他又伸手指着对面墙上的工人，说："长大了当农民工好吗？"心里也吃惊，怎么问出这话。

"不当。"儿子说。

"为什么不当？"

"农民工苦死了。"

他想这个儿子一点都不傻，他才五岁呀。

他经常回想在北疆度过的日子，醒着时想，梦中也会想，想着时身子失去了重量，同一根羽毛一样，随同思想飘开了。这时候他总要怀疑这段生活究竟有过吗，这种痴人般的追问常常弄得他脸煞白。如果那段日子是梦，那么现在就是醒着，反之，现在是梦，那段日子就是非梦。那段日子是根，它的叶子就一直长到现在；如果现在是根，那么它的枝叶就逆向伸回已经流失的时空中去了。

搬了几次家，多次清理行李，北大荒的遗物收拾得差不多了，可是他脊骨上的疼痛是一个无法消磨的证据。每逢他在梦和非梦的境界间折腾徘徊，脊骨上痛了，这犹如响起一个警铃，一声呼啸的鞭响，追问就自然而然结束。

桦树林里惨白得惊人，鹿举着步子在林子里走。雪下得细而慢，不敢给桦树林加重颜色，篝火无力地舔动，舔着冻成石头一样的馒头，他坐在雪地里，后来干脆侧卧，雪是一点都不会化的，起来拍拍就掉了，他用一根树杈，把馒头拨出来，剥下一层烤黄烤脆的表皮，吃掉，放回去烤，再拿出来吃，就这样一层一层，把一个冻馒头吃掉。

他听到一种声音，从林子外传来的，好像是从更远的地方，时隐时现，断断续续，人是无法分辨这是什么声音的，答案只属于自然。到后来他发现可能根本没有声音，是寒冷造成了耳膜的震颤。但是他宁愿相信有声音。他是被人称为诗人的人，因为他写的诗才到北疆来改造，可他冥顽不化，把这个隐隐约约的称为诗的声音。

月亮出来了，声音也就没有了，声音化作了景色。对着惨白的桦树，月亮红了，月亮又大又红，不是猩浓的红，而是淡淡的红，像漂洗过的血。常汝北仰着脖子看，觉得手脚失了知觉。牛低低地叫，急急地拉车回家。他勒住了缰绳，月亮在树梢头歇一歇，然后一跃身，起步了。它宁静地向中天游去，漂洗过的血随它同行。他的头顶上，从地平线的这一头到那一头，是一个无限广阔的湛蓝的空间，月亮是一个灵魂，任它自由翱翔。

人的权利是精神活动。

小月迢迢

他牵着儿子走下六楼，本来他不想带他出去，可是儿子非要跟他一起出去，不愿一个人在家里。

转了几个弯，就到外面的路上。儿子像卸了套具的小马驹，嘴里叫着，又蹦又跳跑前头，他喊也喊不住。运水泥板运黄沙的卡车来来往往，喇叭鸣个不停。他怕儿子有个闪失，奔上去拉住他。

儿子还是不愿意，但被他拉住了，只得一步一蹬地走。常汝北牵着儿子，迎着阳光走，光晃晃的，他眯了眼。有人用好奇的眼光打量他俩，是些似曾相识而又不熟悉的人，而不认识的人则擦肩而过，头都不回一下。他猜出来了，不回头的人把他们看作爷爷和孙子。他在应该有孙子的时候有了儿子，这是他的悲剧，同时也是他的喜剧。一出一出的悲剧演完了，最后一幕是喜剧，而喜剧应该以悲剧为底蕴，才不轻浮。这是他的悲喜剧观，好似太一本正经了，他知道。

街角立着一个粗壮的戴帽的邮筒，他走上去，从怀里掏出一只装得鼓鼓的信封瞄准了邮嘴。

"爸爸，你这是投什么？"儿子昂起头问。

"这是信呀。"

"信？这么厚呀。"

"里面还有诗。"

"诗是什么？爸爸，你为什么要写诗，写了为什么要投进去？"

他的目光落下，落在邮筒的根基上，不移去。儿子的脆亮稚嫩的声音一再在他的心底回响，慢慢地，还是那些问话，却变成了他苍劲老迈的声音。他为什么要写诗，他生命的本质就是由这几张写了诗的纸来决定的吗？刚离开北疆返回城市的时候，他被人们称作"重放的鲜花"，他的诗才像泉水一样涌出来，就在人们一片赞叹的同时，他已经意识到衰败开始了，这个阴影蒙上他的心头，就像视网膜上罩了白色的翳斑，再也除不去了。果然衰竭来临了，灵性和才气咻咻地离他而去，他觉得自己已成了一只悬在枯藤上的丝瓜筋。此刻，他攥住的诗稿正是他生命力量的最后一搏，他相信久长的黯淡之后会有炽目的一亮。这首长诗是他苦心孤诣之作，凝练地显现了他大半生的经历和追求。他寄给一个在编辑部的老朋友，此人编发过他的不少获好评的诗歌，他向常汝北最后一次邀稿在三年之前，后来他们很少通信往来。

他看着自己攥紧诗稿的手，指关节弯曲处的皮肤要比其他地方白一些。他手一松，咚——里面发出响声。

"投进去了？"儿子说。

"投进去了。"他说。

走一段路后，他想起，问："你长大了写诗吗？"

"不写。"儿子回答得干脆。

他想儿子比他懂实惠。

巷子的一段挤着许多人和摊子，是农贸市场。一辆汽车从里面走，弄得人都溢出来。常汝北牵着儿子走进去，他买了青菜、肉糜、装进马夹袋里。一个中年妇女坐在一张小凳上，他知道她是二道贩子，她的面前铺着许多西红柿，一个挨一个，横里竖里都成行，像是受检阅的部队。

"这西红柿多少钱一斤？"他蹲下去问。

"一元五。"妇人的目光从西红柿上抬起来。

他不作声，也不站起来，一会问："能不能便宜一点？"

"便宜不了，你看菜场上有我这么好的西红柿吗？"

"一元三怎么样？"

"不卖。"

"卖了吧。"他说。

"不行。这样吧，一元四角五，一分不能再少了。多好的西红柿，马上要下市了，没有了。"

他怔怔地不说话，他去看病，医生说要补充点维生素，可以吃西红柿、黄瓜什么的。可是他买不下手，儿子在身旁，他想起儿子啃大苹果的情景，明知道这种想法没有道理，还是买不下手。妇人看他离去，轻蔑地撇了嘴，她一点不怕卖不掉。

走到那一头，就要回转了，他心里还在想，要不要回去买那西红柿。忽然儿子叫起来："买这个！"他牵他的手绷紧了。那是一家小店，卖油盐酱醋，兼售面包方便面之类。不知哪一天起，底下橱窗里也放出了儿童汽车、黑猫警长、变形金刚，他想它们是专等着他的儿子的吧。

"我要，我要！"儿子张开了一只手掌，拖他朝橱窗前走。

"我们已经买过玩具了，不要。"

"不，我要。要黑猫警长，要汽车。"

常汝北知道遇上麻烦了，说："儿子，我们把菜放了，等一会儿来买。"

儿子看出了他招数："不么，现在买。"

他气愤地一甩手，走了。走出一段路才回头，他看见儿子已经走到橱窗前了，看他回头，干脆坐到地上去。常汝北知道小崽子和他比耐力了，他想一走了之，给他个恶狠狠的教育。他知道他鬼精得很，不过是试探他的心思，才不会被人拐骗走呢。只要他远远地躲在一个隐蔽的地方看，儿子会偷偷地摸回来。可是他怎么能忍心呢！他是五十头上才得的儿子，儿子是早产的，降世时被放进医院的婴儿房，几天后才给他看。当夜常汝北怎么都睡不着，喝了酒又哭又笑。他的玩具只有几个，回想起来，哪个邻居家的孩子的玩具都比他多。常汝北心灵上的大堤一下垮了，他好像刚刚意识到这个事实。给他买，买，不吃西红柿算得什么，他还可以少吃肉，不吃肉，还可以……他的眼里充满了液体，他发现自己已经变得绵软了，北疆铸就的豪气怕磨得差不多了。

他疾步走回去，拉起儿子，慷慨地要他挑，儿子稚嫩的脸上浮起欢乐的笑，还露出一种我早就料到的神色。他想，像是国际上解决了人质危机。他知道这个比喻不恰当。

最后，儿子选中一辆蓝色的汽车，可以自动转弯倒退。他付了十五元钱。

他们走回家，看见楼前停着一辆黑色轿车，钻出一个胖胖的人，那人朝楼顶端看看，摸摸中间已经光溜的脑袋。轿车开走了，那人转过身，刚好看见了他俩。

那人的眼眉嘴就往中心挤，接着往外扯："啊哟，常兄，我来看你了，你们在外面呀。"

常汝北认出来了，是和他一起遭过难的老友刘雨虹，算起来也有三年没见面了，他的气色很好，满脸透光。

刘雨虹说："一直在想你，刚好在附近开会，就叫他们送来了。你都好吗？"不等回答，又插别的话，"这车不肯等我一等，我是市政协常委，理应享受专车待遇，这帮家伙气人，只叫我搭便车，等一会还要我自己乘公共汽车回家。还不因为我们是文化单位嘛，要是遇上实权单位的常委，他敢吗？"

小月迢迢

常汝北说了自己的一些情况，看他并不在听，也就不说了。他们登楼，刚到四楼，刘雨虹就气喘吁吁了，停下，说："汝北，你怎么住得这么高，要是当初分房子的时候跟我说一声，我替你去活动活动，就不这样了。"

常汝北摇头说："我也没有想到。"

刘雨虹说："也好，是坏事也是好事，你每天上上下下，就像登山运动，会延年益寿的。"说罢哈哈大笑，露一口齐整的牙齿。

到六楼，进了屋，刘雨虹跨着大步，先把两间屋子，一个阳台溜一遍，说："房子倒可以，阳光充足，空气也比底下好。这周围怎么回事，房子怎么可以造得这么密，不是要铁桶一般箍死你？太不像样了，一点计划都没有，中国的事呀。"

常汝北看他痛心疾首的样子，很有些感动，一时不知说什么好，隔一会儿，说："随他了，我不高兴又能怎样？"

两人对面坐下，常汝北叫过儿子，要他叫刘雨虹伯伯，还想让他背几首唐诗的。不料儿子一副心思全在汽车上，嘴里含混几声，立刻跑开，趴到地上去。常汝北不免生气。刘雨虹颠着脑袋，说："不勉强，不勉强，儿童天性嘛。"

喝过茶，刘雨虹说："常兄，好久不见你，你好多活动都不参加，自甘当隐士。"

常汝北说："哪里有这份志向，主要被孩子缠住了，心也懒了。"

刘雨虹叹一声："也是啊，不容易。要多参加活动，这样能保持心理年轻。常兄，我们是共过患难的人，说什么也是连根连心的。"声音都哽咽了，"中国能有今天的改革开放，我们吃的苦，受的难没起作用吗？我们这批人是付出代价的，我们有权利来享受！

趁现在还没有老到动弹不得。"

常汝北往他的杯子里倒了水，水汽冒出来，先是一股，后来变得奇形怪状。常汝北呆呆地看杯口的水汽，刘雨虹的话当然不错，是他的肺腑之言，为什么自己反应不热烈，是我的心理衰老了。还是因为别的呢？

临走时，刘雨虹把茶杯盖子当啷盖上，像刚决定了一件事，说："有个单位要办个诗歌讲座班，向社会招收学员，系统地讲新诗在中国的发展，就要从社会上请名人当老师，说好报酬是高的。他们聘请了我，又要再找一位，常兄，就你去吧。"说罢从包里掏出一份烫金的聘书，写上名字，放进常汝北手里。

常汝北的指肚在封皮上摩挲，没说话。

两个星期过去了，编辑部那边尚没有回音，这和以前不一样，以前他投稿，很快就会来电话，或者有人来告诉消息。他在头脑中一遍一遍地回忆诗句，有的诗句一想就从嘴边溜出，有的要费很大力气才能想起来，他觉得惊奇，写完还不到一个月呢。细分析，难以记起的是比较涩的，有哲学意蕴的句子，其实他有草稿在，用不着硬想，可是说不出为什么，他不愿意查草稿，他愿意在沉冥之中背诵自己的诗句。至于编辑部和其他人读了会怎么想，他一点把握都没有。

儿子已经把蓝色小汽车玩飞一只轮子，还抓着跛脚车子在玩。他叫过儿子，教他识字。儿子已经识了三百多个字，可偏偏捣蛋，对着认识的字，连连摇头，等到常汝北骂他笨蛋，失望地去干别的事情时，他会出其不意地说出来，还会斜挑眼睛，做出不经意的样子，这叫他又气又恼。

"你长大了做什么？"他凑过脸去问。

儿子狡猾地笑。

"当将军好吗，带领很多人去打仗。"

儿子认真地想一想，说："我现在已经当将军了。"

"那么当个科学家，发明很多很多新东西。"

"科学家？不当。"

常汝北不甘心，换了种问法："长大了，挣了钱给不给爸爸用？"

儿子低下头去，他追问一声，儿子突然撒开腿跑，跑进了厨房，他站起来，追进去。儿子缩在角落里，脸半对着墙。他蹲下去，满怀着希望，声音都颤抖了："挣的钱给不给爸爸用？"

儿子偷看他一眼，羞涩地说："一个钱都不给。"声音很轻，刚好他都能听见。

常汝北晃动一下，仿佛听到了一声炸雷，眼前出现了白雾，透过迷蒙的白雾，他看见儿子在恶作剧地笑。他举起手，给了他一下。他的耳朵里灌满了哭声，像水涌进了狭窄的管道，他走出厨房。

一个钱都不给。他想。他西红柿都舍不得买，什么好的东西都给儿子吃，为了什么，一个钱都不给。儿子仍然在嚎。他知道是嚎给他听的，不睬他。

他站起来，坐下，又站起来，他的生命的质量是由什么决定的呢，投进邮筒里的诗稿是检验的一个方法，除此以外，还有其他的检验方法吗？诗成功了怎么，不成功又怎样。一个钱也不给。什么意思，是稚童的戏言，还是某种带有隐喻的谶语？他发现自己的心灵变得脆弱而伤感。

儿子的生命是由两个人产生的，一个是他，另一个比他小了十八岁。那个女人此刻在干什么，她能想象儿子刚才对他说的话吗？这是一个耽于幻想的女人，当初她决计嫁给他，是因为爱他的诗和诗所带来的名声，而他也被这种爱弄得神魂颠倒，从现在角度来审视，他就看到了故事的背面。所以，在他第一阵愤恨、恼怒过后，他变得难以置信的豁达大度，他甚至买了一捧鲜花，在系花的绸带寂写下自己的诗句，交在女人的手里。他应该感激女人，真心实意的，她把最宝贵的青春年华献给了他，伴他度过了一阵，她离去的时候，已经韶华消逝。他还有什么不满意，有的只是疚意。他献的花是对她的以往的追忆和爱慕。

哭声扬起来，落下去，又扬起，落下。渐渐地小了，常汝北走进阳台，又觉得自己落进井壁的包围中。夜开始了，天空黑幽幽的，慢慢透出蓝，像感光胶片在显影水中的反应，稀疏的白云站住了不走。他发现那个豁口又小了许多，填进了东西，现在是夜里看不清，如果是白天的话，他还能看见山脉野莽豪放的模样吗，他和山就此被隔断了吗？

月亮出现了，它出现在井口上方的一爿天中，浅黄色的，小小的，远远的，像是传说中一个被欺凌被放逐的人物，他脱下外衣，两手拎住了远的两点，把衣服在空中张开，看着幽黄的月光涂满了它，觉得手上添了份量。

他闭上了眼，这时他看见的是另一片月光。桦树林不发一点声息，白成那样只有童话世界里有，月亮是漂洗过的血，它向广漠无垠的天空跃起身，开始了一个灵魂游荡的历程。

他把目光投向了另一边，在没有完工的楼房里，他看见两个光脊梁在摸索，一会卷出炊烟，他想农民工烧晚饭了。

小月迢迢

他走回屋，看着自己的影子在地下移动，他想宁静如水的空气被他破坏了形状。他走进厨房，看见儿子蜷缩在地，已经睡着了。他上前，跪下一条腿，去抱，一下没抱动，膝盖里却丝丝作疼，他一使劲，才抱住摇摇晃晃站起。他想儿子鬼精，或许是跟他闹闹玩的，即使当真，他也不感到意外，他养儿子从来就没指望他将来赡养自己，西红柿还是不买呀。眼睛又发湿了，讨厌的东西。

他把儿子抱上床，身子也一起倒下去，脸贴着脸，他不动，静静地听儿子均匀的呼吸。后来他坐起来，给儿子脱衣服。他的手和脚随他摆动，冷不丁挥一下，他替他盖上被，要离去，情不自禁俯下身，亲他脸蛋。

约莫一个月左右，他收到那位编辑朋友的来信。信里说，为他仍然保持着创作的热情而高兴，又说，自己年龄大起来，年轻的同志成长起来了，开始管刊物的主要工作，他实际上已经是个顾问了。他还说了一些其他的话，似乎含糊，意思却是清楚的。

常汝北复出以后，还从来没有收到这样的信。他知道生命的一个阶段过去，另一个阶段开始了。仿佛听到一声巨大的钟响，在湿的空气里走不远，他当即回了一封信，请他把稿子退回来。

一个下午，他同儿子在楼下，一个穿绿制服的人骑着一辆车过来，近了看，那人面孔黧黑，看不出实际年龄有多少。他交给常汝北一个大信封，常汝北知道回来了，用手捏了捏。

儿子说："你给我们送东西来了？"

邮递员笑了，露出贝壳一样白的牙齿，说："上面写着名字，写着谁就送给谁。"

儿子想了想，说："不管谁都送？"

邮递员说："都送。哪个角落我都去。"

儿子问："爸爸，里面是什么呀？"

他说："是诗。爸爸和你一起把它投进了邮筒，邮递员叔叔送走了，现在又送回了，谢谢叔叔。"

儿子说："谢谢叔叔，你不送，它还回不来。"

邮递员笑了，说："这孩子真逗。"随即跳上车滑走了。

常汝北牵着儿子爬上六楼，两人都喘粗气，停一会儿，他走上阳台，豁口不见了，那地方被水泥和钢筋填满了，又糊上奶色的墙泥。终于被隔断了，他和山不再照面了。悬着的念头落地了，他感到一种悲哀，同时出现了难以名状的轻松。

他拿来一只白的搪瓷脸盆，放在地中央。他拆开信封，把诗篇一张张抖落开。他划着火柴，抽一张盖上去，那纸显出瞬间的宁静，忽然舞动起来，变成黑色的，扎进了白瓷盆。他放飞了一只鸟，鸟飞进了另一个空间。他一张一张地抽纸，心里响起轻轻的舒缓的旋律。

"爸爸，为什么要烧掉？"儿子四肢着地，爬过来问。

"不要了，就要烧掉了。"

"不要了，就要烧掉吗？"

他说："是的，是的。"火光把儿子的脸映红，他见他脸上有一种不曾见过的认真神情。他想，艺术的诗死去了，生命诗还活着。这个的活以那个的死为代价，那个的死滋养了这个的活。这就是他常汝北的故事和结局。

电话铃响了，他没有动，儿子已经跳起来了，说了几句交给他。是刘雨虹打来的，问他课程准备得怎么样了，后天就要开课了。

小月迢迢

他愣了，一时没有回话。那边急切地说，怎么啦，你怎么不说话？

常汝北心里产生了一个念头，不知是一直在酝酿的，还是突然蹦出来的，他说，他想过了，不来上课了。那边叫起来，你说什么，说什么？你再说一遍，再说一遍！常汝北仿佛看见他张开嘴，鲜红的舌头间在牙齿间滚来滚去。你这家伙太莫名其妙了，没理由地改变主意，你说到底为什么？

他说，不为什么，什么也不为。刘雨虹哀叹，你给我出难题，还剩一天了，现在换人时间怎么来得及，让人怎么备课？他说，对不起，对不起，后来没有声音了。

他放下话筒，找到了那份烫金的聘书，用指肚细细摩挲一遍。他划着一根火柴，这只鸟比刚才的鸟都重，都难放飞，但发出的光更眩目。最后，它还是飞走了，飞进了另一个空间。

他默不出声，久久地坐着，儿子爬过来，又爬过去，他抓着跛脚的小汽车，用小手触常汝北的腰眼，说："我长大了，给你买小汽车，红颜色的。"

他没有反应，儿子重说了一遍。他说："你说什么？"

儿子大声地说："我长大了，挣了钱，给你买小汽车，红颜色的。"

他把腰挺起来，目光看进儿子的眸子里去。他发现儿子也这样看他。

他牵着儿子在巷子里走，四处都是高楼，挨得很紧，很少有完工的，路不好走，到处堆着石子、黄沙、水泥板，冷不丁戳出一根钢筋。他们绕过来绕过去。他不时叫儿子当心，夜早来临了，月亮高高地固定在头上一片天空中,小得出奇。

走着走着,儿子不要他牵了,走到前面去。他想了想,随他去。

他不时看见另一幅情景,鹿举着脚步在林子里走,桦树林惨白得惊人。月亮带着漂洗过的血跃起,它是一个自由的灵魂。

他追上儿子,问:"你长大了做什么?"

儿子这次回答得干脆:"当邮递员。"

常汝北受了震动,原先他举过将军、科学家、企业家,儿子都没有应诺。他看中的是面目黧黑的邮递员。

很快他平静了。

儿子说:"我们什么角落都去。"

他说:"是的。"

月光微弱,他们低下头辨认,才能看清路。

儿子说:"不管谁的信,我们都送。"

他说:"我们都送。"

他们重新手牵着手,绕过一堆石子,跨过一道水沟。

月亮小小圆圆的,高挂在空中。

唱　歌

　　吕图光是金陵御庭园的新业主,刚住进半个月,他就发现这是一个结结实实的错误。
　　御庭园是什么地方,房产商的广告语说得明明白白,典雅的皇家气派、顶级的高尚住宅。地段又好,就在东郊风景区边上,推出窗,气势雄壮的紫金山兀然跃入眼帘中,房子四周一片葳蕤气象,清晨还没有醒来,清脆的鸟鸣就送到你枕头边上。吕图光第一次来看房子,就被吸引住了。可是,这价钱也是辣花花的呀。每平方米都卖到7千了,他吕图光辛苦半辈子就全部砸在房子上了?真有点下不了手。
　　儿子不这么看,他跨上摩托车,说:"都什么时代了,你还住在这破破烂烂的房子里?早该换了,要买就买个好的,老爸,你也该享享福了。"吕图光听了心中一热,差点流下泪来,别看儿子平时犟头倔脑的,这个时候跟老爸心贴得紧哩。儿子8岁时,老婆就到海外去了，后来劳燕分飞，嫁人了。这儿子硬支支地就是吕图光一手牵大的！如果有人在茶馆里问，现在还有大男人领儿子的？有！吕图光会不紧不慢说，鄙人就是一个。那个时候，他服装生意做得十分火爆，但是，除了到外地进货出差，再晚他都要回来睡。儿子早睡熟了，等他钻进被子，儿子就像得了感应，嘟嘟唔唔翻一个身，手臂甩过来，勾住他的脖颈。于是，他轻轻说一声："小脚脚翘。"儿子居然就听见了，一双腿伸过来，翘起来，搁在他毛森森的腿上，就这样安安实实睡到天亮。

要是换在以前，哪怕4年前，吕图光买一个房子会这么费劲吗？他是南京最早下海的一批，那时别人还在为工资加一级乌眼鸡一样斗，他已经在大把大把赚钱了。那时是服装的黄金季节，一个新款式上柜，三天五天就能卖精光，真是气吞万里如虎！在南京几个最大的商场，他都有服装专卖柜，晚上打烊了，数钱点货都要耗一个半小时。不知什么原因，突然就不行了，衣服卖不动了，卖不动就卖不动，他做服装做腻了，正想换个行业做做呢。就有个朋友来找他，告诉他一个新式的赚钱方法，叫炒股，坐在电脑跟前，不用流汗，不用开车子进货，不要对工商局税务局的人点头哈腰，只要敲敲键盘，买进卖出，就赚钱了，他想，这样子蛮斯文，蛮自由的。吕图光从来是一个敢吃螃蟹的人，说干就干，他把三个专柜，两个店铺都盘掉了，带了300万元进股市了。经过九年奋战，整整九年啊，当年打小日本鬼子也只用八年。敲了九年键盘，吕图光变了，他脸上红彤彤的光亮消失了，却蒙了一层灰扑扑的暗气，他原来声音洪亮，说起话来像敲响一口古钟，如今声音嘶哑，常常会一个人黯然神伤，与此相应的是，账上300万缩水成了70万。

但吕图光是什么人，这点风波就能把他击垮吗？虎死骨架在。

小月迢迢

而且，儿子发话了，儿子发话让他的心像一个浸泡了好长日子的醋蛋。御庭园的房子，买了！90多平米，加上装修总共花了70万。旧房子卖了15万，现在他就靠这卖房子的15万过日子。虽说手头不阔绰了，但是，他毕竟住进去了，典雅的皇家气派，顶极的高尚住宅，广告上就是这么说的。住在高尚住宅里，难道他吕图光过的还不是高尚的生活吗？

不过，他很快觉得不快活了。花园的大门又高又漂亮，门旁有个警卫亭，一天24小时都有人值班，刚搬进来几天，吕图光每次走进大门，都要被保卫叫住，喂，你找谁？他有点不高兴了，我就是住里面的，是金陵御庭园的新业主，你们不认识我？可是保卫不含糊，没有办法，他只得掏出居住证。下一次，他又被保卫拦住了，他真的生气了，你不是看过我居住证？是跟我过不去还是怎么的？年轻的保卫笑了，是我吗？你仔细看看。吕图光就仔细看，果然不是上次拦他的那个，亭子里有四五个保卫，都长得高大、英俊，像是一个模子里出来的，不知道物业管理所从哪里搜罗来的。

这么几次，吕图业进大门没有人拦了，他也慢慢看出道道了。住御庭园的大部分都有车，而且好车多，帕萨特、别克、奥迪是普通的，还有开奔驰、宝马的，他们开进开出，从来没有人拦。车还没到门口，保卫就看见了，马上按电钮开铁门，同时，从亭子里快步跑出来，毕恭毕敬地候在一边，车子忽一声出去了，忽一声进来了，喇叭都不按一声。惟独他呀，跨着两条瘦骨棱棱的腿，提着从超市里购来的食品，一二一，一二一，一脚前一脚后，像通过检阅台一样通过岗亭，保卫不问他问哪个呢？

更糟糕的是，在保卫们年轻的脸上，吕图光看出了无法掩饰的轻蔑，他们个个都像是当铺里的伙计，一眼掂出了他的轻重。吕图光仿佛听见他们眼睛里的声音,这人连辆车都没有,也不像是有钱的,怎么就住这来了?吕图光心里有说不出的懊丧,要是当时不买高尚住宅,买个普通人的房子,会遭这洋罪吗?如果此时恰好有辆宝马从身边擦过,吕图光更是浑身不自在,恨不得地下裂一条缝,钻进去。又恨不得在铁栅栏上打一个洞,从此不从正门过。心里忍不住叫起来,不要狗眼看人低!我威风的时候比谁差过?这杀人不偿命的股市啊,哎哎。心里虽然恨恨的,也只得提了袋子,一二一,一二一,一步一步量地皮。天不热,他脸上淌下油光光的汗。

吕图光住的是中套,前面一排房子靠着湖,湖中有天鹅有莲花,风景比他的好,房子的套形也比他的好,都在160平米以上,听人说是银行、证券公司替他们的老总买的。吕图光听了就来气,我在股市输得这么惨,这帮家伙是用我的血汗钱逍遥啊。

他发现,那排房子中和他挨得最近的那套空关着,望进去,紫红色窗帘的缝隙中露出家具的一个角,哦,都已经装修好了,到了晚上黑黑的不亮一盏灯,没有人住。

一天,吕图光走出家门,忽然来了一辆车,哧地开到对面那家门前。他抬眼看,是一辆漆黑铮亮的奥迪,车刚停稳,驾驶员就从前面蹿下来,绕过车,快步跑到后边,把车门打开,就钻出一个人。吕图光看此人年纪不大,一张圆脸,皮肤白皙,戴一副金丝边眼镜,只看见亮晃晃的反光,看不清眼珠子,看模样也就40来岁。倒是那个开车的年纪比他大,可是那司机脸上都是讨好的神色,一口一个胡行长。胡行长也不理会,哼一声,走进房子去了。司机钻回车子,在里边等。

吕图光到外边转了一圈回来,那辆车还停着,司机在里边看杂

小月迢迢

志，发现有人走近，抬头看看，又低下头去看杂志。到了下午车就不见了，晚上那屋里还是黑洞洞的，没有一盏灯亮。

吕图光也不在意，过了两天，对面房子忽然亮灯了，他觉得奇了，扒在窗上看，对面窗帘拉得严严实实，一点都看不见。吕图光心里就疑惑了，是姓胡的在里边？可是没见车子送他来呀。他是一个人住，还是带着家人住？吕图光并不是一个好管闲事的人，可是，今天这些问题缠绕在脑中，不肯消失，就像是深井里的七八个水桶，在他心底不时碰撞。

第二天，他起床了，走出家门，紫金山背后泛起一片红光，把天上的云朵都映红了，再回头看，两只野鸭从湖面上飞起来，身上也有点点的碎金。他沿着石径走了一圈，刚绕过来，看见那辆奥迪已经停在对门口了，司机也袖着手在边上等，他心里一动，恰好门开了，胡行长从里边走出来，也不看左右，匆匆钻进车子，没等他走近，车子已经开走了。

吕图光吃了早点，看了会电视，然后走到阳台上，抬起目光，前面房子的窗帘已经拉开了，出现一个女孩的身影，他怔住了，这女孩身个高挑，长长的黑发似瀑布一样垂下来，把一张脸衬得十分白，那女孩在窗前腰一扭就不见了，好像一条鱼在水面泼闪一下，就沉入水底去了。

他搬过一把椅子，坐下来，两眼直直地看着对面，足足看了两个小时，女孩子没有再到窗边来，也没有看见其他人。他心里毛躁躁的，像有一只手在乱抓，这姓胡的原来是和这女孩住在一起啊，他们两个是什么关系？为什么他早不来晚不来，房子空关这么多日子，偏偏今天两人一起来住呢？这女孩也就二十来岁，不可能是夫妻。是胡行长的女儿吗？他立即在心底否定了，哪有做父亲的和女儿单独住的，他的老婆到哪去了？

这一天的大部分时间里，吕图光都没有离开窗口，一直专心致志朝对面看，他觉得这里有戏。等到天暗下来，黑色的奥迪开来了，胡行长下了车，神清气爽地走进房子。车子开走了，几乎是同时，女孩子出现在窗口，把所有的窗帘一一拉上。吕图光心里叫起来，他们是什么关系，还用说吗！

第二天9点左右，车子把胡行长接走了，司机从来不进房门一步，他不会知道屋里住的是谁，也不需要知道。但是晚上胡行长没有出现，吕图光一直在窗子后边等，等得他两眼发酸，颈根发硬，还是没有看见。后来，对面屋子的灯都灭了，他才恋恋不舍地睡到床上去。隔天上午，大约10点，女孩子出门了，她长得很清爽，头发梳成一个高高耸起的发型，上身穿得很露，在彩色的石径路上姗姗而行。她走到湖边站了一会儿，掐了一根叶，就出花园了，下午3点半才回来。这天晚上6点零5分，胡行长出现了。

经过一段时间的观察，吕图光摸到规律了，一个星期内，胡行长一般来两天，基本上在星期二和星期四。有过夜的，也有夜里11点多，黑色奥迪无声地出现，把他给接走的。起先是不过夜的日子多，后来两边的日子差不多，再后来几乎都是在这里过夜。虽然每扇窗的窗帘都拉着，但还是能看出屋内有没有开灯。胡行长踏进门时，每个房间都灯起了灯。于是，吕图光的想象力就像刀子刺透了厚厚的窗帘，他看见每间屋子都像耀目的剔透的水晶宫。后来都灯都灭了，只有一间屋里亮着粉红的细纱一般的光亮，再后来所有灯又一起亮了，最后还是只剩那盏粉红的。只要看见粉红灯亮起，吕图光就恨得咬牙切齿，心里把他骂个透。

一天早晨，因为昨夜一直在监视对面，睡晚了，吕图光还在床

小月迢迢

上迷糊，隐隐地似有歌声传来，他赶走睡意，侧着耳朵听，歌声挺昂扬的，是从对面传来的。他从床上跳起来，赤着脚跑到窗边上，果然是从对面传来的，窗帘还是蒙着，但两扇窗都打开了，似乎唱歌的人有心敞开窗子，让花园里的人都能听见。吕图光听清楚了，他是唱这个歌啊，他居然唱这个！《唱支山歌给党听》。他鼻子都扭歪了，气不打一处来。他怔怔地站着像一根木头。不过，说实话，这家伙唱得不错，他懂抒情，也有唱歌的技巧，一些关节都处理得很到位，高声部爬上去也不费太大力气，肯定是歌厅里的老手，不知平时有多少次的逢场作戏。晨风吹过，对面的窗帘晃晃悠悠，只闻其声，不见其人，好像舞台上的幕布不拉开，演员躲在幕后让歌声飞出来。

唱支山歌给党听，
我把党来比母亲。
母亲只生了我的身，
党的光辉照我心。

明明他歌声是抒情明亮的，但吕图光却听得凄凄惶惶。他不停地想，他居然唱这个歌，还唱得这么好。他是多么得意啊。吕图光也是一个唱歌的好手，少年时受过专门训练，做生意那些年，他到歌厅里一开腔，人们一起鼓掌，说快够上专业的了。他唱过后，好一会不敢有人上去唱。自从走背运后，他有5年没有上歌厅了，早荒疏了，嗓子都毛了，唱不起来了。这家伙正在春风得意时，底气十足，声部饱满、韵律悠扬，怎么唱得过他！

一遍唱完了，歇不到两分钟，又唱第二遍，还是这个歌。吕图光的耳朵却听出毛病来了,这家伙唱得太熟了,不知几百遍几千遍地唱过了,他不经意了,玩起来了。好像是一个风景绝胜处的导游,他无数次地领着游客游览,他一直是兢兢业业、热情饱满的,可是日长天久,难免也有懈怠时候。你是说山水甲天下,我天天见到,出门是它,归家是它,又能怎么样!胡行长居然唱油了,唱到高声部卖弄似的颤抖起来,不应该颤抖的他也颤抖了,这很不合规矩,是卖巧弄乖,是唱歌的大忌呀。虽然这卖弄是细微的,稍纵即逝的,但吕图光一下就抓住了。这让他觉得兴奋。不知为什么,又想起了自己。下海那阵是多么绝断,好些朋友都说风险太大,可是他一抹脸,风萧萧兮易水寒。他吃尽了辛苦,开始时卖衣服,一天要吆喝多少遍啊!他嗓子可能就是这么练出来的。后来他闯出来了,算个富豪了,可是他从来不胡作非为。以为换个体面的赚钱法,哪想到输得这么惨!这金陵御庭园是买错了,还是买对了?难道我正是英雄末路了?一股气从丹田产生,旋转着,积聚着,慢慢升起,越积越大,到喉咙口就停住了,好像遇上了一道大闸,都在这里蓄着,水越来越高了,无边的水连着天,都接住云了,不开闸不行了。

他顾不得了,张开嘴,一个积压已久、屡经打磨的声音冲了出来:

　　苦菜花开遍地黄
　　乌云当头遮太阳
　　鬼子汉奸似虎狼
　　穷苦人何时得解放

小月沼沼

他的歌声从窗口里一涌而出，到了早晨凉爽的空气里，立刻无边无际地漫延开来，好像墨汁倒进了清水里。他没想到自己的声音还这么洪亮，他耳膜都嗡嗡地响，一只鸟刚才还停在树梢上，立时掠开翅膀飞走了。晶莹的露水从枝头上滴落，整个花园里都是他的歌声。

对面第二遍歌没有唱完，刚唱到"母亲只会泪涟涟"，就不唱了，像是一个人正在兴致勃勃地夹菜吃饭，突然受了惊吓，停下了筷子。天地间只有他漫无边际的苦涩难当的声音。

苦菜花开遍山冈
根据地的人民决心大又大
前方后方团结紧
军民一心打豺狼

他唱了一遍，根本不歇，就唱第二遍。心里百感交集，又感到酣畅淋漓。他觉得自己变成了两个人，一个在唱，一个在听，唱的因为听的而不遗余力，听的因为唱的而肃然起敬。他从头至尾，循环往复唱了三遍，才停下来歇气。就这时，对面唱起来了。歌声照样饱满有力，还比刚才稳定，唱到高声部时没有卖弄的颤抖了。胡行长肯定意识到刚才的轻浮了，他虚心接受，认真地改了。唱到"号召我闹革命"，一个高声部推向一个高声部，既悠忽飞扬，又雄浑有力。吕图光不得不感叹，这家伙真会唱歌。如果在歌厅里他听见有人这么唱，一定会鼓掌，但今天没有可能。

对面歌音刚落，吕图光又让阳光下的御庭园充满了苦菜花。等他唱完了，对面却不应答了。他想，对方肯定不认为落了下风，他也不敢说压过了对面。他们还刚开了个头。这天是星期三早晨。

星期五傍晚,黑色奥迪果然把胡行长送来了。当吕图光看见对面一个房间里泄出粉红灯光时,心里笑起来,等着吧,明天早晨见分晓。第二天,天还没亮他就醒了,爬起来,看对面窗里没动静,又躺下去,却不敢睡实,撑一会儿,迷迷蒙蒙了,忽然听到鸟叫,揉开眼看,天已亮了,吓得跳起来,还好,不算晚。他搬过椅子,坐在窗前静静等。

阳光点燃了窗前的绿叶,又把金光向屋里逼来。他忽然担心了,莫非对面不唱了,以为自己赢了,他就这么自负?就这么气短?吕图光受不了这样的轻慢和欺侮,他站起来,在窗前不停走动,像要和谁打一架。等他再次投出目光,却怔住了。对面的窗帘动了,却不拉开来,伸出一只手,胳膊以上仍然藏在窗帘后面,这是一条光润的男人的手臂,打开一扇窗,又打开一扇,接着手就缩回去。

吕图光屏住呼吸等。蓦地歌声起来了,他揪紧的心一下放开了,眼睛都潮湿了。还是《唱支山歌给听》。看来对方也当回事了,这两天里作过准备,比两天前唱得更舒缓更成熟了,所有应该唱出的关关节节他都唱出了。吕图光突然变得急不可耐,对面刚唱第二个"夺过鞭子",他就放开嗓子唱起来,一大片黄艳艳的苦菜花涌现了。他的歌追着对方的歌,粗鲁地踩了对方的歌。对面肯定生气了,怪他不文明,不讲游戏规则,干脆来个混打,嗓子吊高八度,循环往复,一遍一遍唱。他也一遍一遍唱。你抢我,我压你,一部多主题多声部的混合唱在御庭园的上空回荡。这天,双方都来劲了,吕图光足足唱了六遍,而对方也不比他少唱。吕图光还是不敢说谁胜谁负。

小月迢迢

接下来，他们又有两次交手，可能谁都知道乱唱不好，一个唱了另一个再唱，很守规则。一次吕图光压过了他，另一次是对面占了上风。那家伙的歌技绝对不差，一些地方超过了他。但吕图光是破釜沉舟，他什么地方都输了，唱歌不能再输。虽然他5年不唱了，但几次唱过就已经恢复了，而且比过去全盛时期唱得还要好。现在已经不是比技术，而是热情和境界的格斗。唱的时候必须想自己的不易，必须把自己的心和歌和苦菜花揉在一起，才能压住对方。所以，有时一支歌唱下来，他早已泪流满面，只得用毛巾不停地擦。

过了一个月，天凉了，吕图光感冒了，紧张得不行，慌忙吃药，没想到越吃越不行，那天早晨起床，一开口嘶嘶哑哑的，话都说不清，更不要提唱歌了。他站在窗前，看着太阳把绿叶点燃，对面一条手臂伸出来，两扇窗推开了。他心慌得要命，歌声响起来了，那家伙一点都没感冒，唱得和平时一样好。该他了，他张开口，又闭上。他不能唱，没有办法唱。如果以嘶哑的声音上阵，不仅肯定要输，而且是对他们比赛的亵渎。他神情黯淡地从窗前退下。对方在等他回应，等不来，又唱一遍，隔了十分钟，再唱一遍。现在，胡行长看出他畏缩了，英雄天下无敌手，他得意忘形，又油了，唱到高声部又卖弄似的颤抖起来。

吕图光缩在屋子角落里，十分痛苦，这该死的感冒，早不来晚不来，偏偏这个时候光临！只能在肚子里一遍一遍唱。

他心里闷闷的，想出一个主意，现在什么歌都有碟片，老电影歌曲也应该有碟片，如果能买到，买了放，让碟片和对方斗，也是个法子。

他走出去，沿街找了三家影碟店，说要买电影歌曲苦菜花。一家店主把半个店铺都找遍了，两家店主干脆回答没有。他悻悻地回到家中，躲在床上，两眼直直地瞪着天花板。早晨，那个时刻到了，对面的窗推开，歌声响起来了，是那么地骄奢、目中无人，特别是唱到"夺过鞭子揍敌人"，爆发出可怕的力量，胡行长反复唱这句，比原来的歌多了五个重复，一句一句歌词就像一道一道鞭子向他抽来，他无处可躲，他躲到厨房里，那鞭子追进厨房，他躲进卫生间，鞭子追进卫生间。那天那家伙的嗓子出奇地好，不知怎么练的，简直可以说是黄钟雷鸣。只要钻进他耳朵，他就有鞭子抽身、浑身火辣辣的感觉。他跌跌冲冲地扑向医药箱，撕开棉花团，攥了两团棉球，塞进耳朵，又关紧窗户，这才逃脱。

以后一个多星期对面都没有唱。胡行长是高人，知道这里已经成穷寇了，人家得宽容很，早鸣金收兵了，剩下勇力也不追了。吕图光很惭愧，只得在心里唏嘘。

一天起床，他对自己说了一句话，咦，嗓子不哑了，再唱一声，歌喉也是好好的。他激动地跳起来，好了！总算好了。一连哑了十来天，碍了多少事啊。到时间了，金色的阳光把窗前的绿叶点燃。今天怎么啦，是星期五的早晨呀，对面为什么不把窗推开，还是严严地关着呢？再等一会儿，还是不推窗。他等不及了，亮开嗓子，深黄色的苦菜花一路铺开去。好些日子没有唱，有点生了，但还能凑乎。一遍唱完了，对面没有反应。再唱一遍，还是没有反应。这唱的哪出戏？他想，这家伙自以得胜归朝了，不屑再和手下败将理论了，还是怎么的？不管怎么说，今天是我赢了，不过，这得胜的感觉并不美妙，空空的落不到实处。

第二天上午，他走出家门，恰好对面的大门也打开，那个长得清清爽爽的女孩跑了出来，她没有梳高高的发型，黑发披落下来，遮了半个脸，她右手拎一个大包，左手提一个小包，门在她身后重重地关上。她在彩色的路上匆匆忙忙跑，腿一扭，险些崴了脚，又往前跑。吕图光满心的诧异和好奇，跟在身后，跟出花园铁门，看她拦下一辆出租车，钻了进去。以后再不见她出现。漆黑的奥迪也不再来了。到夜里黑乎乎的，一盏灯都没有，粉红色的光也消失了。

　　现在他的嗓子彻底好了，比犯感冒前还要嘹亮。唱了几声，一遍都没有唱完，就不唱了。失去了对手，没意思。

紫金文库

书　痴

一

今天一睁开眼睛，我就开始紧张了，虽说到公司去联谊也不是头一回，甚至可以说轻车熟路了，但我还是不敢大意。对方是赫赫有名的天龙集团公司，实力在省里排进前五名，既搞养生保健品，又搞电脑开发，这几年像原子轰击中子一样爆发起来，总经理出门是蓬斯600。这是我一个小办事员可以马虎的吗？我们书法家协会从主席赵天石开始，加上天才书法家朱少凤，底下几个副主席、常务理事，衮衮诸公全都出动，唯恐落下一个，好像滔滔洪水来了，慌着爬上诺亚方舟一样。不过话说回来，谁敢小觑一个财大气粗的新兴集团，商品时代谁敢大意？

一个上午我都在忙，备下上等的宫廷宣、斗笔，带上协会的那

小月迢迢

个金星大徽砚,到时他们几个都要挥毫留墨宝。又急着骑车上文具店,拿回一个预定的大红证书,这证书足有一本画报那么大,做得极为精致,外用绸缎蒙面,聘书两个大字是用22K金镀的,四个角也用22K镀金的格条镶好。里面的芯子早由朱少风写就,一笔洒脱超逸的行书,聘请集团公司董事长为书法家协会的顾问。我精心安好芯子,再用红绸裹扎。接着,我又从摄影协会借来一台理罗莱克斯相机,安上胶卷,到时我会像猴子一样登高钻下,左角度右角度、大特写、广角镜,嚓嚓嚓嚓,拍一连串的照,挑精彩的布置在橱窗里,就是我们协会深入生活的佐证。

到这时我忙一个段落,也到吃中午饭的时候了,我随意填了肚子,就在藤椅上小眯,一时醒来已经二点半了。再想想,也没什么拉下了,就这时电话铃一阵骤响,我接了听。打电话的是文联人事科科长蒋水莲。

"小孙,你在忙什么?"

"忙今晚的事呀,现在差不多了。"

"托你的没有忘记吧?赶快去看我家的呆子,这阵不知他在干什么,不要他稀里糊涂,错过了点。"她的口气十分急切,"我在省里开会,会议很重要,没法走开,拜托你了。"

哎呀,我差点忘了去叫谭一池,连忙说:"蒋科长,你托的我哪敢忘记,一直记在心里,时间还早,我这就去。你放心吧,今晚我一定照顾好潭先生。"

"小孙,他脑血管有点毛病,千万不要大意。"

她还不放心,又在电话里对我再三叮嘱。我连声应诺,挂了电话。蒋水莲是文联的一大能人,三年前要不是她力排反对意见,一手包办,我还进不了文联,得不了现在这个美差。我是知恩图报的人，只要是她的事，我没有一件不尽心。蒋水莲年轻时是一个美人，不少男人见了她，两脚就迈不开步子，粘粘糊糊，就像蝇子落在粘蝇纸上。就是现在四十七了，还是风韵犹存。可是她却没有某方面的艺术专长，留在文联可能就因为她的脸蛋，做人事工作也是理所当然。据说天才书法家朱少风年轻时同她很有一段故事，然而，很有故事的有时却有致命的破绽，反而是开始就有破绽的，倒成了一段姻缘。这就是文联事情的奇妙。结果，蒋水莲并没有嫁给风流倜傥的朱少风，而是把青春给了谭一池。这谭一池的形容就比朱少风差一大截了，瘦高的个，走路弓着腰，一双眼睛不大，在太阳下眯着，到暗地中却透亮。如果一堆人凑着头讲哪个人升官，是因为找了哪座靠山，讲哪个男人和哪个女人的行为反常，准保有私情，他在边上居然不听，弄得讲话的人都有些愤愤，简直是不食人间烟火。当然他在文联也可算一个有脸面的人物，就是有点"那个"，这里的意思很难确切表达，比方说，他不知道写字和做人有时是一回事，有时不是一回事。他不知道写字不仅要练内功，还要炼外功，外功就包括官场、商界。内功再好，外功不行，还是火候不到。简单地讲，就是他脑筋不活，还得一个"三痴"的雅号。蒋水莲虽然不乏遗憾、抱怨，但日子还是期期艾艾过下来。一晃二十多年，到了公元一千九百九十多年，事情就有新变化。

变化来自朱少风，一样的写字，他突然就红起来，紫起来。市里召开英才表彰大会，临到结束，他微笑着走上台，天堂透亮，两个小姐随他身后，展开一幅八尺大宣纸，上面书着斗大的墨字："大鹏展翅"。说来有趣，祝的是别人，第一展翅的倒是他自己，他办展览，省市领导都出席了开幕式。大小官员一时以藏他的字为荣。商人也瞄上他了。他家门口停着各种牌子的轿车，可以举办一个小型的车展。报纸、电视也憋足了劲,举起金喇叭,展开介绍他的接力赛。他的字有价了,而且逐年升高,甚至超过了赵天石。与此同时,他买了别墅,衣食住行起了翻天覆地的变化,几个腰缠千万贯的画商走进他的家,也是自叹有所不如。蒋水莲眼看这番火爆情致,心中自有难言的滋味,然而逝者如斯,自己做出的事不能教别人认账。真正让她着急的,是自家的丈夫。谭一池至今仍是布衣一个,他还是骑一辆破自行车上班,在家中不是写字,就是啃字帖,商人大官一个不认识,好像身在桃花源中一般。因为儿子上大学用钱狠,蒋水莲已经三年没买新衣裳了,而她嫁给谭一池时是怎么一个美人啊,就是现在也还叫某些人钦慕。怎么办呢,能捱则捱吧。可是,眼前这件事却捱不过了。

蒋水莲结婚时候住的是文联宿舍,二十多年过去了,他们从单室套换进了二室套,两间屋子,一南一北,一大一小,没有厅。日子虽然也能过,然而那幢房子已经老化,朝北的一面外墙,有两条通贯上下的裂口,大处可以塞进一个篮球。维修过两次了,但对于两大裂口,谁也没有办法弥合,里面的住家哪个不提心吊胆?于是有各种照顾文化人的政策,听说已经在造一个住宅区了,相当漂亮,有草坪,有荧光路灯。他们两口子自然有份。但是不花钱住新房子的日子已经过去,按他们情况,付5万元,就能住进三室一厅的大套,无疑是件好事,在今天5万元早不是一个大数。然而对谭一池来说,就是一道迈不过的槛了。蒋水莲不把我当外人,说:"他的字什么时候变过钱?平时只靠几个死工资,老实说吧,把牙缝中的也省出来,还凑不到一半。"

那些日子,她的脸上堆着愁容,美丽的眼睛中闪着一种哀其不争的光亮。她知道,朱少风的字不可能比谭一池的字好,金石家赵天石有过评判，为什么一个能吹上天，一个就无声无嗅？人，归根结底，还是人本身。她找朱少风了，请他给谭一池引一条路。这里的细节我不知道，但有人说得有鼻子有眼。虽然是昔日恋人的丈夫，虽说同行是冤家，但朱少风还是一口应允了。传话的人有很多柔情的描述，我只当言情小说，听过一笑了之。

而今天，就是朱少风第一次领谭一池参加活动，蒋水莲对我反复叮嘱，我怎么能掉以轻心？我当下就出门，直奔院后去。就见一幢暗红色的房子，早已破旧，一眼就见两道裂缝，似两条经年的枯藤从顶上一直悬到底下。我走进楼，楼道里堆了许多人家弃之不用，扔掉又舍不得的旧家具破车子。上到最高一层，我认准第二个门，敲几下，不见动静，再敲，还是没动静，坏了，要是谭先生不在家，到晚上也不回来，我怎么向蒋科长交差呢？再转念，不急，有可能他沉醉了听不见，就敲得更重了。好一会儿，听见沓沓的脚步声，我悬起的心才放下来。

门开了，一颗谢了顶的脑瓜出现在面前。我吃了一惊，不过是4月，天还凉，他却只穿一件背心，两条光膀子从被汗迹渍黄的背心中伸出来，好像是水仙块根长出的两根白芽。手中抓着一枝长锋羊毫笔。

"谭先生，你这个样子不冷吗？"

"冷？不冷。我身上还乎乎往外冒热气了。"说着他还伸出手让我摸，果然他手热烘烘的，比我的还热。他得意地朝我笑，我也回笑。不过，一个大男人光了膀子写字，总让人觉得异样。

我跟他走进去，面前一条过道，两间屋子，一间是夫妻俩的卧室，一间是儿子的卧室，现在儿子上大学了，他的写字板就搁在儿子的屋里，地上全摊着写过字的纸，有报纸、毛边纸，也有宣纸。

桌上、椅子上、地上还摊开一本本字帖和书，让人没法插脚。好像是到了一个地形复杂的地方。再看屋里摆饰，一个大橱，一个梳妆台，都已经旧了，冰箱是单门的，稍微像样一些的，就是一只18寸的彩电了。我心中嘀咕，怪不得蒋科长要唠叨，她这般要强的女人怎么受得了这个？

谭一池往四周看，显然想找一个地方让我坐，他看中一把藤靠椅，可是椅子上没少堆书、字帖，他手忙脚乱去理，一本厚字帖嘭地掉下地，他嘴里叫一声，像是掉在脚面上喊疼一样。我笑着挡住他，说："谭先生，你只顾忙自己的，我站着可以了。"

他收收拢拢，把字帖、纸抱在怀中，周围一看，放在儿子床上，说："对不住你了，你稍等一会儿。"我坐下，说："还有时间，你只顾忙你的。"

他就走到一边去。我看他闭了眼，像和尚打坐，又像是一只老猫在阳光下养神，不过一刻工夫睁开眼了，不看纸，却看对着的一面墙。那墙原本是白的，但可能是顶层漏雨，墙遭了多次雨水，倒有斜的竖的曲的直的色彩不同的雨痕。谭一池的眼神先是散的，好像是天女散花，散在那墙上，并没有一定的目标，慢慢地，就不对了，它凝滞了，聚起来，越聚越小，却也亮起来，最后成了针尖似的两个光点。仿佛穿透了墙，到另一个地方去了。这时他拿笔去蘸墨了。

我也站了起来，不知不觉走近。只听他嘴里嗨嗨地发声，倒不像握的只是二两重的笔，却是一把鲁智深的禅杖。那笔一会直，一会斜，一会立，一会伏，奇倔活突，好似鲁智深喝醉了酒，抢进山庙，面对众多打他的和尚，施展开拳脚。一时，纸上就泼了无其数的墨。别看我在书法协会混了三年，只不过看个热闹，识什么好坏。耳边听说朱少风是天才书法家，碰到外人问我当下谁最厉害，我就假咳一声，说现在是朱少风的天下了。此时，我只觉得纸上如下了一场狂风骤雨，看一会儿，也没看出多少名堂。心中暗想，蒋科长等着你的字变钱了，好去买房子，不知你还会辜负她？再看一时，另有东西引起我的注意。就是他的蒙着汗衫的后背，先是右肩这里有一块圆圆的隆起，如有鹅蛋大，忽然他手往前伸出，那鹅蛋的就滴溜溜往下滚，滚过背部，一路踪迹，差不多到腰眼上，只见他腰一掀，鹅蛋就如受了另外一击，回头复往上来，却到了左肩。谭一池正写在兴致里，长锋笔在纸上急疾飞舞，身子也随之仰合，嘴里嗨嗨的叫得更欢了。那鹅蛋在狭长的背上来回打旋，好像是把一颗弹子放进长方的木格盘中，尽心地颠晃木格，让弹子左冲左突，恣意飞旋。等它刚到边沿，没来得及翻过木棂，却又掉转方向，往另一边奔去。

我正看得着迷，只听他一声长出气，收笔了，那鹅蛋就回到右肩胛，忽地消失了。那泛汗渍的衣衫上平坦坦的，一点痕迹都没有，我都不敢相信自己的眼睛，刚才见的是幻觉，还是彼时有，此时无？

谭一池搁了笔，退后了看他写的字，左移三步，又右移六步，叹一口气，摇头，说："还是没写出，罢，罢。"

我赶紧接着说："算了，今天不用写了，待会就要上公司联谊，你还要当场留墨宝，现在省着点劲吧。"

"上公司去？待会就去？"他像没醒透一样。

"你忘了，蒋科长千叮嘱万叮嘱的。这次是个超级大公司，朱少风牵的线，一般的角想去都没有他的份。朱先生领蒋科长的情，同意你去，这可是个机会，不能掉以轻心。"

他这时全醒了,说:"有,有这回事。"

我见他外衣在床上,忙拿了递给他,说:"快穿起,不要着凉了。"他点头接了,一件件往身上穿。我有心替他做些事,拿起笔搁上的笔,一枝长锋,一杆斗笔,一枝狼毫小楷,说:"你歇歇,我代劳了。"说着三步并作两步,已经到水池边上,拧开水龙头,哗哗哗冲洗起来。

"哎!"他失声惊叫。我吓一跳,慌回头,只见他一条臂套进袖子,另一条臂还在外边,拽着一件衣服急步踏来,那神态就像是从刀斧手下救人一样。我略一迟疑,已被他抢到手中,说:"不能冷水冲,它们要伤身子的,我已经听见惨叫了。"

我哭笑不得,我这里一开水龙头,他那边笔的惨叫声都听见了,难道是走火入魔了?谭一池取出一只蛋形水盂,有半尺多长,二寸多高,用暖瓶倒进热水,只把水龙头拧开一点,徐徐往盂里放冷水,伸进二根手指,试了几次,说:"天凉了,要用温水,现在差不多了。"这才把三枝笔放进,轻轻漂动,又用指头分开笔锋,小心洗濯。我想起他刚才还光着两条膀子,摇头,无话可说。这样换了两次水,都是放热水,兑冷水,用手指试。到第三次,笔锋就在一盂清水中漂拂了。他两眼微闭,嘴一张一合,喉咙里哟哟有声,脸上显出一副惬意的神色。我猜他又生感觉了,便问他怎样。

他把眼张开,说:"我只觉得自己的身子漂在清水里,温温的,好舒服。"

我看看他,相信说的不是假话。

他洗净了笔,在笔架上悬挂好。忽然说:"啊呀,饿了,我还没吃饭呢。"我看墙上钟已经3点20分了,就有点弄不清了,问:"你没有吃的是什么饭?"

他侧着头想，一边扳着手指说："你看噢，我早晨6点吃了一个包子，就读帖了，到8点20分，喝了碗豆浆，吃了两个烧饼，开始写字，10点吃了两块饼干，一直到现在，再没有东西下肚，你说少的是哪一顿饭？"

"那当然是午饭了，10点钟两块饼干不能算饭。不过，我告诉你，今晚的联谊活动，有一顿美餐等着你，要是能熬就熬一熬，不过两个小时了。"

他摇摇头说："怕熬不过，刚才写字不觉得，现在一停下来，胃子里就打鼓，好像有一只手要从喉咙里伸出来抢东西吃。我每次写了字都饿得慌。"

听这么说，我也不强求，由着他进厨房，一会听到水开声，我踱步进去。一口锅在煤气灶上蹲着，锅下窜出蓝色的火焰，谭一池撕开了一筒卷面，慌慌张张往里下。我叫起来："少下点，垫垫饥，晚上再吃好的。"

他听我喊，忙收手，一筒面已经有一小半入锅了，他搔搔脑袋，颇有点懊恼，说："一饿心就慌，一慌就不择路，把你的话抛脑后了。"面条就热了，他盛起，满满一大碗，放了葱和辣酱，就站在地当央，用筷子挟了，直往嘴里塞，一下子腮帮都鼓起来。可以把他的嘴想象成一个挖土机的抓斗，沉下去，狠狠抓一把，立时就满了，移开去，两个抓齿放开，忽的全空了，再去抓一斗。他的嘴也是这样，一下鼓满，一下空了，满嘴的食物全顺着下面的通道走了。我看他的颈子细细的，喉结一上一下似个滑轮，真不敢相信他吃这么快。

就这么五六下，一大碗面就消失了。我惋惜地说："看你这么吃，等一会就吃亏了。"他说："有什么办法，光顾眼前了。"

我说:"看你生活也太潦草,你这么狠写字,不要太对不起自己。"

他还用筷赶着碗里残存的两根面条,赶进嘴里了才说:"我这是好的呢,比起先贤来,不知好到哪里去,有吃,有穿,有住,还生活安定。唐颜真卿被叛军斩首,明黄道周为了前朝,在东华门捐躯。比起他们,还能说环境不好?再写不出都是自己的病,怪谁都不行。就说我的老师吧,我比他也好出许多。"

我冷笑一声:"那你就不要搬新房子了,就住这里算了,也省得水莲大姐为钱操心,老说你白费了纸墨。"

提钱就戳到他的痛处,他直吸虚气,像是牙痛,好一会说:"刚才我说环境可以,只是我一个人的想法,当然不能代表水莲。不过要能把房子换一换,当然是好的。"

我看他尴尬,不再逼问,想起他刚才说的,不由说:"你的老师是谁,从没听你提起,能说给我听吗?"

他说:"可以,你想听,我就说。"说罢放了碗,沓沓走到前面屋里去,我也跟了过去。他让我还坐藤椅。自己就在床上坐了,放低脑瓜,一个发毛稀疏的头皮尽显我眼前。他用五根指一下一下在上面抓,就像农民在荒滩上犁地。我耐着性子等。隔了好一会儿,他抬头问:"不知别人是怎么迷上写字的?比方赵天石,比方朱少风。"

我说:"你顾别人干什么,就顾自己吧。"

他说,好,我就顾自己。他说大概是他5岁吧,前一年,他的父亲就病逝了,只有娘带养他,有一亩多薄田,自己种,伯父也帮着种。那年深秋,河滩边的苇子在风中呜呜响着,捕鱼的人静守在水边,钓起了二尺许的大青混,入夜了,村子中弥漫着浓郁的酒气,有人在村头拉二胡。谭一池的说话声有些沙,却好听,和着苇子声二胡声,一起从历史的深幽处飘出来。忽然听说,大伯家收留了一个和尚,是赶脚的,走到村头庙里就病倒了。孩子们发一声喊跑着去看,他跟了去。从人缝里,他看见一个光圆的脑袋,却跟剪了茬的韭菜似的,生出半寸的头发,下面是一张蜡黄的脸,闭着眼睛,下巴上长一颗赤豆大的红痣。他从来没见过和尚,十分好奇,耳边听人说醒了,醒了,只见和尚一双眼慢慢睁开。

两天后,他一人玩,走到大伯的房后,却见和尚后背,蹲地下,手牵动身子很怪异地动。转到面前,见地下铺着一层黄沙,有一张床那么大,和尚悬了臂在沙子上划动,只见他嘴里嗨嗨有声,伸进沙中只是他一根指头,可是呼应的却是身子的各个部位。他的腿屈着,却快速地横向移动,仿佛一只雄壮的公螃蟹,他脸上的病容不见了,却两眼射光,鼻孔怒张,好像一条进攻格杀的蜈蚣。和尚把沙写满了,用宽大的袖子拂平,重新写。这么三四次,如同没见他在跟前一样。他看着看着,突然生出一种奇异的感觉,那些飞舞的线条多么神妙啊,像什么,天上的闪电,河中的流水,山上的怪石,一点一折都牵着他的心,他忍不住也伸出一根指,在沙子上乱划起来。和尚先不在意,后来停了看他。他老实不客气地推和尚:"你往那边去一点。"和尚果真让了一点,看了一会儿哈哈笑,说:"有意思,有意思。"

他还想写,却听见娘喊,是召他回去吃饭,他一溜烟走了。从此他痴想开了,他从来没见过这么有意思的东西,那些点折撇捺,如雨水一般滴进他的心底,或者说,他心中本来就藏着这些,现在被和尚一引,跑出来了。他又去了。和尚也乐意教他,说你先不乱来,从端正的开始,从原古的开始,把这些都吃进肚中了,你就能由着自己了。小儿都记心里了,从头慢慢来。不过,他更喜欢的是看和尚写字,他蹲在边上,有时平躺下来,看沙子,更看写字的人。和尚的头发长得更长了,一寸多了。写得兴起,脱了衣衫,腆着一个溜光滚圆的肚子。小儿静静躺着,头脑中好像看见天宇中神仙在比法宝,又像到一个莽荒的林子中,无其数的猛兽天龙腾跃飞翔,神思恍恍不知所至。和尚对他说:"我给你起一个学名,叫一池。"他说:"一痴?"和尚笑着说:"不对,你发错声了,是一池。"他跟着念几遍:"一池。一池。"

日子一天天过去,和尚却变得怪起来,下雨了,他却从屋檐下窜出去,在野地中狂奔,突然抱住一棵大树。夜间他两眼灼灼发亮,对一池说,他离得近了,快要抓到魂了。

娘早发现小儿异常。族里的长辈说,你要管好儿子,孤儿寡母撑住门户不易,不要让他跟和尚学野了。这个和尚不是个本分和尚,八成是被赶出庙门的。娘把和尚请进家中,把一块大圆铁板放在炉子上,在铁板上烙薄饼。娘烙的薄饼太香了,屋外远远就能闻到,又极有咬劲,吃得和尚连连赞叹。还端上了红枣稀饭。到和尚打饱嗝的时候,娘斜坐一边说,我的儿跟你学写了是吗?和尚答,是啊。她问,这个管饭吃吗?和尚垂了头说,不管。她又问,管生子养妻吗?和尚面带愧色说,不管。娘说,我们不学了。一池哪肯答应,他知道娘心痛他,一屁股坐地下,干嚎起来。娘掩了脸进里屋,夜里油灯下他发现娘的眼睛哭肿了。

潭一池跟和尚学字更加起劲了,他已经能在沙子上写小磨盘一般的大字了。然而和尚却越发怪了,祠堂的外墙上、山庙的内墙上都有他的墨迹。往往是他疯疯癫癫,两眼张了不见人,来到墙前,大喝一声,执了笔上下蹿跳,墙上就有狂悖、依稀的墨迹。私塾先生都无法辨认，犹如天书一般。私塾先生找了族里的长辈，长辈拧着三茎胡须说，这野和尚太没有规矩了，再不管不行了。和尚的头发长长了，他在路上走，长发披落下来，遮掩了耳朵，不知道的人已经看不出他是和尚了。一池却有些担心，他见老师一天比一天瘦，一天比一天黑，唯独两只眼睛愈益亮了，好像一盏灯在一天天燃烧，消耗。他要老师休息好，和尚只是笑笑。他缠住娘烙薄饼给和尚吃，和尚吃了，仍然黑瘦下去。一天，一池到和尚住处，推门进去，不敢相信自己的眼睛。对面一堵墙已用石灰水刷白。和尚把他的头伸向墨台，长长的头发浸润了墨汁，蓦地昂起头，墨汁顺着脑袋往下滴，他不等再滴，一声长啸，直奔对面墙去，只见他来回运转颈子，长发就如笔锋一般尽情挥洒，只写到墨汁枯干辨不清为止，再伸过脑袋浸，重新窜到墙上去。几次下来，一面白墙已经涂满。和尚也气衰力尽，脸上墨痕条条，倒下地，如死了一般。

族里的长辈再容不得和尚了，当夜召集人把他痛打一顿，赶出村子。第二天有人在村头的河里发现了他的死尸，大概是半夜失足掉进去的。一池的娘和伯父瞒着一池，把和尚埋在野地里。一池找了去，在荒地摸索半天，终于找到了坟茔，他长跪不起，只到浑身冰冷，仿佛自己也掉进了河水中。

说到这里谭一池停住了，两眼光光的，两手移到膝上，形容十分端正。我听入了神，这时才活动身子，说："简直不可想象，你的老师原来是个和尚，又是这么一个异人。"

他说："其实书法史上，也有人用头发作书，不过近代很少听说了。"我说："罢，罢。也不管他了，就说今晚的事，现在时间还早，等一会儿你到点了下来，不，到时我再打电话叫你。"

他说："不用打电话。你在楼下叫一声就可以了。"

小月迢迢

我答应了下楼,过一会儿就到点了。文联的车开出来,公司也派了两辆轿车来接,一辆红旗,一辆豪华皇冠。去的人都到院子里等了。就见朱少风从楼中走出来,他中等个子,白净脸皮,嘴巴上下不见一根胡子,颇有一副女相,老话说,男人女相不同寻常,果然有道理。他的目光朝大家一扫,是那种知道自己身价,又想表示点谦逊的目光,问我:"去的人都来了?"

我忙说:"差不多都来了,不过七八个。"他抬腕看表,说:"过十分钟就走,没来的催一下,再晚就不等了。"就有人拉开红旗车的门,请他坐。他先跨进一条腿,低头,另一条腿离地弹起,人就进去了,身手还矫健。这朱少风做事从来就是漂亮,他不光自己写画,还有一大批门生,提起他像提起祖宗。有时候门生在外边溜场子,撞上了,先是不服气,互相交劲,一个牛气十足说,你不打听我的老师是谁?另一个说,管你是谁,还能比我的老师狠?接下两位摊底,原来老师都是朱少风。两个无限悔恨,握了手说,真是的,学生和学生不认识,朱先生的林子大着呢。朱少风原来只是写字,不知哪一天开始也作画了。这就应了一句老话:好字不如赖画。一幅好字掉地下,不一定有人捡。一副赖画扔地下,就有人拿起,叫道:这是一幅画呢。朱少风作画,可能早就有经济上的提前眼光。现在人们都知道他是书画双绝,画名还要在书名之上。据说一次朱少风的几个得意门生请他喝酒,他酒酣胸胆开张,有门生问他字画成功的秘诀。他脱口而出:"一靠贪官,二靠奸商。"听者大惊失色。等他酒醒,再有人请他解释这两句话,他勃然变色:"我什么时候说过这话?你们不要头晕!"门生哪敢多嘴,只是心里明白。

站着的人开始上车,身份低的自己有数,上我们自家的车。赵天石也来了，这老头瘦瘦的，像一只皱皮橄榄，眉毛浓黑，待人却和气，他的金石堪称当代一绝，在书界享有声誉。他听人安排，进了皇冠。我看谭一池还没下来，忙跑到院子边，大声叫喊。听他隐隐应了。一会他出现在院中，弓着背沓沓走来，脚下有一条清灰扬起。我等他上了车，大声对司机说："开车。"

二

天龙公司的人早在大酒家恭候了。门口站一个亮丽妩媚的小姐，一位年轻的先生。朱少风下车，他们快步上前，小姐哆哆地说："朱先生，可把您盼来了，董事长早等着了。"说着伸出纤纤玉手，朱少风握住了，摇了两下，大概说了一句幽默话，只见秘书小姐半掩着嘴，笑个不停。就由年轻先生前面带路，一行人上楼，来到二楼包间，就见里面走出一个人，面若银盘，透出亮亮的光泽。秘书小姐介绍说，这是我们的曹董事长。那人抱拳拱手："感谢大家光临，幸会，幸会！"声音洪亮，我耳朵里嗡嗡的。回头看，我们来的人脸上都似被春风拂过一般。

进到里边，是一个中型的厅，布置得富丽堂皇，两边屏风是红木的，上面有丰腴的古代的仕女画，是用彩色的贝壳嵌出的。四周放着十来张红木太师椅，等朱少风、赵天石和董事长坐定了，我们才坐下。就有三四个小姐上来倒茶，都穿着红红绿绿的古代衣饰。董事长说："书法是我国源远流长的艺术，所以，我今天特地关照，一定要古风十足。"朱少风接着说："董事长领我们登高雅之堂，今天我们唯你马首是瞻了。"董事长马上说："哪里，哪里，朱先生、赵先生都是饮誉海内外的大师，请都请不到，今日难得一会儿，曹某三生有幸呢。"于是大家都晃脑袋，欠屁股，谦虚一番。

董事长说："请用茶，这是我让人特地从峨眉山采办来的雨前茶。"就听一片掀盖子，吹茶叶之声。我也饮一口，果然清洌甜润，散发一股异香。

朱少风问董事长："可以开始？"董事长扬一扬手，秘书小姐开了录音机，年轻先生早有一台摄像机在手中。我也连忙站起，从包中掏出照相机，占据有利地势。董事长便点头说："可以。"朱少风再问赵天石。赵也点头。朱少风亮一下嗓子，站起，说："今天我们假天龙大酒店，举办一件具有时代意义的大事，省书法家协会聘请天龙集团曹董事长为我们本协会的顾问。董事长不仅是企业界的新巨头，而且书法上也有深厚精湛的功力，连我们专业人员都吃惊。这件事本身就说明，我们古老而独特的书法艺术已经在神州大地蔚然成风……"就听噼里啪啦掌声，我连忙按快门，闪光灯亮成一片。

接下赵天石站起来了，接了那个画报般大的证书，他个子小，居然把上身遮去一半。他把证书交给董事长就要坐回去，朱少风抢上一步拉住他说："你们俩留个历史性的镜头。"赵天石重新走过去，双手拿了证书的一边，董事长就拿另一边，两人一起往上伸手，像擎了一块红色的石板。我已经换了角度，抓紧按快门，心中暗自得意，做这么大还真出效果。

我回过头，见一屋子人都笑容可掬，唯独谭一池一个，歪着半秃的头，睁着一对迷惑不解的眼睛，像是到了稀奇国中，看了稀奇事一样。我不由心中嘀咕，他是不知秦汉，无论魏晋的人，蒋科长再三叮嘱我小心，可不能让他惹出事端来。

仪式基本结束，摆开两桌，董事长请赵天石、朱少风坐里边一桌。我领着谭一池朝外边一桌走,却听见赵天石喊,他拍着边上一张椅子,招呼谭一池坐过去。原来赵天石是一个爱才的人,他倒不在乎谭一池痴癫,还有几分喜欢。谭一池就光着眼朝那边走,我一把没拉住,不知怎么办好。本来就怕他不合时,坐主桌不是更容易招事吗?他却一屁股坐下了。赵天石又对我说:"还有位子,小孙,你也坐这里来吧。"

我是一个跑腿的小干事,敢坐主桌吗。不过,我在边上,照应他要方便些,正在犹豫,朱少风也发话了:"小孙,赵主席让你坐,你就坐。"我这才挨着谭一池坐下。秘书小姐也坐我们一桌,在朱少风边上坐下了。一时大盘小碟往上上,山珍海味,生猛海鲜,飞禽走兽,我早就眼花缭乱了。有几个着古装的小姐侍候,每一盘菜都做成精美图案,或龙,或凤,或万紫千红,或芙蓉出水,让你眼睛先享用。才由小姐分菜,分成一份份,每人一个小盘。我低了头吃,嘴中早就不辨滋味了。

我发现朱少风吃得很少,每个小盘子放他面前,他只夹两三筷,就搁下筷子不动了。董事长也注意到了,问:"不知道今天的菜是否合朱先生口味?"

朱少风浅浅一笑,说:"合口味。今天菜做得相当精美。有话说一饮一啄总关情。吃饭和感情有缘。正因为精美了,才不敢多吃,怕坏了滋味,也伤了感情。要是胡乱填塞,那不是牛饮吗,还对不起这顿美宴。"

董事长已经高低喝彩了,秘书小姐接上说:"朱先生真是旷世奇才,在吃上面还有这么精绝的理论,真让我们长了见识。"

我听这么说,不好意思了,暗暗放慢吃的速度。只听边上有呼哧呼哧声,转头看,谭一池正吃得起劲,他似乎觉得筷子不够用

小月迢迢

了，干脆握一把大银勺，大口大口往嘴中填塞，还发出兴奋的响声。不过我看出他有些艰难，随着嘴巴咀嚼，他太阳穴凸起两根蓝筋，蜿蜒蠕动，好像大蚯蚓一般。我不由记起那一大碗面条，他是在3点35分吃的，现在刚到6点，不过两个小时多一些，他又要撑下这顿美食，不遭罪吗？要是他当时听我的话，忍一忍饿，现在倒大有用武之地。然而，尽管蓝筋突起，他还是握紧银勺努力作战。

我忍不住从桌下拉他的衣衫，悄声说："吃慢些，要是吃不下，就少吃些。"他正在对付一小碗鱼翅羹，听了我话放下碗，说："不吃不得扔下？扔下不就浪费了？是食物都不能浪费。"我知道他又犯痴了，琢磨怎么说好。正这时服务小姐来了，以为他不吃了，玉手一伸，把小碗收走。他眼光恰巧回过来，看见了，叫起来："哎，我没吃完呢，你不看见碗中还有嘛。"服务小姐脸一红，连忙道歉，把碗送回去。一桌的人都听见了，笑了起来。谭一池却不理会，专心舀了送进嘴，勺在碗底刮出咣咣的响声。

朱少风说："我刚才讲牛饮，谭兄今天可算一个。"

谭一池听罢，昂起一个半秃的脑袋，嘴巴鼓起来，下巴底下也鼓起来，晶晶发亮，像一个要鸣叫的青蛙。我怕他说出不合体的话，正在着急，却不料他泄下去了，说："不错，我这模样是像牛饮。小时候我放过牛，潜移默化，已经跟它学了，牛饮还不见得有我慌忙。"

一桌子人又笑起来，秘书小姐笑弯了腰，说："谭先生真有意思。"

朱少风冷笑一声："他有意思的还多着呢，小姐你不知道，谭先生有一个绰号，叫'三次'。"

秘书小姐勾起兴趣："三痴？谭先生的大名中有一字，怎么变成三了呢？"

"一而再，再而三，可以说一就是三。不过，这个可是有典故的，应该读成三'次'。'次'是去声。"

"奇了，绰号有叫三次的？而且还有典故。"秘书小姐看看谭一池，美目流盼，回到朱少风脸上，要他讲。

我心中叫道：坏了，三次的典故，书协的人隐隐约约都听说过，可是不登大雅之堂的。大概是在谭一池同蒋水莲结婚七八年的时候，小孩也5岁了。一池一心迷写字，倒把床上的事耽误了。而蒋水莲要求突然强烈起来，像是临上山的蚕吃叶那么疯狂，而他却心不在焉，她恨起来就摔东西。谭一池没办法，只好应付，可总是潦草。一天，蒋水莲躺倒在下边，他上去，刚要开始，想起什么，说，等一等。他下来了，走到书桌旁，伸两根指头，并在一起，蘸了水，在桌上涂写。她恨恨地说，你干什么，你！他自言自语说，结构可以这么搭，手中仍是不停。她说，你是成心折磨我。他知道不好，走了回来，连连道歉，重新趴她身上去。不过十来下，水莲从下面看他，总觉得他眼睛迷离，精神不集中，便用两条臂把他腰勒紧了。只听他叫，哎呀，必得这么写。扳开她的手臂，耸身下地，又往桌边走，还似刚才蘸了水涂写。蒋水莲不声不响爬起，走到他背后，拧住他一点皮肉，就往床边拖。他痛得哟哟叫，乖乖跟着走。这次时间长多了，水莲闭着眼睛享受，云里雾里，犹如仙人一般，恍然觉得身上空了，睁开眼看，床上只剩她一人了。谭一池早在桌边比划了。她叹一口气说："一不过二，二不过三，你已经三次了，你这个三痴啊！"

也不知走的什么渠道，卧室里小故事传出来了，书协里晓得的人不下一半。可是当着谭一池的面谁开得出口？这里，董事长搓着两掌，说："我也想听典故。酒席上是听故事的最好地方。"他和秘书小姐都巴巴地看着朱少风。

朱少风脸上就有诡秘莫测的神色，一笑，说："看我煞有介事，其实空空如也。哪来典故，我随便说句戏话。"

一时，董事长，秘书小姐都面露失望。赵天石拿起酒盅，也不约人，独自饮一口，说："不管三痴还是三次，总比一点也不痴好。这年头，你遇见精明的人容易，想遇见一个痴的人还不容易呢。"

董事长击掌道："赵主席这话有意思，还含着哲理，为赵主席的话干杯！"

于是大家举杯，相碰，一饮而尽。

酒宴散了，大家又喝了一会茶，就到另一个厅，已经摆开两张书桌，文房四宝侍候。大酒店的总经理也来了，一脸殷勤，说，看大书家运笔，万分荣幸。

陪着的人都讲恭维话。轮到动手了，大家谦让起来，董事长推朱少风，朱少风推赵天石，赵天石说让我酝酿一下。几个副主席都说不敢献丑。朱少风微微一笑，说："总要有始作俑者，我献丑了。"说罢上前，挑了一枝朵云轩的长颈鹿。我早把金星大徽砚拿出来，倒入上好的墨汁，又兑进水，研磨一会儿，退到一边。朱少风用笔蘸饱墨，闭目一刻，似在养气。一时眼开，挥毫运作起来。四周的人屏住呼吸，二十来双眼睛都随着他的手转。我仿佛觉得有一阵不可名状的风吹过，身子飘飘然不知去处，又夹带雨丝，似有似无。雨还没湿透地面，朱少风已经收笔了。写的是张继的绝句，《枫桥夜泊》。众人一迭声叫好。董事长说："蛟龙藏首而见尾，藏尾而见首，若隐若现，真是仙笔啊。"总经理说："我算是明白大书家怎么写字的了。"

大家再推赵天石，他不推辞了，写的是章草，韩愈的绝句《寒食》。众人又是一阵叫绝，董事长也是识一点的，说："赵主席力透纸背，这般深厚功力，当今找不出第二个。"

于是大家放松了，几个副主席都挥毫。董事长也写了一幅，是王维的《相思子》。朱少风带头拍手，说："董事长果然非凡，这手行书有董其昌的秀丽，又有赵孟頫的丰美，实在可贵。不愧是我们的顾问。"众人随了他，赞美一番。

谭一池在催促下，抓了一枝大白云。只见他后背略歪，一笔下去，身子都颤。我转到前边，看他眼中，目光时而恍惚，时而惊骇，时而奔突，仿佛不是在写字，而是在搏浪，在攀登，在探幽。一屋人看着，又相互看，表情微妙。谭一池越写越投入，口中又嗨嗨有声，一只手去解衣扣。我的心提起来，怕他又要脱出两条净裸的膀子来，这个场合就不雅了。幸好他解了扣子即作罢，一路写下去，书完搁笔。

大家显然都有些震动，却都不发一言。唯独赵天石走近了，一手拧着下巴上的胡须，反复看。屋里空气就有些闷。看墨迹渐干，董事长叫人把字幅依次挂起，作第二轮欣赏。还是从朱少风的字开始，董事长带头，大家争着赞美。正在兴头上，忽听见一个声音冒出来："没魂。"

我大吃一惊，忙寻着声音看，是谭一池。他弓着身子，脑袋前冲，眼里透出明明灭灭的光芒。屋里的人个个大惊失色，一时不知怎么才好。"没魂。"他又说一遍，神态就像小学生上课回答问题。我慌忙拉他衣襟，心里叫，坏了，坏了。这个祸闯大了。他是痴狠了，不知道外面世界。蒋科长千叮咛万嘱咐，就是防这个。还是没防住！我对不起她啊。

小月迢迢

还是秘书小姐机灵,早就站起,挡住谭一池,用甜蜜的声音说:"各位大师已经留下珍贵墨迹,现在请去洗桑拿浴,再上歌厅,今晚好好放松。"董事长接着说:"对,对,后面还有精彩节目。"

"请慢。"朱少风开口了,他脸色苍白,脸上肌肉抽动,我看着心中害怕,他什么时候受过这般屈辱?他镇静下来,冷笑一声说:"谭先生胸中很有点墨的样子,我今天倒愿意听听高见。"

"那好。"这个呆子真说了,"原来你的字有些功底,还不俗气,有灵性。可这两年越写越浮,还飘,像鬼画符。"

不好,越说越重了。我使劲扯他的衣襟。朱少风脸色更难看了,叫住我:"你不要扯他!"我只得松手。他又说:"你索性都评一下,让大家长见识。"说着站起来,手指着赵天石的字幅。

谭一池说:"这幅字骨子不错,但也有急功心,在赵天石的作品中,只能属下品。"

我偷看赵天石,他也有些不自在。朱少风再往下指,谭一池也痴得认真,都讲一番感想。被讲的人便如有芒刺在背一般。就到董事长的字了,朱少风跳过,就到谭一池的字了。

朱少风冷笑一声:"谭先生对自己的字怎么评判?"

他再看一遍自己的字,说:"我用了心,但还没有抓到魂,没有抓到……不过,快了。"

朱少风一甩手,转过脸,朝门外走去。众人面面相觑,一时无声。董事长想起来了,追了出去,秘书小姐也跟上。

谭一池却似无事人一样。我叹一口气,今天啊,全让你搞糟了。赵天石站起,对我说:"小孙,你们去洗桑拿。我要回家了,叫司机开车。"

三

第二天，蒋水莲把我叫到她的办公室里，关了门，一双丹凤眼里满是怨气："我是怎么关照你的，哎，还是出事！"我分辩说："我一直跟住谭先生，一步都不敢离，可是……"

她一跺脚："还说什么呢！这个呆子发了昏，有魂没魂，是你说的吗，就你知道，别人都看不出？这个社会，能卖钱就是魂，能出大名就是魂。朱少风什么时候这么丢过脸？我只好找他道歉，是我请他带谭一池去的。人家宰相肚里能撑船，说，'算了，狗咬吕洞宾。不和他计较。'话这么说，可是还有下一次吗，没有了，不会再有了。"她两眼里突然充满了液体，滚滚的，不掉下来。

我连忙拿过暖水瓶，倒进她的杯子，递给她。她接了喝一口，缓一缓，接着说："他却像没事人一样，还是趴在那里看他的帖子。还嫌我说多了，说，'要是我脑子里装着钱，就不会写字了。'哼，他倒讲风凉话了。我说，'好啊，我们不讲钱，不讲！住新房子要付5万元，你说，我们不付能住进去吗？儿子读大学，一个学期的学费3千，四年是多少？我嫁给了你，不指望你的字卖钱，我指望哪一个去？你还好意思说，脑子里装钱就不会写字？'他半句话都答不上来。"

从蒋科长的屋里出来，我路过赵天石的办公室。门半开着，他端坐在书桌前，好像在看报。我已经走过，却听见他喊声。我走回去问，赵主席是叫我吗？他点点头说，你进来，把门关上。我照他吩咐的做，坐他对面。

小月迢迢

赵天石沉静一会儿，浓眉毛一掀，问："你对昨天的事怎么看？"

我顿时有点紧张，这个考试有点棘手。清清嗓子，说："这个么，谭一池太过分了，当着这么多人的面，而且不少是外人，讲这样的话。他不但讲朱少风，还讲你赵主席，这太没道理了……"

他看着我，脸上明明灭灭，像是天上的云一会遮了太阳，一会散去。看我说得差不多，他叹息一声："他说的是真话。"

我一愣，没想到他会这么说。

"痴人讲真话，聪明人在讲假话。"他感慨地摇头，"现在聪明人太多了，可是离书法艺术却是远了。我也早有感觉，然而我比谭一池聪明，所以这层纸还是他捅破。"

我听他的话似懂非懂的，就说："这次他得罪了这么多人，以后就不好办了。"

赵天石两道目光向我扫来，正色道："如果现在我一点事都做不了，还当书协主席干什么？"激奋之情溢于言表。一会儿，他平复些，说："谭一池的居住条件不好，影响他写字。我有一个画家朋友，出国去了，他在半山园上有一座小房子，托我照看，我以前也去住过，傍着清凉山，十分幽静。现在我不住，空着。让谭一池去住一段时间，好静心写字。等新房子造起了再搬。我已经同后勤主任说了，小孙，你同他把房子打扫了。"

我答应了要走，他又叫住我，说，这件事不要对人声张。还关照我找蒋水莲，要几幅谭一池不当紧的字来，他试着去找买主，也不对外声张。

第二天，我就同后勤主任收拾了房子。三天后，谭一池搬了进去。蒋水莲对这点改善不以为然，但知道是赵天石的意思，就没有多说。

悠悠忽忽半年过去了，一天我心中忽想，也不知道谭一池在半山园住得如何，正好换了公费医疗卡要送给他。下班后，骑了车直奔半山园。

青凉山在城的西边。到了山脚下，是一条青古铺就的路，年代已久，石板裂的不少，缝中长出草来，已有些发黄。我抬头望去，山上的树叶有青有黄有红，几只不知名的鸟啁啾着，把细细的枝条蹬得如秋千一般，满目的秋色十分宜人。我推着车往山上走，绕了几个弯，就到一座青砖砌的小房子前，猩红的夕阳光斜来，正抹在鹅黄色的门上。我停了车，就去敲门，敲两下，没有动静，以为又是他痴迷不听见，不由敲重了。

门吱扭开了，却是一个姑娘，伸出手，做一个往下压的姿势，悄声说："先生睡着了，不要惊动他。"

我不由打量她，她很年轻，不过十八九岁，眼睛纯净明亮，两边脸颊红扑扑的，身子形体也好。

"你是……"

她说："我是谭先生的堂侄女，替他做点事。"

"哦，我还没见过你呢。谭先生睡有多久了？"我怕她不相信，掏出了工作证。她凑过头看了，说："真和我叔一个单位的。他睡下不到半个小时。"让我进屋，她在前头引路，穿过廊子，路过卧室门，悄悄地走到前边的园子中。园子不小，有五十多平米，前边开一个栅门，是通山上的。园中种着些小葱和菜蔬。姑娘搬出一把椅，让我坐。

我坐下说："你是什么时候到谭先生这里来的？"

"有3个多月了。我到城里后在一家餐馆做事，时常来看叔，

小月迢迢

他已经搬到这来写字了，我看他只顾写字，不会做饭，有一顿没一顿的，心里不好受。婶婶忙，难以照应，我在餐馆做着也不舒心，索性辞了不做，到这来给叔做饭。叔也喜欢，现在他过日子好多了，该吃饭的时候就吃饭。"

我看她天真活泼，便说："你在这做，谭先生给你工资吗？"

她点头说："给呀。可我不要，我在这里一点不累，山上好玩儿的多，看叔写字也有意思。就当我餐馆不想做了，来休假。但叔一定要给，他说替我存着，等我回家时一起给我。"

"你在这里能习惯？"

她声音甜润："能习惯，叔吃饭不讲究，你做什么他吃什么，都由我变花样。不过……"她伸一根指，点着自己的唇角，好像在想怎么说清楚，"有时他上山去，突然下雨了，我记起他没带伞，连忙给他送去。他远远见了我，并不来接伞，却高喊一声，往山顶上奔跑。我在后面追，他又奔又跳，跑的路线也歪歪斜斜，身子臂膀乱抖，好像在跳舞蹈。由着雨水浇。"

我顿时想起和尚的故事，大概是一脉相承的。我看出姑娘有些担忧，便安慰说："你不用害怕，这没什么，我猜他在体会自然之气，好融进书法中去。"姑娘点了点头，似乎有些明白。

就听到屋里发出说话声："秋香，你在同谁说话？"

姑娘说："是你单位的一个同志，刚来一会。"说着她走到卧室门口。就见门开，谭一池走出来，手中系着衣服扣："原来是小孙，好久没见了，挺想你的。"

我说："一直想来看你，就是琐事太多，走不开，一拖就到今天。"

他到园子里，又朝菜地中的路走去，说："你年纪轻轻的，来一趟也不费事,今天来了不要走,就在这里吃饭。"

我说:"不了,一直没来,就是想看看,有什么事要我帮着做。"

"哎,过去你到我家,我招待不了你。现在我有侄女在,放心,有你好吃的。"他转过头问姑娘:"秋香,今晚我们用什么招待客人啊?"

姑娘说:"就烙小饼吧,用小葱、鸡蛋裹着吃。"

谭一池顿时如小孩一般欢喜,右手张开了不动,左手使劲去搓他的掌,说:"太好了,小孙,你好好尝尝,我敢说,你在别的地方绝对吃不上这么好的薄饼。是我们家乡一绝。我就记得小时候妈烙的饼好,后来就没吃上过。秋香来了,我又吃上了。"到木架上拿了一把大剪刀,弯了腰,到地里剪葱。

姑娘说:"我去和面了。"说着进了屋。

我也下到葱地里,看着他剪,一会就剪一大捧。我说:"够了吧。"他掂掂分量说:"不剪了,是够了。"我接在手里,送进厨房。姑娘脱了外衣,挽着袖,正在和面,见我拿葱进来,说:"怎么能麻烦客人?你快歇着。"我说:"没事,没事。动动手快活。"我站边上,看她身子一曲一伸,非常好看。

她停下,弯起一根小指,把额前掉下的一缕头发勾上去,说,"前面山上景致特好,你同叔去走走,我这里一会儿就好了。"我就不好意思再站着看她,走到前边,谭一池已经执一本古帖在手中,见我来开了前栅门,我们一起走了出去。

有一条小路通山顶,大概是新近踩出来的,草伏下了又翘起。两边不时生出一些荆条,扯住人的衣襟。树上跳下一只松鼠,在我们前面跳跳蹦蹦,一点不怕人。我想,在这里过日子真是惬意得很,不由回头看,谭一池落后我五六步,一边走路,一边还看古帖。我停下等他,说:"你老是写啊看的,就那么些方块字,不觉得寂寞吗?"

他搔搔半秃的脑瓜,想了想说:"哪里会寂寞?不会。你看那么些都是字,点横竖撇折,好像都一样,都是方块字,可是我的眼睛里,却见了古代一个一个人。颜真卿是一个耿直的老头,身高足有一米八,四方脸,银须在胸前飘荡。王羲之要轻灵得多,有飘逸仙气,我总觉得他的脸像梅兰芳。怀素和尚脸消瘦,整天在芭蕉叶上挥洒,他不忌食,最喜欢吃的是野兔肉。杨凝式就是一个古怪的人,他上街,邻里唤他,从来听不见。他们这些人天天到半山园来同我周游,品字论书,我怎么会觉得寂寞?"

我定定看他,他很认真,一点不像说戏话。我们又往前走。他边走边说:"我也是坏,先是虚心听他们讲,后来就要插嘴,再后来就道一声歉,对不起,冒犯了。不过,有一些绝品,你什么时候都要顶礼膜拜的。"

我一声感叹:"到你这个境地,神仙也要怕的。"

看看到半山腰,太阳落下去了,山间飘逸着一股青紫气,月亮已经出来,山路倒也明亮。他说,山顶有一座亭子,一块大青石板,非常好的地方。我们还想登,却听得身后有人叫,声音近了,原来是姑娘。她快步到我们跟前,说:"又来你们单位的一个同志,年纪大的,在屋子里等。我就上来找你们了。"

谭一池和我相互看看,说:"下去看。"我们就按原路回来,还没走到,就见一个人站园门外等,远看过去个头很小,我已经认出是赵天石。两边遇上,谭一池说:"今天好日子,客人一个接一个,都在这里吃薄饼。"姑娘说管够。

就到屋里坐，赵天石说："我刚才看，你园子里有西红柿、黄瓜了，我那次来没见着。"谭一池说："都是秋香来了弄的。"赵天石听了，又问一遍姑娘的名字。我这才知道，赵天石到这里走动比我多。

赵天石从包中掏出二盒药来，说："一个朋友从川西来，带了一些冬虫夏草，这药还是很管事的，你拿些吃。"谭一池不肯收，赵天石说："治病的事有什么推托的。"谭一池这才收下。

赵天石又从包中取出一叠人民币，都是一百元的。递过去说："有三幅字，我替你卖掉了。这里是五千元，你数一数。你还有五幅字在我这里。"谭一池摇摇头，无话。赵天石把钱放他手上，他也不数，就手放在一边。赵天石说："你现在搬新房子，急用钱，先把事情对付过去。"他再摇头："让我怎么说……"

我忽然想起一件事来。一天，我同赵主席一起去看一个展览。忽然人群中钻出一个画商，拉住他："赵主席，是不是搞错了，我让伙计来拿字，怎么拿的不是你的字，倒是另外一个人的字，不是狸猫换太子么？"赵天石说："我捎给你的信你没看？不要有眼无珠，你不看看这字是什么气！以为现在名声不大，你不收，将来想收都没有。"画商卟瞪卟瞪翻眼睛，哪肯相信。当时我就不解，怎么是狸猫换太子。现在看，莫非赵天石给画商的就是谭一池的字？

就见外边有烟火，窗子一角都映红了。我走了出去，赵天石、谭一池也走出屋子。就见园子一角有一个灶，是用青砖搭起的，上面放了一块圆的扁平的大铁板，姑娘蹲着往炉膛里塞柴草，火焰一蹿一蹿，欢快地舔着铁板底，又把光芒泼在姑娘好看的前胸上。我说："这炉子烧柴草。"姑娘说："是哩。"谭一池在一边说："烙薄饼非要用柴草，用煤气、煤球都没有这么香。"

小月迢迢

  姑娘就在炉前,十个指细长长的,灵巧地动作,揉面擀面,擀出一个小面盆那般大的饼来。棒一掀,薄饼就跳上铁板,少时,翻一个身,就金黄色了。她一边擀饼,一边管炉上掀翻,还要顾灶下挑火,三头并进,不慌不忙。我们看了,不迭声赞美。

  听得有人敲门,姑娘要去,我抢在前,说:"我去开。"门开了,来的是蒋水莲,手中拎一个大布包。她惊奇说:"你也在这里?"我说:"赵主席也在呢。"她说:"真的?今天热闹了。"我们进屋,蒋科长说:"赵主席,你真关心一池。"赵天石说:"老朋友了,来看看。"

  蒋水莲把包打开,对谭一池说:"下去天就要冷了,我把你的毛衣、呢衣找出来,早晚冷了,你要穿上。"谭一池接了衣服,就从一边拿了钱交给她。蒋水莲接了,疑惑地看看我们,谭一池说:"赵兄替我卖了三张字。"蒋水莲忙地对赵天石说:"你帮一池不止一次了,我们心里不知怎么感激。"数过钱,说:"5千元,三幅字,不算少了。"

  赵天石说:"一池的字不能用钱来估,但现在也只能用钱来估。"

  蒋水莲说:"真亏了你帮助,我又筹划了一些,总算5万元有着落了。等搬进了新房了,赵主席,小孙,我第一个就请你们做客。"

  赵天石说:"这是少不了的。"我也答应下来。

  她又说:"你们今天都在这里吃晚饭。不知有没有菜呢?"就下厨房里去看。姑娘在外边听见了,说:"婶婶,有青鱼,有四鲜肉丸,有新鲜菜蔬,都有了。"

  蒋水莲走到园中对姑娘说:"你要精心做,让赵主席、小孙都吃好。"姑娘欢快地答应了。蒋水莲就要走。赵天石说:"你也在这里吃啊。"她说:"不了,我特地来送衣服。我老爹这几天不舒服,我打电话对他说今晚过去。不能让他等。"

我们留不住。谭一池说:"随她了,我们自己吃。"蒋水莲走了。姑娘早烙好饼,接着炒菜做汤,一时饼菜飘香。姑娘灭了园子里的火。我也动手,准备摆碗碟。赵天石却走到外边,抬头看天空,空中无云,一轮皎美的圆月已经摇出,月中的图案也清晰,仿佛是嫦娥,是玉兔,还有一棵老桂树。四周的树木、屋子、山岭都沐浴在一片纯洁、宁静的月光之中。赵天石叫一声:"啊,今天是十五吧,日子都过忘了。一池,你可有酒?"谭一池答:"有两瓶,一个朋友送来的,是好酒。"赵天石说:"好。今天我们就乘月光,到山上去吃饼喝酒。上面是好地方。我在这里住时,常常登山去。"

我觉得这想法太妙了,连忙附议。姑娘也说有意思。于是我们收拾起来,把饼和菜放进两个笼格中,捂好了,让它不凉。带上充电灯。赵天石说:"把笔墨也带了。"我会意了,就从谭一池的笔架上挑了几支笔,拿了墨和毡垫、镇纸,还挟了一卷宣纸。山并不高,走不到二十分钟已经到顶了。只觉眼前一片空旷,望出去东面灯火璀璨,那是城市。近处树影幢幢,幽幽忽忽。我和姑娘把笼格拿进亭子,正要摆开。赵天石说:"天朗气清,就放到外面来吧。"谭一池也说:"对,外面痛快。"

我就走出来,只见一块大青石,足有三米长,二米多宽,平平整整,月光潺潺从石上流过。我和姑娘摆开碗筷、酒盅。却没有椅子,姑娘要下山拿。赵天石说不用了。我灵机一动,拿起毡垫,对折了,放地上,让他们两个坐。赵天石说:"我们坐了,你们坐什么?"我说:"我们年轻,蹲着就行了,干脆坐地上。"姑娘也说没关系。他们两个就座了,靠得很近,肩挨着肩。我打开充电灯。赵天石说:"月光很好,看得清。"我便灭了灯,果然清楚。

先吃饼,还是温热的,裹着小葱和鸡蛋。我咬一口,喷香,还特别耐嚼。赵天石喝彩道:"这城里没有比这饼再好吃的了。不过,姑娘,你可破了我们一个规矩。"姑娘有些惶惑:"赵伯伯,什么规矩?"赵天石说:"我和一池聚会,有酒总是先喝酒,今天给你打破了。"说罢大笑。谭一池也作证:"天石兄一点没说错。"

两张薄饼下肚,才饮酒。赵天石是海量,谭一池的酒量也可以,而我和姑娘只是湿湿嘴。赵天石说:"这里喝酒好,比在宾馆里自在多了。"谭一池说:"自在就喝个够。"又把他一盅斟满。赵天石夺过瓶子,也给他斟满:"你也放开。"两个碰杯,一饮而尽。

我抬眼,亭子树木都被月光洗得鲜亮,看地下,我们的影子摇曳不定,恍如在水中一般。赵天石说:"姑娘叫秋香?"谭一池接口说:"是呀。"赵天石说:"这名字俗,按姑娘的气质,也不应叫这名字。"谭一池说:"她也嫌不好呢。"姑娘说:"在家老人给起的,到了城里也觉得不好,想改,但文化不高,想不出好名字。"我插嘴说:"赵主席专攻训诂,年轻时研究过新文学,学问深着呢,你快请赵主席给你想一个。"姑娘忙说:"求赵主席给我想一个好名字。"

赵天石放下筷子,凝目静思,说:"秋字还是不错,也是我们今天的情境,格调不低,只是……"仰头去看空中,忽说,"就用一个'伊'字吧。单人旁加个尹。秋伊。"姑娘说:"这意思是……"赵天石微笑说:"伊就是他。《诗经》中就有'伊人'一说。五四后的文学中用的很多,专指女性,鲁迅也这么用。这意思就是,秋天中的她。"

姑娘新奇地说："秋天中的她？"我抢着说："这好。有出典，还富有象征。"姑娘嘴里念几声："秋伊，秋伊。我叫秋伊了，谢赵伯伯。"

饮一会儿，赵天石说："一池，现在你的字气很足。"谭一池微笑说："可能是养气养的吧。"赵天石说："应了一句古话，吾养吾浩然之气。到一定程度，什么技法都不存在了，只是凭性情写字，不过借线条、点划而已。"谭一池欣然说："先贤都是这样，颜鲁公的《祭侄稿》，山谷道人的《李白忆旧游诗卷》，什么时候我看都醉。他们吐心中真气，存一点假都不行，如有功名念头必死无疑。"赵天石叹一声："你说的是，可现在满世间都是功名利禄，这般做的还有几个？"谭一池似没听见，接着说："字高不等于人品高，如王铎、张瑞图就是。但字至高者必是人品高。"赵天石说："这个道理也是对的。"

我旁边听着不甚明了，姑娘似乎也如此，我就对她说："我们到边上走走。"她应声而起。他们只顾论道，也不理会。我和姑娘就走到边上，沿着护栏绕圈。我说："你在他家习惯吗？"她说："习惯。"我说："平时谭先生写字，读帖，就跟痴人一样，你一个人不闷气？"她说："不闷气，他写字，我在一边看他神色看他姿势，也挺有意思。要是真闷气了，就到城里找伙伴玩，或者上山来看鸟。"我点头。圆月越升越高，却比刚才小了许多，恍恍然，觉得自己也在向空中升去。就听到树丛中一阵扑扑响，姑娘似有些怕，不由挨近我，我就跨出一步，挡在她的前面。是什么，是狗，是狐狸？我们拿不准。我从地上找了一块石头，扔过去，就听噗的一声，飞起一只大鸟，扇动两叶长长的翅膀，一下一下向高空划去，像是追着月亮去了。虚惊一场，我们相互看一眼，笑了。

小月迢迢

　　我们转回来,听见谭一池叫:"秋香,秋香。"姑娘走过去,说:"叔,你怎么忘了,我不是叫秋伊么?"谭一池说:"对,对。我喝酒昏了头,你是秋伊。秋伊,把碗碟收了,我和天石兄要写字。"我也过去,几个人一起动手,大青石上空出一方地来。我铺好毡垫,放上宣纸,这才发觉有风,用镇纸压了,还不够,姑娘用手压住纸的下角。我打开了充电灯。

　　赵天石握了一枝长锋羊毫,略思一下,就下笔。只听纸上有声,一会赵天石放了笔,写的是王维的律诗:"明月松间照,青泉石上流……"谭一池看了,说:"看你的字,再浮的人都会稳下来,你是把《石门铭》吃透了。"

　　我把纸换了。谭一池却走到一边,微曲双腿,对着林子,好似在调理呼吸。我们都静静等他。就这时,突起一股风,把毡垫上的宣纸索索吹跑了。再看天空,不知什么地方飘来一片灰云。我忙跑了去,捡了宣纸重新放好。而风却不见停,树林里簌簌发响,身上也觉出寒。谭一池在那边高声说:"是秋声!"只见他疾步走来,抓了笔,浸进墨中,提起就要书。风又起,我一下没按住,纸飞起,扑在他的身上。我忙揭下,说:"风大了,还写?"他答道:"写。"我重新放好,姑娘也来帮忙,我们两人四手按住了,看纸上已经沾上墨点,我想换一张,还没来得及,他已经扑上纸来,只见笔锋如龙蛇奔走,一时间,已经洒了半片纸。我却认不出写了什么。他嘴中又嗨嗨发声。我两手按纸,看他笔已到灯晕外,却腾不出手来移灯,正着急,赵天石已把充电灯提在手中,一边移,一边高声诵读:"欧阳子方夜读书,闻有声自西南来者,悚然而听之,曰:异哉!初淅沥以萧飒,忽奔腾而澎湃,如波涛夜惊,风雨骤至……好,好!"

我们一连换了三四张纸。谭一池写到后面，摇首顿足，不能自持。终了，扔了笔，长出一口气，一屁股坐地上。赵天石细看，高声说："一池，你让我开眼了。历代草圣都是纵行连贯，但是你横向也连贯起来，你把古人的竖行之间的距离取消了。这个创造好！张旭、怀素的'法'被一千多年后的谭一池打破了。破得好。我看到的是什么，是一园的花草树木？是漫天的狂风暴雨？是神鬼仙佛的变化？告诉我，你是怎么想的。"谭一池说："我也不清楚，只是心中觉得要这么写。"赵天石点头不说话。

看夜色已深，我们收拾起东西。风小下来，那片灰云也已飘开，小月迢迢。到了山下屋里，赵天石显出乏意。谭一池说："你们今晚不用回家，就在我这里歇。"赵天石问我："你回家吗？"我说："我还是回家睡，你就在谭先生这里住下，这里没电话，我骑车到你家，告诉一声，就说今晚你不回来了。"谭先生说："也好。"赵天石不勉强我，说："一池，今夜我们还可以论道。"秋伊听了，赶紧去搭床铺被。

我骑车出来，顺坡一阵放车，等路缓些了回头看，屋子隐在山坳里，看不见。

四

星移斗转，一晃又是半年过去了，谭一池的字突然爆热起来。来势之猛是谁也想不到的。赵天石替谭一池卖出去的几幅字，落在字商手中，没有人当紧。一天东瀛国来了一个书法代表团，团长是一个七十多岁的老人，书艺博大精深，团中都是一些不凡之徒。无意中见到了谭一池的字，团长双目就似被磁石吸住了，拧着银须的

小月迢迢

手不时抖动,呼吸一阵紧一阵平,足有二十分钟,才开口:"精魂还是在华夏啊。"他第二天就要离开回国,当天一定要拜会谭一池。于是由人陪着赶到半山园。谭一池正在看帖,衣衫不整出来,老人见了,毕恭毕敬鞠一个躬,书了四个大字:"当代草圣。"无独有偶,不出几日,中央有一个领导人,也是精通书艺的,从京城写一封信给文联,请转给谭一池,说他钻研书法五十年,也是极难见到这般高品,说谭一池的草书出神入化,足可称当今书坛的巅峰。日后有机会,一定当面领教。

一时间,各种赞美之词,研究文章频频见诸媒介。而且谭一池竟是由东瀛学者发现,带有几分传奇色彩,更利于小报记者做文章。那股势头比当时朱少风的还要猛,还要经久不息,然而谭一池仍是那样,写字读帖,似乎并不明白自己身上发生了什么。最兴奋的当然是蒋水莲,两眼中流动着幸福的光亮:"我五十岁才做名人的夫人,太晚了,太晚了!唉,可惜了这么些年。一池早应该出大名了……我终于还是做上了。"就有人传话,文联知内情的人听了都感慨。

一天,蒋水莲打电话来,要我去她办公室。我不敢拖延,立时赶到。她让我坐下,把门关了,说:"小孙,有件事要你帮忙。"我说:"蒋科长,你的事还用讲帮忙?吩咐就是了。"她说:"这就好。其实也不是什么事,你知道现在谭先生不一样了,他已经出名了,可不是一般的名,出大名了!也是朱少风的关系,有一家五星级的宾馆请他去住,食宿不收一分钱,时间不限。也无须用他的字抵价。人家只要他的名声,某年某月,谭一池先生住过,就可以了。这样的事还不好?有第一件找上门,日后就会有第二件第三件……可是谭先生竟然不愿意去!你是知道谭先生痴相的,他这么一来,不是让朱先生也脸上难看了？谭先生倒是挺相信你的。这样，你同我一起到半山园去，说什么今天也要把他这堡垒攻下来，攻下后，宜快不宜迟，今晚就搬去。就这个事，你说，你有必胜的信心吗？"我心里掂一下，看她眼光针一般刺向我，便说："试试吧。"她说："不是试试的问题。"我说："一定努力。"这才放过我。

我们出门打的，十多分钟后就在半山园的屋子里。蒋水莲走近秋伊，笑吟吟地说："姑娘，麻烦你一件事，出了山，苜蓿路路口有一个人在卖水蜜桃，十分好，刚才我没来得及买。你走着去，就在那里买。别处的都不要。买三斤，小孙和我们一起吃。"说着掏出一张十元。姑娘接了出门。等她走了，蒋水莲说："一池，我说的你细想了吧。不要太拘泥。我把小孙也请来了，他也主张你去宾馆住。"说罢眼光瞥我，我忙说："是呀，蒋科长说的对，五星级的条件不知有多好呢。"

谭一池的目光从字帖上移开，没抬起。蒋水莲接着说："五星级是国际上最高级别，外面寒冬，里面温暖得同春天一样，外面炎夏，里面还是春天。吃的用的都是世上最高级的，舒服得同皇帝一样。你没住过，正好可以开眼。"谭一池说："秋伊照顾我，已经习惯了。"蒋水莲笑起来："你呀，开口就离不开侄女。自家侄女当然不错，可五星级宾馆的小姐个个如同天仙一般，温柔可亲，绝对有礼貌。由她们照顾你，会有一点不周到？"谭一池说："我知道好，就怕不习惯。"蒋水莲拍一下掌："我明白了，你是怕离开清凉山的自然环境。告诉你，五星级里也有花房草坪，你照样呼吸新鲜空气。如果你实在想这里，让老总派车，来清凉山走走，不是一样效果？你呀，不要老古脑筋，说不定住上了，突然有意想不到的收获。"谭一池还是没有同意。我也上马，顺着蒋水莲的意思往下说，两人轮番，但也没起作用。蒋水莲急了："你不知道，老总邀请，免费住五星级是一种规格，书法家中有谁受过这礼遇？除了朱少风，你是第二个，赵天石还没享受呢。一池啊，不要糊涂！"

正说着，秋伊回来了，捧了一包桃子。蒋水莲当即收口，说："秋伊，你洗一洗，我们吃桃子。"秋伊洗过拿上，蒋水莲挑一只最大的给谭一池，他迟疑一下接了。随后递给我，再递给秋伊，我们大家一起吃。桃子很甜，水分也多，我吃着舒服，心中还有些不自在。秋伊是一个机敏的姑娘，也看出了，用眼光瞥我，又去看谭一池，恰好谭一池也抬眼，两人的目光触上，秋伊已在眼光中带了询问。而这一幕恰好让蒋水莲看见，她眉心一皱，三口两口吃了桃子，擦了手，对秋伊招手："你来一下，我们到后屋去。"秋伊应了，跟着她出去。

我意识到为了什么，不去理，坐下，和谭一池有一搭没一搭地瞎说。依稀听见后面说话，先是蒋水莲的声音响了，轻下去，后来秋伊的声音响，也轻下去，又有幽幽燕燕声音传来，是谁饮泣？我觉得可能听错了。好一阵过去，两个人复回屋内。我见秋伊的眼睛有些红，莫非她真是哭了？蒋水莲不说话，只用眼睛看秋伊。秋伊就说："叔，我要走了，不能照顾你了，我要去做自己的事情。"她的声音含着情感，很动人。谭一池没有思想准备，站起，直直看着她："你走，走哪里去？"秋伊说："婶婶给我找了一份好工作，我不能在你身边了。"蒋水莲接上："秋伊长得好，人也聪明，前程很大，我们不能光为自己，耽误了孩子。"谭一池的脸上就有沮丧，有自责，交织在一起，闭上眼，突然像老了十岁。好一会才问："你什么时候走？"秋伊张了张嘴，没有声音。蒋水莲说："那是一个好工作，人家还答应送她去培训，当然越快越好。"秋伊默默走出去，进后屋。

这里，蒋水莲说："一池，你不要不听话，包括秋伊，大家都希望你好。"谭一池慢慢把眼睁开，说："由你了，我去，就去。"蒋水莲笑出来："这就对了，你本来是一个从善如流的人嘛。"

秋伊出现在门口，手中提一只旅行包，不进来，说："叔，我已经收拾了。"蒋水莲上前拉住她手，拉进门来："姑娘，你不用急成这样。今天我们先把谭先生送进宾馆。晚上你还在这里住，愿住几日都可以，不过，那地方可是包吃包住的，你离开时锁上门就行。"谭一池开口了："秋伊，你来快近一年了，这些日子，你照顾我很仔细，很好。你走，叔没有东西送你，就送两幅字吧。"蒋水莲在一边说："秋伊姑娘喜欢什么，我做婶婶的心里清楚，由我来办。你理了东西，我们抓紧走。"秋伊说："我不要别的，就要叔叔的字。"谭一池就要她上纸研墨，蒋水莲脸色就有些难看，不好再说。

谭一池提笔蘸饱墨，书了两首绝句，一首是李白的"朝辞白帝彩云间"，另一首是李清照的"生当作人杰"。仔细盖了两戳印，一戳圆，一戳方，用毛边纸吸干。递给秋伊。秋伊说："谢谢叔叔。"眼里好似含着泪，回过头去。谭一池自顾洗笔，不看她。半个小时后，就有一辆白色的轿车驰来，把谭一池、蒋水莲接走。

有些人的名声炒过一阵，也就销声匿迹了。另有一些人，不见得如何炒，名声却是一天胜似一天，如日中天一般。谭一池就是后一种。过了炎夏，书协得了消息，将由中国书协和美术馆主办，对外友协和东瀛的一家书社协办，给谭一池举办个人书展，在我们省内这是破天荒第一次。赵天石接了通知很高兴，说："也就一池够这规格。"我忙赶到蒋水莲那里，给她报信："蒋科长，大喜事哩，我这就去宾馆,给谭先生贺喜。"

她用陌生的目光看我:"你以为他还住在宾馆里?"我诧疑地说:"他不住那里了,宾馆说话不算话?"她冷笑一声:"人家守信用,鬼出在他身上。"我问:"怎么谭先生出鬼了?"她说:"奇奇怪怪的毛病,一会说打扰的人多,一会儿嫌床软,一会儿怨窗封得太死,左右不对,这么好的五星条件,他就跟坐牢笼一样,你说是不是出鬼?"我无以对话,只是心中乱想。她说:"本来宾馆方面准备我们至少住三四个月,谁想到住五天就回来了。"我说:"说不定谭先生真的不适应。我看过一份资料,国外有研究,有人就是不适应空调房间。也好,谭先生喜欢半山园,就让他在那里住。马上下班了,蒋科长,我同你一起去山上看他。"她说:"你要去就先去,新房子已经分下来了,我正安排人装修,晚一会儿回来。"

我骑了车子,赶到半山园,见了谭一池。他不在看帖,也没有写字,只在屋檐下站着,两眼茫然地望着山上。我说:"你怎么站在这里?"他说:"这些天有些头晕,胸闷,出来透透气。"我想起他有脑血管病,便说:"你要多保重。大家都希望你身体好。"接着就说了中国书协要办他个人书展。他一时兴奋,伸出左掌,右手使劲在上搓,不一会儿却有些黯然,说:"不知为什么,这段时间写的都不好,没有感觉。"我安慰他说:"可能是你长期读写,太疲劳了,人有一个生物钟,过了这段时间就好了。"他说:"我觉得不全是。"

我们进屋,谭一池请我坐。他走到书桌边,从笔架上拿下一枝长锋,在手心中反复捏摸,说:"这支笔我是那年去笔厂,请人特制的,我用它得心应手。昨天坏了,随了我多年,唉,同人一样,也老了,死在疆场。"说着声音有些幽咽。我也受感染,心想,到他这田地，用过的物什都有生命的了。他放下笔，走了出去，我也跟出去。他从墙边拿了一把铁锹，走到园子的一角，一掀一掀挖土。我不解地问："你挖泥干什么？"他说："笔同人一样，都是和土地联在一起。我要筑一个笔冢。"我说我来吧。他挖了一阵交给我，我在他的指导下，掘出一个二尺见方，二尺半深的土坑。他又走进屋，拉开抽屉，我看，好家伙，不少啊，都是用坏的笔。他又拿出一只紫檀木的匣子，把笔都放进去，才用坏的长锋放在最上面，刚好放平，合了盖。用一块红绸包了，两手捧着，走到土坑前，脸上肃默，松腰，跪下一条腿，身子折下去，头下垂，差不多挨到地面，才把木匣放到坑底。太阳已经坠下，一道猩红的余晖露出，刚好抹在园子栅栏上。四周的松树柏树伫立着，枝叶都不晃。山上没有一点鸟鸣。一种很古的感情从我心底生出，仿佛见了古战场的景象。大漠孤烟直，长河落日圆。谭一池好似成了征战的主帅，亲自在掩埋爱将的尸体。

我们回到屋里，蒋水莲回来了，我要走，她不让我走，要我陪谭一池，自己下厨做饭。秋伊走了，做饭的事只得落在她身上。等到天全黑下来，蒋水莲把饭菜端上来，清蒸鲫鱼、红烧肘子、鱼香肉丝，外加一素一汤。我给谭一池盛饭，他看一眼说："太多了。"我说："你一碗都不吃吗？"他说："近来吃什么都不香，要是秋伊在就好了。"

我不敢说，看看蒋水莲，她也看看我。一时动筷，蒋水莲边吃边说："新房子非常不错，两间朝南，太阳一直能照到下午5点，我掐着表看的。窗外就能见到湖水，一池，你同我一起去看看呀。"一池说，好，空了一定去。她又请我去看。这时，谭一池放下碗筷说："吃不下了。"我心里明白，站起说："谭先生，你等着，我

小月迢迢

出山,上街去找,有卖薄饼的,一定给你买些来。"蒋水莲喊我:"小孙,都什么时候了,将就吃了,明天再说。"我已经到屋外:"没关系,我去去就来。"

我一路急骑,出山路,到了街上。饭铺倒不少,门口张灯结彩,都是吃酒菜的,哪里有卖饼的。我骑了足有十条街,才见一家卖饼,却是一种厚厚的,上面撒了不少芝麻。我不管了,称了一斤。再骑回半山园。请谭一池吃。他咬一口,嚼着,再咬一口,放下:"一点不韧,还发水,差远了。"我也拿起吃,说:"是差很多。"蒋水莲说:"你不要嫌不好,小孙骑上那么多路,一家一家店铺找,头上都冒汗了。"谭一池也伸过头看我,说:"哎哟,对不起。"我说:"没事,我年轻嘛。"谭一池不再吃饼,走到书桌边上坐下,不作声。

蒋水莲走到门外,转身向我招手。我知道有事,走出去。她说:"我们到后边说话。"我便同她一起进后屋,她把门虚掩上,说:"小孙,你看他的状态,有几天没写字了,我真担心书展能否办得好。唉,不成名的时候眼巴巴盼他成名,没想到成了名,我还是提心吊胆。"我说:"蒋科长,你不要太心焦,谭先生是太累了,需要休整,由着他,不过三五天就能调整过来。到那时他又是生龙活虎,书展一定会大获成功。"她说:"话是这么说,我心里总是不安。"我劝慰了一会儿,走出屋来,前屋中不见谭先生,正要寻他,忽听蒋水莲喊:"火,火!园子中有火。"

我连忙跑出去,火在园子中央烧,火光中映出一个人影,就是谭一池。我跑过去,见他依然是一条腿跪的姿势,膝盖下压了一大摞纸,都是他写过字的宣纸。他拿起一张看一下,摇摇头,往火中添,再拿一张看,再摇头。每添进一张,就腾起一团耀眼的火焰。到后来他都不看了,径直往火中添。我还没醒过神来,就听蒋水莲喊道:"小孙,拉住他,拉住他!他疯了。"我忙拉住他的添纸的手,他一下甩开。他的劲从来没有这么大,我拉不住。蒋水莲一边喊我,一边也上来拦他。就见谭一池回头,低低地说:"我遇见我的老师了,他要我烧掉。"我悚然,后背顿时掠过一阵寒意。我松了手,蒋水莲也失力了。谭一池一张一张往火中添。那火仿佛是一只颜色鲜艳的火鸟,它翻飞卷滚,一会儿缩小,小到只有寸许之高,好似立时就要被暗色吞噬一样。一会儿变大,在园子中忽忽地扇动有力的翅膀,它用喙啄,用爪抓,奋力地撕开围住它的黑暗。谭一池已经站起,在一边,静静看它变化。耳边忽闻轻轻的呜咽声,那是蒋水莲。

我走近谭一池,说:"你今天犯什么病了?"他说:"我也不明白,这些天好像换了一副眼光,以前写的字我越看越厌,要是不烧掉,一定写不出新的来。"我疑疑惑惑看他,只见他两眼中慢慢逼出亮来,旁边的那堆火在暗下去。

第二天上班,我走进赵天石的办公室,蒋水莲已经在屋里了。她带着哭腔说:"当天晚上他就烧,没有裱过的都烧了,第二天一早起来,又像疯子一样,把裱好的也搜索出来,也烧个精干。我哭叫都拦不住,赵主席,你看这怎么好?"赵天石沉吟着说:"一个书家要到一个全新的境界,必然要否定以前的作品,有人可能做得比较极端,历史上有过先例。"蒋水莲说:"赵主席啊,你不是不知道,一池没出大名前,字也卖出了,现在价更高了,一张一张烧,是多少钱往火里扔啊?"赵天石笑了:"小蒋啊,你不要太心痛,这里的关系是很微妙的。就说钱吧,物以稀为贵,一个书家作品再好,如果多得满世界都是,势必掉价,可能就是一千二千元一张。

小月迢迢

如果他作品少，又都是绝品，价格肯定上去，就可能一万一张，几万一张，总账是一样的。"蒋水莲用手绢抹了眼睛，说："是这样的吗？"不肯很相信，我在边上插话："赵主席是大行家，他说的不会错。"她这才有些相信。

赵天石说："别人的我没把握，一池的事我敢说。现在是让他休息好，一股气缓过来。书展还有时间，你不是说儿子回来了，你们两个陪他散散心。"蒋水莲点头说："主席说的对，先让他放松了，缓过神来。"

接着是两天休息，星期一上班，蒋水莲心情显得非常好。我提了水瓶要去打水，她拉住我说："昨天我们一家三口出游了，先是到公园，稍一转悠，就去看新房子，正在装修，一池也叫好。我拉他到窗边，望出去就是水，远眺也见到山，我知足了，再好的我也不要。我对他说，一池，都是你的字换来的钱，要不我们还不付不起呢。他说，'是我写字得来的钱吗？'我已经告诉他多次了，他总是不很相信。也是他细心，忽然对儿子说，我们去给你妈买一件新衣服。我立时就流泪了，当街就趴在他的肩头，这个呆子，他还想得起来，我三年没买新衣服啊。儿子欢呼了，两个架着我，就到商店去。"说到这里，她从包里拿出一件衣服，一抖。

我定神看，是一件紫红色的时装，像是重磅丝绸的，她比量一下，到她的膝盖下一点。我说："蒋科长，你穿起来，一定好。"她进里间穿了，刚走出，我一迭声叫好，她天生是美人胚子，该收的收，该飘的飘，把她留存的风韵全显出来了。

"还是一池看中的，他一眼就认定这件好，我穿了果然不差。"

"蒋科长，你就穿上呗，放包里干什么？"

她还是换下，说："我想好了，等我们搬进新房子，请赵主席和你来做客,就这一天穿。"

又过几天,她对我说,房子装修得差不多了,很快就可以搬进去。又说谭一池的精神也恢复了许多。

没多久我出了一趟差,两天后回来,因为急着盖一个章,下火车直接去了文联。见赵天石站在院门口,一辆小车从大院开出,停在他身前。他刚好看见我,急急向我招手。我小跑过去,发现他脸色十分难看。他不多说,坐进车,让我也进去,车子就开了。我心中估摸一会儿,忐忑不安地问:"出什么事了?"他脸上罩着一团黑气,还是不回答。我不敢再问。车子开得很快,转了两个弯,我看出是向半山园方向。这时赵天石开口:"谭一池死了。"仿佛有一把匕首一下划开我的心窝,一股寒风灌进:"这,这怎么会呢?""他清早起来,正写着字,突然脑溢血,送进医院就没救过来。"我的心一阵一阵发寒:"有这样的事?"他说:"这是他烧掉后写的第一幅字。"我的身子情不自禁缩起来,嘴中唉声叹气。这么看,出师未捷身先死,还确有其事。

我们叩门,开门的是蒋水莲,她一见了赵主席,两行泪水就哗地流下了。赵天石握住她的手,重重地摇。我的舌头在嘴巴里发硬,说话都不成句。她的儿子也从大学赶回来了,在边上不住地安慰母亲,替她拭泪。儿子长得像娘不爹,看上去很聪明。

蒋水莲坐下了说:"昨天清早,我睡得迷迷糊糊,听他摸起来,我说了一句,还早着。他说,今天好了。听动静他像上园子去了,好一会儿他才回来,我猜他是在写字。这时我睡意少了,就听他在前屋发出怪声音,接着就听一声重响,还带倒了椅子。我觉得不对,大声喊他,没有回音。我连忙从被窝里爬出来,到前屋,他已经倒在地上了……"她又是流泪,指着书桌前那块地方。

小月迢迢

我凝视着那地面，仿佛见了活生生的谭一池，他奋笔挥毫，眼中充溢着令人感动的光芒，他的背上生出一个鹅蛋，在内容空无的后背上运转。正此时，生命突然中断。我见他握了笔，缓缓倒地。倒在地上的好似是谭一池，又好似是他的老师，那个以发为笔的和尚。我知道自己很伤感了。

蒋水莲还在哭："明天新房子就装修好了，是用你的字换钱买的……你怎么就撇下我们走了？你走了，我们要房子干什么？"儿子在一边收拾笔墨砚台，我问了，知道他已经空出一间屋子，给他父亲作书房，文房四宝都按他习惯的摆好。

停一会儿，赵天石请蒋水莲把字拿出来看。她指指一个抽屉，儿子上前拉开抽屉，拿出两张折叠了的宣纸。赵天石接了展开，只见他两眼突然睁大，发出一种骇人的惊喜的光亮，捧纸的两只手索索抖动，看了一张，再看一张，惊呼道："神品！神品！"蒋水莲也震动了，眼里露出欣喜之光。赵天石吩咐我挂起，我踩上凳子，在墙上依次挂好。赵天石一会儿走近，一会儿退远，以拳击掌，嘴中不停地嘘唏，感叹，怎么看都看不够，好一会儿对我们说："无价之宝，精血所凝。一池的魂就在这里！"

我也看，只觉得满卷的飞腾之气，却又不甚明白。听赵天石念，才知道写的是文天祥的《正气歌》：

　　天地有正气，杂然赋流形。下则为河岳，上则为日星；于人曰浩然，沛乎塞苍冥。皇路当清夷，含和吐明庭；时穷节乃见，一一垂丹青。在齐太史简，在晋董狐笔，在秦张良椎，在汉苏武节。为严将军头，为嵇侍中血，为张睢阳齿，为颜常山……

到这里断了，一池倒地。就留89个字。

当下赵天石让蒋水莲收起，拿到云天斋里好好裱了。他说，有这么一幅字，足以开书展。

书展如期举办，正厅就放谭一池一幅字。后面挂着许多祭文，有赵天石写的，有朱少风和几个副主席写的，也有各界名流送的。北京那位中央领导派人专程送来祭文，叹息无缘见上一面。因为展厅大，后面空出许多，征得中国书法协会的同意，退而求其次，放上朱少风的不少作品。等到开展那天，参观的人都被谭一池的作品震动，赞美之词不绝于耳。东瀛的那位老人也出席了，他默然无言，长久不离去，泼墨道："生命已在字里，人如何不去？"当即他代表一家大集团，愿出高价购买这幅字。价格之高是从没有过的，并表示还可以商量。

蒋水莲动了心，但赵天石不同意，说："绝笔作品，怎么可以出国门？"然而一池去了，他家中的困难是显见的。赵天石也费了心思，他同曹董事长协商，把自己最得意的四幅字卖给天龙集团，得八万元。另外天龙集团出七万，一共给了蒋水莲十五万元，买下了谭一池的绝笔，捐献给中国博物馆。

蒋水莲得了这钱，一系列的事摆平。一天，她忽然想起，一池的侄女身边有两幅字，可能是一池散落在外的仅存作品了。连忙找了去，到那单位一问，原来秋伊只在她介绍的地方做了一个月，就离开了。再写信到秋伊的老家，回答说她还在外面打工，却不知在何处。蒋水莲好怅惘，好些天都有气无力。

捐献仪式相当隆重。我见了赵天石在绝笔上题的词，是几行小楷，苍劲有力：

小月迢迢

　　一池为吾友，一池之绝笔浩气贯注，心血滋养，为一池精魂之生动体现。一池猝然而卒，为书坛一大不幸；然卒而留此神品，又是书坛一大幸也！

　　　　　乙亥年五月廿九日天石记于飞翼斋

　　过了三年，蒋水莲上街，没想遇上秋伊，她惊喜望外，好言好语把她请回家，吃过饭，才讲起真实目的。秋伊不肯给，说是堂叔送给她的。但架不住蒋水莲缠磨，她答应还一幅李清照的《夏日绝句》，当下蒋水莲就跟她去住处拿了回来。那幅李白的《早发白帝城》，秋伊是死也不肯给了。

　　　　　　　　　　　　1998 年 1 月 26 日
　　　　　　　　　　　　1998 年 2 月 21 日修改

老　余

老余一生平淡无奇，在一个公家单位里谋事，最高也就做到副科长，也是看他年龄大了，照顾他的情绪。翻他履历也是没有亮点，中专毕业了分到单位，文化大革命中是逍遥派，以后不咸不淡地上班过日子。

如果因此认为有关老余的一切都平淡无奇，那就大错特错了。老余有一对女儿，小名叫大妹、二妹，见了的人大惊失色，说，"老余，你真有本事，怎么生得出的！"的确，生一个好女儿都是极难的事，去大马路上看看，一大堆女人，堵了半条路，要长得好，又品行好、性格温婉的女孩能有几个？老余怎么就生出一对来，那要天大的本事啊。

二妹 11 岁，大妹 13 岁时，就看出是一对美人坯子了。夏天，两个女孩一起出去，都是一样的装饰，脚下穿天蓝色滚边的布鞋，上身是月白色的缀红花的裙子，乌黑长发似波浪一样垂下来，半腰里扎一根鹅黄色的头绳,身材苗条灵秀,像是两株出水芙蓉,短袖里伸出两条白净、细腻的手臂,像是刚起出塘的鲜藕。路人没有一个不忙足看的,走过去了,还要回过头。又过了6年,二妹的五官都长开了,越发的楚楚动人。那时候学国外,时兴起选美了,二妹也大胆,瞒着老余,报了名。

老余知道了,说:要有好几轮比赛,这么抛头露面,合适吗?二妹也不和他辩,握了老余的手臂,不停地摇,像是摇船似的摇着手中的橹,说:"爸,我要去嘛。"经她一摇,老余也就不说话了。二妹参加比赛了,他带着大妹、妻子坐在底下看,他的心怦怦跳,他目不转睛地看着舞台上的二妹,像是看一个陌生人,他发现二妹比他认识的还要聪颖,还要有智慧,还要光彩照人。

结果二妹获得了亚军。电视台来采访了,各路媒体都来了。有本全国著名的生活杂志的记者也闻讯赶来了,他正和老余说着话,大妹下班回来,记者说,你爸爸正在说你呢。老余说,不是她,这是二妹的姐姐,是大妹。记者很吃惊,说:"你有两个女儿?太不可思议了。"记者很激动,要老余谈两个女儿,只要想得起来的,都可以说,从小时候说起。他勉强说了些。二妹也从大学回来了,记者一定要拍张照,老余站在中间,二妹站左边,大妹站右边,她们一人挽老余一个手臂,老余笑得脸上的皱纹全绽开来了,像一朵盛开的菊花。

不久,这张照片就登在杂志的封面上,还引用了汉武帝的一句诗,怀佳人兮不忘。虽然用错了地方,他们是父女嘛,但没有多少人发现。单位里很多人都看到这期杂志了,没看到的也找来看。有人说,老余呀,全国人民都知道你有两个貌美如玉的女儿了。老余咧了嘴,呵呵笑。有人说要请吃饭,有人说要喝酒,闹成一团,最后科长出面，让老余买了一盒巧克力，大家都甜了嘴。

　　从老余心里来说，他爱二妹，超过大妹。二妹比大妹更仔细，更贴心。她下班回来，看老余歪倒在圈椅上，就走上来，让老余在床上躺好，她伸出一双手，从颈脊捏到腰脊，又从腰脊捏到颈椎，她额上出细汗了，老余浑身上下也通畅了。他说："阿囡，你太吃力了，不要推了。"二妹才停下手来。

　　天冷了，二妹买了三斤黑芝麻回家，洗干净了，漉水晒干，拿到朋友家磨细了，回来封在大瓶子里，她在家里宣布："这是给爸爸吃的，每天吃两调羹，冬天补身体。"妻子说，看看，你这个女儿，第一个想到的就是你。老余也不说话，嗯嗯地笑。

　　又过几年，二妹上班了，在一个文化单位。大妹谈男朋友了，可是谈得不顺当，隔几天就回家抹眼泪，二妹问：姐姐，你们之间发生什么啦？大妹就把些枝枝叶叶讲给妹妹听。二妹叫起来："这怎么行！心胸这么狭窄，这样的男人少有。姐姐，你说给爸爸妈妈听。"

　　老余和妻子听见了，都走了过来。大妹把刚才的话又讲了一遍。老余的妻子说："怎么会这样呢？真要跟了他，将来怎么过日子"，说着推了老余一把，"你说话呀。"老余说："我要看一下人，看他面相什么样子的？"妻子说："怎么看呢？又不能带回家来。"二妹说："这个简单，姐姐和他见面，我和爸爸走过去，当作不认识，不就见着了。"妻子说："这个办法好，二妹脑子灵活。"

　　两天后，大妹和男朋友见面了，二妹挽着老余的胳膊也去了，二妹围一条雪青色的纱巾，老余围一条骆驼毛围巾，半条围了脖子，半条遮了脸。去了一个小时，老余和二妹先回到家，过不一会儿，大妹也回来了。三个女性的眼睛都集中在老余的脸上。老余闷了好一会儿，抬起头，眼里闪出奇异的光亮，说："我看清楚了，这人眉头结得非常紧，脸上隐隐有一股黑气。再加上大妹讲的那些事，不能谈，不能谈！早了结早好。"

几天后，大妹回家了，泪水止不住地往下淌。她说，男的不同意分手，情愿死，他也不放弃她。

老余的妻子说："怎么碰上这么不讲理的人，倒霉！"二妹说："不怕他，现在文革结束了，他敢怎么样？"

大妹还是向男的解释，但越是解释他越是猖狂。大妹决意不理他，他的电话不接，他写的信每封都退回去。男的就在路上拦她，下班拦，上班也拦。大妹上下班就像通过封锁线一样紧张，终于有一天给他拦截了，他揪住了大妹的衣领，一会儿破口大骂，一会儿苦苦哀求。人们围过来看，一条马路都给堵住了，后来警车来了。老余和妻子到派出所领回了大妹。大妹衣衫撕破了，脸上没有表情。那男的被拘留了15天，放出来了。

可是，他并没有悔改，而用了更阴险的法子。他还是跟踪她，不远不近的，像个幽灵，还到处写信，捏造事实，散布流言，败坏大妹的名誉。大妹整夜睡不着觉，眼窝下陷，没有了人形。

二妹忍不住了，说："这人太无耻了，他还讲不讲理？"

大妹说："你和他说，他可能听你。"

二妹说："你把他地址告诉我，我这就去。"说着就要出门。

背后传来一个沉重的声音："你回来。"她回头看，说话的是她的父亲。老余说："你不能去。老话说，解铃还须系铃人。"二妹说："那就眼睁睁看着姐姐给他折磨死？"老余说得斩钉截铁："不管发生什么，你都不能去。"二妹只得退回来。

第二天是休息天。二妹把象棋盘摆开了，说，大妹，我们下盘棋吧。大妹说：不下。二妹又拿过杂志，说，你看书吧，这是新来的杂志。大妹摇头。二妹不做声了，她翻起杂志，眼睛却看着大妹，她失神的脸在慢慢地变暗，二妹回头往窗外看去，外边的天也在变暗，忽然想起来了，今天是日全食。她忙跑到窗前，太阳高悬在天中央，一个巨大的黑影正在向太阳盖去，太阳慢慢变化起来，由一个圆变成大半个圆，再变成半个圆、小半个圆、月牙儿一样的。有人叫起来，天狗吃太阳了！就有当当当的敲打声，似是敲打破脸盆。二妹回头看，大妹还痴坐在那里，脸更暗了，五官都模糊了。太阳越来越少了，只剩细细的一条优弧了。黑影依然盖过去，刹那间，太阳消失了，天地间一片黑暗，就跟在夜里一样。

二妹回头喊："大妹！"没有回答。二妹摸着黑过去，摸到了大妹的肩膀，摸到大妹一双手，像鱼一样冰凉，发着抖。二妹把它们握住了。大妹喃喃地说："你去和他说，他可能听你的。"当当当，当当当，屋外响得更响了，不止一个脸盆，许多个脸盆都在敲。这时，天有了一丝亮。二妹拉着大妹，朝窗口跑去。两人朝天看，太阳正在奋力地从黑影中挣脱，先是露出一道优弧形的刺目的金光，然后慢慢变宽，变成月牙儿似的，变成小半个圆，二妹心里的想法一点点坚定了。她欢快地叫起来："天狗把太阳吐出来了！"太阳变成小半个圆、大半个圆了。天地间重新亮了起来。

二妹流泪了，她被神奇的天象感动了。大妹无力地依在她肩上。

当天，二妹就找到那个男的。男的说，这里不方便，找一个地方说话。二妹心想，去就去，怕他什么。男的把二妹领到一个偏僻地方，把她活活掐死了。他还在她身体上做了龌龊的事，随后上了一幢高楼，从顶楼跳下来，摔得脑浆迸裂。

小月迢迢

老余的妻子不知道该怎么对老余说。两天过去了，老余没有见到二妹，着急地问："二妹到哪里去了？"妻子忍着悲痛说："她出差去了，她们歌舞团到广州演出去了。"老余说："到广州去演出了？走前怎么没和我说？"妻子说："可能走得急，她和谁都没有说，只让同事来家里说了一声。"她快站不住了，倚在墙上，随时可能倒下。

老余打开门，怔怔地望着远处。又过了两天，老余的嘴唇干枯了，起了一个大水泡，他说："为什么二妹没有一点消息，她怎么啦，她在哪里啊？"声音里透出焦虑和绝望。

妻子打电话叫来了老余的妹妹、妹夫，叫来了她的弟弟、弟媳妇，叫来了老余的两个朋友和一个同事。家里挤满了人，这才把真情告诉他。

老余的嘴张开了，咝咝地发不出声音，眼睛成两个窟窿，似有冷风从里面窜出来。他愣了半天，一耸身奔阳台去。一屋人都呆了，他的妹夫看出来了，猛跑几步，抱住了他。好险啊，老余一条腿已经跨到栏杆外，半个身子都在外边了。妹夫叫一声："还愣着干什么？"屋里的男人都冲上来了，伸出一条条手臂，摁住了他。像是餐桌上上了一道菜，许多双筷子一齐插上去。

老余在众人的手下挣扎、冲突，额头撞上了桌子角，撞出个窟窿，鲜血直冒。大家脸吓黄了，叫嚷着，找来了药和纱布，给他包扎好。老余还在挣扎，直到力气使尽了，他倒在地下，从齿缝里漏出话："让我去死。"

此后一个月，老余躺在床上，妹妹、妹夫、朋友、同事，轮流看着他，不敢有一刻离开。一个月后，他起来了，背佝偻了，开了门出去，走没几步，抖抖地回来了。大妹说："爸爸，我搀你出去走走。太阳挺好的。"她低着头，不敢看老余的眼睛。

老余说："看我，你看着我。"大妹抬起眼睛，看一眼老余，赶紧落下了。她怕老余眼里的嗖嗖冷风。老余说："你谈男朋友，怎么害了二妹？你害人呀！"

大妹怔住了，脸色发白，继而发青、发黑，忽然嚎啕大哭，哭倒在地下。老余的妻子从里屋跑出来，扶起了她，不停地用手抚她胸口。大妹还是哭，后来，哭不出声音了，只有嘶嘶声。再后来，只有出的气，没有进的气。

老余打开他的柜子、箱子，拿起这个，放下，又拿起那个，摸索了半天，终于找好一样东西。那是一个锦缎蒙面的盒子，做得精致，不大，也就三寸来长，两寸来宽，装的是一块寿山石，是老余6年前出差到福建买的。他把寿山石取了出来，在二妹的骨殖里挑了一块，大小差不多的，放了进去。

大妹在旁边，看清楚了，脸都骇白了。

从此，老余就把装有骨殖的盒子揣进了怀里，走到哪里都带着。他去上班了，不坐车，步行去。走了一段路，他就停下来，拿出锦盒，说："囡囡呀，你走累了吧，我们歇歇。"他双手捧定了锦盒，在长凳上坐下。一会儿，太阳从云层后露出来了，到处都闪耀着金色的光芒，草地、大树披了金光，楼房和车辆也是金闪闪的。老余就对着锦盒说："囡囡呀，太阳出来了，你暖和吧。哦，我看见了，太阳照在你的脸上了，太阳照着你的长发了，啊啊，太阳照着你整个人了。"

到了单位，忙过上午，吃午饭了。老余把饭打回来，放在办公桌上，先不吃，打来一盆水，就从怀里掏出锦盒。他坐在饭菜的一边，盒子放在另一边，旁边放了碗筷。他说："囡囡，要吃饭了，你洗洗手吧。"他说了，恍然听见了哗哗的水声。等水声停了，他说："囡囡，你洗过了，爸爸来洗了。"两个都洗了，他就把饭盒打开，说："囡囡呀，爸爸晓得你喜欢吃鱼，买来一条糖醋大黄鱼，明天再买红烧对虾。"

办公室里的人起先弄不明白，等到大家明白了，吓得不轻。人死了，谁知道还有没有阴魂，老余天天带着阴魂来，不吓人嘛？于是在背后纷纷议论，科长就动了老余的桌子，让他坐到边上去。但大家觉得还是不行，还是在一个屋子里啊。科长认为确实是个问题，就放弃一个休息天，带了两个小青年，把仓库整理了一番。到星期一，老余来上班时，发现他的办公桌已经在仓库的角落里。

老余发现，大妹不见了，过了一个星期还是没有看见，他问老伴了，她说，大妹受不住了，搬出去住了。老余没有再问。

老余神魂颠倒的，大家看了都着急，妹夫劝他说："中国人讲究叶落归根，我问过风水先生，人离开了，还是落土为好。"老余说："我是她的爸爸，就是她的土。她在我怀里，已经落在土里了。"

单位里觉得他病得不轻，也不见治好的希望，刚好机关里精简人员，就让他提前退休了。老余没有觉得不好，退休了，时间就多了，更可以和二妹厮守在一起了。天冷了，他就在锦盒外包了羊毛围巾。天热了，老余让人在卧室里装了空调，那时候市场上刚有空调，老余觉得自己年岁大了，吹空调不一定好，但他想女儿年轻，一定喜欢新鲜玩意。他对锦盒说："囡囡，凉快了吧，以后每年夏天我们都开空调，这点电费不算什么，爸爸付得起。"

他带着女儿的骨殖到处走，一天忽然想起，二妹年龄不小了，差点耽误了。他来到花园里，坐在一条欧式的长椅上，和二妹商量开。阳光从树叶缝隙中透下来，老余眯起了眼睛，他说："囡囡，你看中哪一个了，爸爸替你参谋。小张皮色好，人也英俊，配得上你，你说他业务挺钻研的，那好。可是，我见了他两次，总觉得有点油，爸爸担心你将来吃亏。小赵高高大大的，模样不错，也很上进，我看他比小张要忠厚。听说他的妈妈挺厉害的，就怕你将来婆媳之间不好处。罢罢，二妹，你说你想和哪个谈，爸爸尊重你的选择。现在的世道，女孩找一个厚道、靠得住的男孩不容易。你选小赵？对啊，爸爸心里也是倾向他。"

老余站了起来，说："你和他见面，就坐这条长椅子。"他把锦盒端放在椅子上，后退了十来步，"爸爸就藏身在这棵大树后，或者装着不认识走过来。啊啊，你不愿意？"老余笑了，走上前，端起了锦盒，"爸爸说说玩的，不来打扰你们，你放心谈。不过，在定终身之前，请他庄重些，不能让他看轻了我们。"

又好些年过去了，锦盒依然揣在老余怀里。

一年秋天，老余从外回来，一脸惊慌地说："不好，二妹生病了。她呕吐了，还发高烧。"老伴在拣菜，看看他也不回答。老余说："老太婆，你耳朵聋了？我跟你说，二妹发高烧了。"老伴说："我耳朵不聋。"

老余说："你说怎么办，现在上海传染甲肝，很可能她传染上了。"老伴顺着他说："有什么办法，传染上了就去看医生呗。"老余在地下转了两圈，出门了。老伴想想不对，追出门去，已经不见他踪影。

老余一路跑到医院，好在也不远。他坐在医生面前，急慌慌地说:"二妹生病了,发高烧。"医生不明白他说的是谁,对他说:"张开嘴。"老余疑惑地张开嘴。医生摸他额头,皱起眉头说:"你没有发烧。"老余说:"不是我,是二妹。"医生说:"她人呢?"

老余从怀里掏出锦盒子,放在桌上。医生问:"这是什么?"他说:"二妹呀。"医生生气地说:"你搞什么名堂?我问你,她人呢?"老余说:"这就是二妹啊,我感觉出来了,她在发高烧。"医生板着脸说:"你把它打开。"

老余把锦盒打开,嘴里说:"阿囡,医生来替你看病了,你忍着点啊。"医生探头看了,骇得脸色发白,说:"你搞什么鬼!拿走,快拿走。"老余说:"你还没有替二妹看病,我求你了。她已经说胡话了。"他抖抖地伸出手,抓住了医生的衣袖。医生跳了起来,身子往后缩:"如果你再不走,我叫保安了。"

老余跟跟跄跄回到家里,脸上有股黑气,两手捏住了锦盒,说:"医生不给看,还要叫保安赶我走。"老伴这才发现问题严重了,说:"你不要急,你要是急出病来,谁照顾二妹啊?"老余想这话不假,就说:"你倒点水给我喝。"

第二天中午,医生送走最后一个病人,走出门诊室,听见有人喊他,转头看,见门外恭恭敬敬站着一个老妇女。医生问:"你有什么事?"老妇女说:"求你了,救救我家老头。"医生说:"谁是你家老头?"她说:"就是昨天拿着个盒子来找你的。"医生说:"想起来了。我问你,你家老头是不是精神有毛病?"老妇女说:"在别的地方,他都没有毛病,在这个地方,不光有病,还病得很重。"她把许多年前大妹被人缠住,二妹去说,却被掐死,而老余寻死觅活,把骨殖藏在身上,前前后后全都说了。医生怔住了,说:"原来这样啊。"

老余的老伴说:"昨天夜里,我家老头子一直在床上翻身,弄得我也睡不着。天麻麻亮了,我才迷迷糊糊睡着,他突然一脚蹬醒我,喊起来,二妹昏过去了,再不看医生,就救不活了!"

医生陷入了沉思,说:"你别急,让我想一想。"

当天,医生跟分管院长讲了。院长说:"有这样的事?你等一等,我这阵真忙。"一小时后,分管院长找来了,说:"这事院里不好决定,你自己看着办吧。不过,也不是什么坏事情。"

医生心里还是没有底,回家对妻子说了。妻子愣住了,过一会儿说:"我都活 50 年了,还没听说过这样的事!你去看吧。"医生说:"我给人看了 20 多年病,还从来没有给亡灵看过病。"妻子说:"你不是给亡灵看病,你是治活人的病。"

老余歪斜在床上,怀里抱着锦盒,一声一声高地呻吟着。老伴激动地跑了进来,说:"老头子,二妹有救了,医生来了。"老余倏地坐了起来,说:"真的来了?"

医生带着一个护士,走进来了。医生说:"你在床上躺着,不用起来。"医生就在床边坐下,老余拿出锦盒,放在床头柜上。医生抽出笔,在纸上划拉,说:"给她配了营养液,和药放一起,每天给她挂两次水。五盒板蓝根,每天喝三包,开水冲服。"

护士一一答应了,从药箱里拿出玻璃器皿,弄得乒乒乓乓响。医生又说:"这病不可怕,只要治好了,就不会复发。让她好好休息。不过,发病期间有传染性,你们家里吃饭,碗筷要分开,不要传给你们老头老太。"

老伴说:"我们一定注意,不让传染开。"

医生和护士走了。第二天,他们又来了,还是吊水、吃药。一连来了五天。

小月迢迢

老余的脸色慢慢地红润了,早晨,他从床上爬起来,捏着锦盒,走到窗前。老伴忙上来,拉开了窗帘。老余往窗外看,他看见了远远的青山,山上有茂密的树林,林间飘着蓝色的山岚,太阳从山后露出脸来,山上就腾起了快活的火焰。他回头对老伴说:"二妹的病好了。"

眼看春节到了,老余散步回来,老伴颇为激动地说:老头子呀,你女儿要来看你了。"老余不解地说:"女儿来看我?她不是天天和我在一起?"

老伴在他背上捶一下,说:你啊老糊涂了,你不是还有一个女儿嘛?大妹呀,她早成家了,我早知道了,一直没敢和你说。你女婿挺有出息的,不吃大锅饭,自己下来干,开了一家长途客运公司,干得有声有色。大妹一直想着你,快到春节了,她要带着女婿,带着7岁的小儿子,一起回家看你,给你拜年。"

老余嗯一声,就没有话了。老伴说:"你什么态度,说话呀,大妹等你话呢。"老余张了嘴,嘶嘶的却没有声音,突然咳嗽了,越咳越猛,吐出痰来,带着血丝。

老伴和女儿通了电话,说是大年初二上午就来。到了初二,老伴一再关照老余,今天一定不能出门。老余就在客厅里坐定了。老伴张罗起来,又是剁鸡又是烧鱼,等有了喘息时间,回头一看,老余不见了,两个房间里都没有他。老伴急起来,出门找,前弄堂后弄堂都找遍了,没有他踪影。她叹了气,走到家门口,一辆银灰色的汽车刚好在门前停下,车窗玻璃摇下了,大妹探出头,直喊:"妈妈,妈妈!"

开车的是女婿,他一身衣服都是新的。他走到车后,打开后备厢，满满的，全是吃的东西，有冬虫夏草、西洋参、阿胶、有无锡肉骨头、杭州小核桃、南京盐水鸭、宁波汤圆，还有苹果、芒果、柚子。老余的老伴说："你们来就是了，还带这么多东西。""不多，不多，都是他置办的。"大妹指着她丈夫说。

一个小男孩蹦到她跟前，他穿一套咖啡条子的小西装，还系一条红色的领带，说："你是我外婆吗，我从来没有看见过你。"她还没有回答，大妹就在男孩身上拍了一下，说："没有礼貌。快叫外婆。"

男孩叫了，老余的老伴掏出早准备了的红包，塞给了男孩。

他们每人拎了几趟，才把后车厢拎空。大妹说："爸爸呢？"声音里有不安和紧张。老余的老伴又叹气，说："刚才还在厅里，我和他说得好好的，转眼就不见了。"大妹眼睛红了，说："爸爸还没有原谅我。"女婿是个通情理的人，摸着她的肩膀说："不要这么想，说不定爸爸有事。"

大妹问："爸爸用拷机吗？"她说："不用，给他也不要，说是要打扰他。"

女婿和大妹相互看一眼。大妹就问老余常去哪些地方，问清了，女婿出门开动车，大妹坐上副驾的位子，两人一起去找。男孩在家里陪外婆。老余平时去的地方，他们都找遍了，没有见到。回到家里，已经一点了。老余的老伴说，不等了，饭菜早冷了，我们快吃吧。

他们吃了饭，下午回去了。

这时，老余正在郊外的果园里悠哉悠哉。上午，他是想在家里等大妹一家的，可是心里总抹不平，趁老伴不注意，走了出来。也不知往哪去，一辆车开来，他就上车了，没想到是开往郊区的，干脆坐到底，下来是个果园。他进了果园，没见几个人。冬天的太阳懒洋洋的，照着浅黄色的泥土，园子里有青蓝色的烟气，氤氲在果树的枝头。老余掏出了锦盒，说："二妹，大妹回家来了，你说我是应该在家呢，还是跑到这里来？"他似乎听见了二妹的声音，说："哦，你也让我在家里等她，可是我已经跑出来了呀。大妹带了她的儿子来了。啊，想起来了，你也应该有儿子了。"

老余就往一棵棵果树下看，仿佛真有一个男孩躲在树后，跟他捉迷藏。他高声地说："你在这呢，小东西！我看见你了。"他张开两手，向树后搜去，这时，阳光忽然强烈了，在这灼灼的晃眼的光亮中，老余看见二妹的儿子了，他从一棵树后跑出来，又躲到另一棵树后去，和兔子一样灵活。阳光照在男孩的额头上，那里就和玉一样白净，他的眼睛像二妹，嘴也像二妹，鼻子大概像小赵吧。老余淌汗了，他一棵一棵树搜过来，"你溜得好快呀，小东西，看我逮住你！"老余跑起来了。眼前出现了奇幻的景象，树干变成了男孩，男孩变成了树木，两者连成一片。

他直喘粗气，倚在一棵树上："我累了，跑不过你了，你比二妹小时候还调皮。"老余似乎听到什么动静，抬起眼睛，这时，他看见二妹了，她仿佛是从云端里下来的，她还和以前一样，20多年了没有变。二妹袅袅婷婷地向他走来。他张开了嘴，身子像筛子一样抖动。他张开两手，向二妹跑去，可就是走不到她身边。她袅袅婷婷地走，也好像一直在原地。她双肩披着太阳的七色光彩，灼灼闪亮。她本身就是一道光，只能看见，却不能抱住。

"二妹！"他发出了撕心裂肺的喊声。他听见二妹说："我苦啊……"

老余拿出身上所有的力气，向她跑去。忽然心口一阵绞痛，眼前冒出金星，一条腿慢慢跪下，另一条腿也跪下，倒在地下。

　　老余躺在病床上，大妹来了，她哭喊着进了门，跑到床前，抓住老余的手，把脸伏在他的手上，跪了下去。她没说几句话，一直在哭。老余的手上都是大妹的泪水。老余老泪纵横，说："怎么来说，你们都是老爸的女儿。"

　　大妹说："这么些年了，我天天想你，想妈妈，是我害了这个家……为什么不是我死，让二妹侍候你老人家呢？"

　　他说："你起来，起来呀。以后你经常来家吧，和我、和你妈说说话，也和二妹说说话。"

2012 年 11 月 9 日写于金陵
11 月 21 日修改

饥饿和饕餮

一

佳林是在上午10点发觉事情没戏的。三个绑匪,每人的眼里都有一对乌鸦在飞。一个瘦瘦的家伙斜叼着烟,口水把烟屁股濡湿了一截,好像有点脸熟,佳林在哪里见过,但记不起来了。另一个粗壮的家伙在屋里不停地转,像一头骡子拴在棚子里不安分。老大穿一件黑色衣服,他俯下身子,用一种不男不女的声音对佳林说,只要你把钱交出来,交出来就行了,我们要你命干什么?没有用的嘛,人到世界上来一趟都挺不容易的。听上去像上帝一样通情达理。佳林不相信他的话,从他们眼里他看出了杀机。那个作诱饵的艾美也千真万确地对他说,他们一定会要他的命。他知道,这是一伙不讲游戏规则的匪徒,愚昧使他们残酷无比。他们认为,佳林看清了他们的面孔，或者说他们本来也没有打算蒙面行事，如果不要了他的命，他脱身之后，警方一定会把他们抓住。

艾美斜躺在床上，刚才粗壮的家伙击了她一拳，她惊叫一声倒下，叫声和姿势带着七分夸张。此刻她的手遮在脸上，眼神从缝隙里透出来，像一只半夜里栖在树上被惊飞的鸟。她目光在说："不要怪我，你怪我有什么用？这是冤，也是缘呀。"一脸无辜的样子。不怪你怪谁？有你这个魔鬼做诱饵，谁能不上钩呢？佳林恨不得扑上去咬她一口，但手脚都被铐住了。如果不是她那张妖冶的脸，不是她魔鬼一般的身材，他佳林会落到这伙低级的绑匪手中？笑话，他和她至多厮混半夜就会拔腿离开，他从来就是这样的。绑匪还没有下手他已经逃之夭夭了。可恨可笑可叹啊，就是艾美迷住了他，这个酷妹还真会说话，是冤也是缘。他重重地叹了一口气。

他转过头，从窗口里望出去，是一片不算蓝但也不算灰的天空，是林立的钢筋水泥大楼，这是城市中的树林和山谷，一阵风从窗外吹进来，却让他闻到一种农场里才会有的庄稼的气息。不过是两天，自由已经彻底离开了他。他到不了窗边，他和窗口有4米多远，这就是他和自由的距离。他的右手被手铐铐在铁床架上，两只脚各被一条镣条拴住，能够活动的只有左手。有点接近耶稣钉在十字架上，所不同的是，耶稣的两腿并在一起，而他的两腿却被分开了，这样，腿中间的那个家伙就孤零零地凸出来，缺少遮掩。他使劲动一下手脚。老大抱歉似的说："不要动，一头牛都挣不开的，除了白消耗体力之外，一点用都没有。"

他眼前冒出金星，接着出现一片褪了色的景物，他的29年前死去的孪生哥哥佳强从庄稼气味中钻出来，不怀好意地说："你这小子，终于走到末路了吧！"发出嘿嘿的干笑，声音像北大荒初春的寒风。他急忙申辩，这是个偶然，阴沟里翻了船……要不是，我还可以雄赳赳地干好多年……"有这么厉害吗？你可不要把自己估计得太强。"他说："我一点都不对你说谎，我甚至怀疑，是你的能力附在了我的身上。"哥哥不是很相信："真是这样？现在好了，你要和我在一起了。"他叫起来："不，我不愿意！"佳强换了委婉的语气："好兄弟，不用害怕，这个世界并不像你们想象的那么可怕，我不是呆了29年么？"他依然急叫，我不愿意！佳强摇摇头，又一次笑了，笑声里含着悲天悯人和洞察阴阳的智慧，他的笑犹如灿烂的太阳，又如皎洁的月亮，死人的表情总是捉摸不定。佳林被他的神情惊住了，甚至有些感动。他想，他和他的孪生哥哥有什么区别呢？佳强死的时候是一个嘴角和眼角一起上翘的英俊的青年，而他此刻，则是一个秃了前额嘴角可怕地下垂的中年人，他们中间隔了29个年头，这就是他们的全部区别，仅此而已。

我得知佳林失踪的消息已经是晚上了，那天上午他应该去公司上班的，这是个星期一，秘书小蒋把他一天的活动安排写在记事本上，端端正正地放在他宽大的办公桌上：

上午9点，春江晚报新闻版的李主任来公司采访。10点半，与出版社的贾总编见面，11点半和银行的朱行长共进午餐。下午2点，召集《东方之光》一书的撰稿者商讨。晚上5点半，参加吕副市长召开的座谈会，有晚宴招待……

可是，到了9点零8分，周佳林的影子都没有看见。小蒋着急了，她对李主任赔笑脸，说："我们周总从来是准时的，一分钟都不肯让客人等的，他今天一定是临时有了急事，请你多多包涵。"她拨了无数遍电话，佳林家中的电话处在留音状态，而他的手机却始终是关机。她纤细的柳腰好似被棍子拦腰扫了一下,藕断丝连的,随时都要断下来,只要听到楼梯上有脚步声,她马上回过头去,希望看到佳林摇摇晃晃的脑袋像一颗橄榄球一样出现,但每次都是失望。到后来一个个客人面带愠色,扫兴离去,小蒋终于撑不住了,倒在桌上,情不自禁喊出声:"周总啊,难道你上天入地了?"

晚上8点13分,范志伟打来了电话,我正在卫生间出恭,很不愉快地答腔。他心急火燎地说:"今天你见到周佳林了吗,他在不在你这里?"我说:"你糊涂了,他怎么会在我这里,我和他见面的次数说不定还没有你多呢。"这个当年在农场吃过十个大肉包的瘦个子说:"告诉你他失踪了,整整一天了!"我这才知道小蒋心慌意乱地过了一个白天,她揣着这个消息,像是捧着一只不敢开启的保密箱,一直到晚上,吕副市长办公室打来了三个电话,她才开始四处寻找。于是范志伟的电话追进我的卫生间。

我说:"都十几个小时了,为什么不报警?"范志伟的声音就和鱼胆一样苦:"你不想一想,万一佳林在做不可告人的勾当,我们报了警,警方介入,不是马上就要穿帮?我们和这小子一起在农场度过十年,还不了解他?"我说:"那也行,我们分头问问吧。"

我前三个电话打给我认识的佳林在商界的朋友,后三个电话打给佳林的大学校友,都是清一色的回答。我的目光透过墙壁,越过浩瀚的时空,来到寒风凛冽的北大荒,看见一头白颜色的猪倒栽进一头水缸里,死了,当时这个现象很让人想不通,这头猪为什么要钻进和它差不多粗的水缸里,是找水喝?有它那个喝法吗?或许它忽然有智慧了,想找一个离奇的自杀方法。缸里结了10厘米厚的冰,它卡在那里,工人费了九牛二虎之力才把它拔出来。它两条一

小月迢迢

截黑一截白的后腿弯曲地伸向空中，好像要把许多厌恶的东西使劲蹬开，十足一幅后现代的图画。当我一个个拨打电话时，不知为什么眼前不断出现这头倒栽葱的猪，说不出理由。

我的第 7 个电话是由佳林的妻子曹鸾艳接的，她一年前就和佳林分居，一个住在城东，一个住城西，曹鸾艳就是不愿离婚，她要拽住他，拖死他，绝不让他称心如意。佳林开始还努力说服她，后来也懒心了，拖就拖呗，这对他没有丝毫妨碍。她哦了一下没有下文，我似乎看见她原来浓密现在已略见稀疏的头发披散下来，遮了半个脸，她的眼球渐渐地绿了，像黑龙江 5 月泛青的土地，一阵阵加剧的呼吸从话筒里传递过来。我正沉迷在对她的猜想之中，冷不防她问："你告诉我这个干什么？""我想，他是不是在你这里？"她说："你觉得可能吗？白痴。"

我的双手垫在脑后，眼球呆呆地朝着天花板，这么躺了一个小时。佳林像一阵幽秘之风，倏忽而降，倏忽而逝，我看不清他的脸，只听见他的声音，一会儿说："人蒸发了，就登上上天堂之路了……"一会儿说："苦啊。"

我还想听下去，却听见一阵一阵门铃声。我打开门，曹鸾艳站在面前，她脸色阴沉，嶙峋的骨头像要从衣裳里戳出来。我愣了，问："你怎么跑来了？"她说："我觉得这里有名堂。"我说："什么名堂？"她说："很可能是玩假失踪，就为了对付我。"

周佳强和周佳林是一对孪生兄弟，我认识他们的时候他们 17 岁。在当年的知青中，他们是一对出众的活宝。他们的脑壳里有着丰富的奇思妙想，随便出一个花招，会让大家乐半天。他们个子一样高，都是 1 米 75，这是当时中国男人最标准、潇洒的身高，两个都是目如朗星,都是嘴角往上翘,显得非常开朗,而且,他们似乎有意模糊区别,两人都穿一样的衣服,戴一样的狗皮帽,所以,即便是和他们睡一条大炕的人,还是不容易把他们区分开来。

那是我们下乡的第二年,因为嚷嚷要和苏修打仗,农场也实行军队编制。男同学编成两个连队住在小山脚下,女同学也编成两个连住在山上。劳动、出操、学习都是各管各,两性间很少有接触的机会,偶然碰上了,也跟不认识一样,头一扭就过去了。到晚上真实面目就露出来了。

熄灯了,南北大炕都静下来了,只听见一片均匀的呼吸,不了解的人以为开始入睡了,不是的,这是在装假!每个装假的人都希望别人能够入睡,好给自己腾出一个开阔的欢乐的空间。20分钟过去了,半个小时过去了,可以感觉到隔壁的人在动,这绝对不是自然翻身。那个时候按部队的做法,我们睡得很紧,一个被窝几乎贴着另一个被窝,你可以感觉到边上人的手在往两腿中间伸,躯体慢慢开始了有韵律的晃动,你完全明白他要干什么,因为你的手也在往下伸。你想控制自己,不让边上人察觉,但这很难做到。其实你根本不用担心,因为他至多想,哦,这家伙也这样。而且他也顾不上你,他早已沉溺于自己的欢乐。你听见了呻吟,先是轻轻地,像是牙疼的哼哼,南北大炕睡了60多个大男人,一半都在害牙疼。这是多么神奇多么美妙啊。尖尖的上弦月挂在浩瀚的夜空中,远处荒野里,狼在一声一声惨烈地低嗥,就是在这特定的图景里,我们都在害牙疼!这种呻吟是丝丝缕缕的,像是黑夜中闪光的蚕丝,很快交织起来,仿佛有一台巨大的织机,把这些分散的蚕丝织成声音的绸子。半屋子的男人都在吐丝,而织机的原始动力又来自他们,惨烈的狼嗥隐隐传来,增添了野性的刺激。织机在不停地工作,终

小月迢迢

于,一块朋大柔软的闪闪发光的绸布织出来了,它铺盖了南北大炕,我们所有害牙疼的人,都在这神奇的绸子下呻吟、颤动,我们咬牙切齿、酣畅淋漓、事后免不了有些沮丧,而当时,我们把大绸子抖得像舞台上的红绸舞一样,我们牙痛似的哼哼就是红绸舞的音乐。

这种事一个月都要发生几次,有时绸子织得大些,有时害牙疼的人少,绸子就织得小。我们都知道这样下作、可耻,但没有办法,饥饿的虫子在我们的肌肉里、骨髓里乱钻乱咬。

一天晚上,全体人员在大礼堂开会,分场主任主持会议,他的边上是总场革委会主任洪政委,洪政委面皮白净、肥头大耳,端坐在主席台上,活像一路尊神。当时我只觉得他高高在上,象征着某种权威。事件的起因很简单,但如果和整个宏大的叙事相比,一点都不敢小看它。我们知道,佳林在暴风雪中搭救了一个上海女知青,按常规思维来说,如果有桃花缘,那么也应该是佳林和那个叫李玫的女人,可是事况阴阳倒错,佳强冒出来了,他冒名顶替,找到十三分场去了。至于为什么前往的是佳强而不是佳林,要想解释清楚颇费脑筋,我们可以有各种猜测,但说得清的只有他们自己。十三分场离我们分场有37里路,我们看见的画面是,佳强挺着杆长枪,一路跨雪原穿林海,来到十三分场,当时是傍晚,李玫正好在谷场上扬麦粒,看见佳强脸一下红得如西下的夕阳,她犯下一个致命的错误,没有发觉这不是救她的人,而是他的孪生哥哥。我们大家都认为,佳强是我们中间的先知先觉者,他憋得太凶了,几乎是直奔主题而去。按李玫的家庭教养来说,也不是钻麦秸堆的角色,但是佳强这厮太不讲道理了,而她对恩人也抹不开脸,或许情急之下内心也有潜在的萌动。

　　9点半钟，基干民兵出来查夜，听见麦秸堆里悉悉索索响，用手电一照，是他们两个钻在里边，当场就分开审讯。第二天，十三分场派人把佳强押回来了，晚上召开大会，分场主任大巴掌往桌上一拍，怒斥道，你们到边疆来干什么的？一对狗男女！与他相比，洪政委要文明得多，他摇摇手，阻止了前者的粗鲁，接而朗声地说："我恳切地希望知青战友们要珍惜青春的大好时光，千万不要向他们学，早恋早婚，太没有革命志气了！你们要毫不留情地割掉小资产阶级的尾巴，心怀保卫边疆、建设边疆的雄心壮志，和儿女情长决裂，鲲鹏展翅九万里，翻动扶摇羊角……"

　　他的报告像北大荒广袤的土地，无边无际没有尽头。天暗下来了，黑暗从天而降，仿佛是一个魔鬼把大缸的墨汁倒进了人间。实话说，我们对钻麦秸堆的狗男女不但一点恨不起来，心里还充满了对他们的羡慕和同情。但是，洪政委是农场的最高长官，极难得上我们分场来的，我们怎么敢不乖乖坐在下边？细皮嫩肉的洪政委坐在台上，一盏白灼灯把他的上半身照得如玉一样透亮耀眼，他是那么善于讲话，又是那么乐于讲话，他徐徐吐出语言，像蜘蛛吐出发甜发粘的糖丝，很快就把近千人的会场网住。

　　佳强坐在第三排中间，一颗脑袋深深地埋在两个肩膀之间。直到今天我也不明白，为什么没有把他押到台上去，如果这么做是太正常了，可能是洪政委降临了，他政策水平高，毕竟是知识青年，还是以教育为主嘛。但谁能想到，大错就是这样酿成的。佳强的脑袋抬起来了，脸上露出一种诡秘的笑容，见到的人都觉得稀奇，但猜不出他想干什么。他两肩缓缓往后地拉，深吸一口气，沉到丹田，两腿用力一夹，"嘭！"声音非常响亮，就像放了一只鞭炮，大家愣住了，四下寻找，哪来的鞭炮？想了一会才明白了，有人在放屁。哦，是佳强，这小子真有种，台上在批判他，他竟敢如此敢肆。大家哄堂大笑，笑得前仰后翻，孟浪的笑声像乌鸦像鸽子在礼堂里乱飞，这是一种离奇的反抗，是一种毫无预期、突然而至的狂欢。洪政委的报告早把我们折磨得心烦意乱了，情绪像苦瓜的汁水浸透了我们的心灵，我们以为今天没救了，现在这么好玩的事出现了，哪个不想趁机宣泄？洪政委也听见了，他抬起头，一双小眼睛睁到极大，这时候我才明白小眼睛远比大眼睛可怕，一种威而不猛的目光从他眼里透出来，向四下巡视。大家感觉不对了，偷偷低下脑袋，没有人敢和他对眼神。

事后我也多次琢磨，令我百思不得其解的是，佳强怎么能把屁放得这么响，到底吃了什么东西，能把他闷成这样？又用了什么技法？然而我的追问不会有答案，因为在这之前和之后，他再没有这么放过如此响亮的屁，这是唯一的一次。

分场主任高声说："谁在捣乱？"他没有发现目标，目光盲乱地往底下扫射。但洪政委真有本事，不愧是农场的最高领导，他眼神只巡视一下，就定格在第三排，锁定了目标。他依然不出声，只用一双小眼睛盯着佳强，仿佛他体内涌起了无穷的功力，却只从这目光里透出来，他的目光越来越锐利，越来越灼烈，活像两支电焊枪，而他的躯体也越发显得庞大，跟一座山一样。情况变得微妙而有趣，刚才佳强还神气活现，现在却僵掉了，我的位子离他近，我清楚地看到他脸上肌肉一阵阵抽动，手脚也变成木头了，一副可怜兮兮样子，似乎洪政委的内力已经抵达他身上，一个英雄刹那间变成了狗熊。

这时，一个意想不到的情况发生了，高悬在洪政委头上的灯泡忽然晃了起来，先是微微有点晃，后来越晃越厉害，这盏白灼灯是一个知青回上海通了许多路子，千辛万苦买回来的，它被称作"小太阳"，是当时的高新技术。尽管佳强搅乱了会场，但小太阳光的晃动还是被大家发觉了，好比是往湖里扔了一块石头，光波像水波一样荡开来，情绪也像水波一样荡开。洪政委也察觉了，这对他很是不利，他一面要向捣乱者施威，一面要顾及头顶上潜在的危险，这两难的处境放在谁身上都没法处理，但他还是正襟危坐。光波晃得更厉害了，我禁不住在心里默念，掉下来了，马上掉下来了……

谁都没想到这新情况给佳强注入了活力，刚才他已经僵死，现在死灰复燃了，因为他觉出洪政委的内力在彷徨，他摸一下脸，抖了抖腿，竭尽余力再放了一枪："嘭！"小太阳应声而落，一刹那它放出眩目的光亮，随后，一条拖长的白光直直坠下，落在洪政委面前的桌面上，发出清脆的爆炸声。我们大家都很清楚，小太阳是安装不当，自然坠落，可是它和佳强的气体子弹联得太紧，太巧了，几乎是枪响灯落，因此我们都愿意相信白灼灯是被子弹打落的。礼堂里一片黑暗，我们笑得肚皮都发疼了，乌鸦呀鸽子呀重新扇翅乱飞。

10分钟后，电工另安了一盏灯，在不太亮的光线里，我看见洪政委脸色发青，两条目光像是两条受伤的腿从底下会场拖回来，接下来的报告变得无精打采、心神不宁。不出5分钟，他没好气地说："完了。散会！"我们心里立时呼喊起来，乌拉！收场了，我们获得解放了。当天晚上，男生宿舍里有人把脸盆当锣敲，而佳强成了得意忘形的英雄。

第二天早晨，佳林起得很早，走上场部山坡的时候，刚好看见

小月迢迢

一轮红日升起，在这高纬度的地方，夏天太阳清晨 4 点就会升起。太阳颤悠悠的，并不耀眼，不知为什么，竟然引发了佳林的一种奇异的感觉，他大声地唱了一句京剧，这句词他唱了 30 多年，2000 年在卡拉 OK 厅里，他也曾引颈高唱：

"到夜晚，爹想祖母我想娘……"

随后他走进羊圈，他并不知道这声唱引来了一群人。当他随最后一头羊走出圈门时，突然三个人出现在面前，一个人劈头问："你就是周佳强？"佳林对着阳光，眼睛有点晃，只见那人的嘴巴向前暴突。他说："我不是周佳强，我不是。"另外一个人蹿上来说："奶奶的，你还装蒜！昨天洪政委作报告批判你这狗男女，你不思悔改，还在底下放屁，我看得清清楚楚，就是你这小子！"

佳林还要争辩，两条手臂已经被人从背后架起来，他妈的真有力气，他听见自己的骨头格格地响，但他还是说："我不是周佳强。"

太阳升高了，却没有暖意，阳光如同冰水一样裹住了他的全身，寒意刺进了骨髓。在以后的 29 年中，这种冰冷的阳光多次出现，好像在噩梦中反复出现的同一个景象。他被人反剪着，在土路上推行了一百多米，200 多只绵羊跟着他走了一百多米，他听见羊叫声如泣如诉，好像水泡子里一个一个起伏的草墩子。他被推进一辆吉普车，一件军大衣蒙住了他的脑袋。他仍然在喊："我不是周佳强。" 有人敲他的脑袋，他还是喊，那人继续敲，他就不喊了。

车开半天停了，他被押下来，押进一间小屋，门口有握枪的人站岗，他知道问题严重了。嘴巴暴突的人坐在桌子后，问："你是不是周佳强？"佳林不作声，他用一只手去揉另一只手的肩胛，这地方好痛。那人又问一遍。他想，周佳强现在在哪里呢，是在睡梦中，还是已经来到吼起来要人命的火锯边上了呢？身后一只手狠狠捅进他的腰眼："问你话呢！"

他抬起头，清清楚楚说："我是周佳强。"

那伙人一起笑了："真是个蜡烛，不点不亮。"嘴巴暴突的人说："那你刚才为什么不承认？"

他心里对一个人说，你这个冤家，快逃，逃得远远的。他眼睛湿润了，说："我怕，我想抵赖。"就有人说："你不是会打枪么，也熊了？"嘴巴暴突的人说："承认了就好，谅你是个知青，要不，犯下这么大的罪，吃子弹都够格了。"接着，他被人带到一个石场，许多穿灰衣服的人在那里抡锤子、扛石头，他的活是扶钎子，一天下来，嘴里灌满了石沫。

佳强爬起来的时候太阳已经升一丈高了，他啃着一个馒头，溜溜达达到了火锯房，他把电闸推上，一个人跑过来。火锯的吼声震耳欲聋，那人对着他的耳朵叫了三遍，他才听明白，立时面色大变，劈手把一根木料扔了，像一头鹿一样跳过一堆堆原木，他一直往南边跑，跑过羊圈、跑过奶牛房、菜田，跳进一个菜窖，就手把天门合上。等他从菜窖出来，已经是第二天中午了，有人向他报信，基干民兵已经不来抓他了。他脸色苍白，饱饱吸了一口新鲜空气，就直直地倒在草坡上。菜窖里太闷了，上万公斤的白菜土豆和他一齐抢吸氧气，差点把他憋死。

他吃晚饭的时候才知道抓走的是佳林，碗掉在了地下，他听不清旁边的人在讲什么，一个人静静地走到水库边上，看到冰窖里有一个人，那不是他，是佳林，佳林在水中血流满面，向他哭诉。佳强哇叫了一声，把手插进冰水里，想把水中的佳林捞上来，他身子贴在冰面上，一条手臂全浸湿了，佳林在哪里，在哪里？我怎么捞

小月迢迢

不到他啊？他几乎要钻进冰窟窿里去捞，但是，刺骨的寒气阻止了他，好半天狂放的情绪才像炉中的灰烬一样熄灭。他站了起来，心里充满了对自己的蔑视和空虚。晚上他躺在炕上，身子慢慢暖和了，情绪也开始好转，到了夜里11点，他又拿出那本《赤脚医生手册》，翻到391页，就着暖暖的炕火，欣赏那幅无限美妙的令无数知青男人神往的图画（关于这本书和书中这幅图画，我们将在以后的章节中仔细谈到），这时，血流满面的佳林从他脑际里消失了。

时间过得很快，佳林离开我们有10天了，那天夜里，佳强在炕上睡得好好的，忽然跳起来，说冷冷冷，牙齿格格地发抖，他跑到火垅边上，扯开衣服，把胸膛对着红红的火焰，后来火苗舔到了他的头发，发出细丝一样的焦糊味，他不断地呻吟，声音像中了箭伤的大雁。就这样，他在火垅边上坐了整整一夜，谁让他离开一步，他就叫冷。事后我们才知道，就是这天夜里，佳林去打水时，不经意掉进了冰窟窿，浸了水的衣服像石块一样拖着他向水底坠去，他全身都冻麻了，死命抓住冰沿，坚持了20分钟，才被人救上来。

当我把两边的时间对上以后，一种对生命未知的恐惧像蝙蝠一样掠过我的心头，我虽然非常怀疑，但还是认为，孪生兄弟的魂有可能附在对方的身上。在以后的几十年中，我对心灵感应这一点始终将信将疑，不过并不影响我的叙述，这不重要，重要的是我们确定第二天一早，佳强就出发了。

一场大雪下过了，地上的雪都是新鲜的，佳强留下的脚印是雪后的第一行脚印。他脑子里忽然出现一种莫名其妙的思维，水蒸发了变成气，气遇冷变成了雪。液体、气体、固体。而最美的是它的固体，六角的小花，是水的结晶。这时，猩红的太阳升起来了，晶莹耀眼的雪地上就有一种奇异的色彩效果，而更奇异的是，那红光不像是上面照下来，而是从雪的底下透出来的，这是个什么道理呢？佳强一路走，一路在瞎想。

他到石场已经将近中午了，他摸进了一间低矮的屋子，屋里很暖和，一屋子人都上石场去了，只有佳林躺在炕上，脸色灰灰的，还没有完全恢复过来。他摸过去，抓住了弟弟的手："你受苦了，都是为了我，你是代我受过。"他的鼻涕先于眼泪流了出来，晶晶发亮像细细的绿豆粉丝。佳林冷冷地说："哭什么，你不是钻麦秸堆的英雄嘛，又会放枪，枪响灯落，怎么哭鼻子了？"佳强说："我没有想到有这个恶果，想到就不会放得这么响。"佳林说："你上哪去买后悔药？遭罪也就是我一个，不要两个人都遭罪了。"一对孪生兄弟卿卿我我了好半天。这时，一个扛枪的基干民兵走进来，严厉地对佳林说："你休息够了，不要再赖在炕上，上工地去，要在锤子和爆破声中改造思想。"佳林掀开被子，慢腾腾地穿衣服，穿裤子，穿鞋子。等他向门外走去时，佳强突然扑上来，喊道："这不是你的事，是我犯下的，我是周佳强！"

佳林漠然推开他，继续往门外走。那民兵的警惕性上来了，说："怎么回事，说说清楚。"佳强抢在前面："我是佳强，他是冒牌货……"民兵看看佳林，又看看佳强。佳林突然暴跳起来，不由分说地把佳强往门外推，一边推，一边嘴里喊："他是精神病，13岁开始大脑就出问题。你滚，你滚！"佳强被他推了一个跟斗，爬起来，又被推一个跟斗，佳强一看，不得了，佳林抓起一块拳头大的石头扔过来了，嘭的一声，真扔啊，石头弹起来，砸到他的脚，好痛，佳林又扔过来一块脑袋大的，他不得不往外逃，石场里多的就是石头，每块都是周佳林的武器。此刻，我坐在电脑前，仿佛重新见到了那场石头雨，又凶又狠，佳林来真格的了，佳强只得抱头鼠窜，一气狂奔到 3 里之外。与此同时，我听见石头落地的声音，它们似乎直接砸在我的文章上，使它变得支离破碎、摇曳多姿。

佳强停下脚步时气喘吁吁，自言自语："他疯了吗，不怕砸死我？"

二

佳林说："我难受死了，放松一点。"绑匪老大笑了："缚虎还敢不紧吗？"不过，他还是让另一个绑匪把他脚腕上的绳索松了松。佳林想我是头虎吗，如果说曾经做过东北虎（他的籍贯是上海，仅仅到东北去了九年），也是一只半衰老的老虎。他眼前迷迷蒙蒙的，佳强又不知从哪里钻出来了，他用忧郁的口气说："老二，我看你这次凶多吉少。"他长叹一口气，说："谁说不是呢？你有什么办法教教我吗？"佳强摇头的声音就像敲击一堵空心的墙壁："我能有什么办法？这都是劫数。"

佳林睁大眼睛，他不想在这时候再和死人的幽灵纠缠。不过，只过了 10 分钟，佳强再次出现了，但这次他没有饶舌，那是他蒙难的前一天。佳林走进宿舍，沿着大炕一路走过去，他见佳强蜷缩在炕角落里，身子像一只大虾，脑袋冲在一本书上，天已经昏暗了，却没有开灯，为了看清楚，他的脑袋和书相距不到半尺，不用猜佳林就知道他看的是《赤脚医生手册》391 页，上面有一幅图画，它是磁石，而佳强的目光就像铁钉一样朝它飞过去。那是一幅打开的女性的生殖器图，画得毫发毕露，栩栩如生，它好似一只桃子对半劈开，可是它比最新鲜最可人的桃子还要可人百倍，它的每个细部都画得清清楚楚，啊，那个洞，那些沟，是可以触摸的吗？让人看了呼吸加剧、血液膨胀。那个决定在书上登这幅图的不知是什么人,他会不会想到有多少男性知青对他感激涕零!它是我们饥饿时的救命食粮,苦难时的慰藉,黑夜里的一束光亮。我们的全部的灵感和想象都起源于这幅无比美妙、神秘的图画。白天,在大田里,在会场上,我们诵读的是红宝书,晚上,在微弱的灯光下,我们知青男人读的就是391页!

佳林当然也看,但他绝没有佳强看得多,这一页纸都被他摸油了,摸厚了,只要提起书,随便一翻,肯定就是这一页,391!

佳林走过去,用劲咳嗽一声,佳强回头看是他,也不答理,又去看,佳林问:"不吃饭吗?"他说:"我不去食堂,你给我带回来吧。"到了晚上,熄灯睡觉了,佳林睡得迷迷蒙蒙,听见身边悉悉索索声响,探头看,佳强的被窝里显出一个弓形的轮廓,透出一个光环,那是手电筒光,他知道他看的是什么。

第三年5月的一天,佳林从医院出来,回到宿舍,发现那本《赤脚医生手册》大大方方扔在炕上,他拿起看,里面撕掉了一页,撕掉的就是391页。他非常惊诧,是谁撕的?没有了它,佳强晚上怎么度过呢?没想到的是当天他就找到了答案。

三个绑匪一起朝佳林走过来,瘦子把濡湿了屁股的香烟扔掉,朝他发出一种古怪的微笑,像是为自己将要做的抱歉。老大蹲下来,扳过他的脑袋,一股酸臭的气味冲进他的嘴里:"现在要你干正事了,我这人干正事从来是认真的,可别耍滑,要不……你自己明白。"说着把要他做的一五一十交代给他。粗壮的家伙把铐他右手的铐子解开,让他坐起来,两条脚镣还是照样锁着,与此同时,一把雪亮的匕首对住了他的腰眼。老大嘿嘿笑了:"对不起了,我说的你都记住了？只要配合得好，我们不会要你命的，伤害无辜干什么？"

佳林也挤出一点笑，这个时候笑比哭好。老大又说："拿出精神气来，记住，现在是你向下属发布命令。"佳林从他手中接过了按响的手机，觉得腰眼上的家伙顶紧了，快要划破皮肤了。铃响好长一会儿，他说："没人接。"老大说："没关系，再打。"再次按了键，一会对方接了，当秘书小蒋听清是他的声音时，激动得语无伦次："周总，你在哪里啊，我们都急死了……两天没见你了，你在哪里，我们马上来接你……"

佳林偷看了老大，他的眼眸子在缩小，透出一股杀气，他说："不用接，我没事，你找张会计，就说我说的，上银行拿80万出来，要现金……"小蒋很疑惑："拿80万干什么？""有用嘛……电视台'爱你没商量'的广告承包费。"他觉得自己的声音很沮丧，老大眼里的杀气加重了。"广告费没这么多，用现金不好，可以转账嘛……"他不耐烦地说："你啰嗦什么，让你准备你就准备，哪有这么多问题？记住，这事和谁都不要说。"最后一句是老大特地要他吩咐的。

放下电话他似乎虚脱了，两边腋下湿了一片。粗汉把他右手重新铐上，老大眼里的杀气消失了，叫过艾美，她把一个枕头塞到他腰底下，好叫他舒服些。佳林瞪她一眼，这个婊子，你装得像天使，要不是你，我会落到这个可怜的地步吗？她却不躲他的眼睛，反而用一双妖冶的眼睛对着他，接着，她从纸袋里抽出一张飘着异香的餐巾纸，擦他额头上淌下的汗。老大看明白了他的心思，冷笑一声说："不要怪她，你怪得了她吗？要不是你爱好这个，你有怪癖，她再妖十倍也没有用啊，所以你不必恨艾美。"

他想想也对，如果不是他荒唐，怎么会落进这个精心布置的陷阱里呢？老大一屁股坐在地板上，说："现在开始，我们要耐心等待了，这段时间空着也是空着，可以聊聊。你躺在床上的姿势很有味，肚子已经鼓起来了，大腿肌肉还没有衰退，这是我创作的艺术品，名字叫周总蒙难，露出一种哀美的气息。你知道嘛，我16岁时就爱上行为艺术了。"

佳林苦笑一下："你不要取笑我了。"老大不同意："怎么是取笑呢？就算现在我的艺术品见不得阳光，也不能剥夺我爱艺术的权利吧。哦，周总经理，你觉得非常冤，非常倒霉，是吗？"

佳林本来不想回答的，但还是点了点头。老大皱纹深刻的脸上露出理解的神情："这就对了，你是诚实的，我就喜欢和诚实的又有身份的人交谈。"

瘦家伙在三步之外，露出不耐烦的神色，老大向他招招手："根弟，你过来。周总，你认识我这位兄弟吗？"佳林想了想："不认识。"老大说："再看看。"他还是摇头。老大笑了："周总真是贵人多忘事。根弟，你告诉他吧。"瘦子走过来说："一年多前，我在你的公司里打工，干的是粗活。"佳林似乎有点印象了，有这么个人。

"我骑一辆自行车送货，那时送的是一种专卖的保健品，让别的公司代销。我给一家公司送了30件，一个星期后再去，公司连影子都不见了，30件东西要不回来了。销售经理说，这家公司是你联系的，你赔吧。我说，怎么让我赔？我是替公司跑销售，还不是为了多卖掉些。他不听我的，当场炒了我鱿鱼，1千块押金也不还我了。我差不多要跪下来求他，我说我身上一点钱都没有了，刚寄回家，我老娘瘫痪了，躺在床上已经3年了。他好像很奇怪，你说这些干什么？这跟我们有什么关系？公司不能为你承担损失。"

佳林急了："你怎么不找我？你应该来找我，我一定不会让你离开。"瘦子哼一声："我说了要找你，他告诉我，这就是你的决定。"佳林叫起来："他胡说！我一点都不知道这事，要是你们放我出去，我马上把押金还给你，还要赔偿你的精神损失。"老大伸出手拍拍他的身子："周总，不要激动，现在把你请来，就没那么简单了。"

瘦子继续说："我在马路上走，饿得眼冒金星，杀人、爆炸、抢银行，什么样的念头都有了。幸亏遇上了老大，他让我美美地吃一顿，当晚睡在三星级宾馆里，第二天就把一笔钱寄到乡下去，给我老娘治病。"老大的目光从沉重的眼皮下钻出来："这样谈谈很有意思吧，你觉得呢？加强了交流，彼此有一定的了解，周总，现在你不觉得冤枉了吧。"

佳林明白了，问："这么说，你们早就盯上我了？"老大嘿嘿笑了："我的眼力不错，根弟是个干事的角色。"他低下头，好像在想日子，"去年11月7日，是星期三吧，你到蒙娜丽莎去洗桑拿，洗过之后，你叫来了那个外号叫白玛利的小姐，你们进的是夏威夷包间，白玛利当然尽心，好一番销魂，我在门外守了你5个小时，你不会知道的，你当场给了她一千元。还意犹未尽，第二天又找了她，让她辞去蒙娜丽莎的工作，你在天悦酒家包了一间房，让她住了两个月。"

佳林叫了起来："你从哪里打听来的？已经半年多了，我早不跟她来往了……"老大说："对不起，我们事后找白玛丽小姐作了调查，起先她不配合，后来就配合了，按时髦的说法，我们侵犯你的隐私了。但我们的工作就是让一个个像你这样，有钱又胡作非为的人蒙难，成为我的艺术品。"

他一双眼睛似锥子刺进佳林的身子，他心里森森发寒，这事老大都知道得一清二楚，冥冥之中，莫非一直有双眼睛窥视着他，好日子真要到头了？

老大又拍拍他的身子："你不必为这难为情，男人嘛，有这个爱好很正常。我和我的兄弟们都理解。到了夜里九点钟，一家家夜总会、桑拿浴灯火辉煌，正是上客时候，门口停满了各种各样的轿车，有一大半是公家牌照的车，他们在里面干什么，周总，你比我们清楚。那些揭露出来的赃官，哪个不是花天酒地，包养情妇？你比赃官好得多，你花的是自己的钱……"

老大的话飘得远远的，他听不清了。他想，他的荒唐故事只有自己知道，即使绑匪天天跟踪他，探听到的也不会超过五分之一。他的眼前出现一具一具女人的躯体，非常年轻，都是一丝不挂的，起先她们是静止的，突然之间，这些赤裸的躯体像得了一个命令，全在他眼前动起来了，她们在床上在地下，扭着晃着跳着，发出的呻吟响亮而动听，像一部多重奏合乐。他的嘴里、鼻孔里都是女人的气息，各种女人有不同的气息，不同部位的气息也不相同，各种气息流动起来，像季风一样穿过空间。长得跟油条似的老吴是他的启蒙老师，教了他许多闻所未闻的招，他学着试一下，果然奇妙。性真是好。女人像是风中的布袋，白颜色的，装着她们各种各样的欲望，总是装不满，在他眼前飘来飘去，飘走一只，又飘来一只。他也是一只布袋，却是一只黑布袋。在她们中间，他是一个为所欲为的君王，他要她们撅起就撅起，要她们趴下她们不敢站起来，这样的乐趣人间哪里找得到第二桩？仙人也不过如此。他知道，她们看中的是他的钞票，这没有问题，这些年，他发了不少横财，一次合伙股票做庄，他净赚了230万，另有一次，他得了一个地皮的批文，倒一下手就净赚120万，飞来横财，就该花在女人身上。发再大的财他不想了，希望工程、慈善事业他捐的钱都比别人多，他最恨那些职能部门里的贪官，人面前要立牌坊，暗中却想出法子敲诈他、限止他、盘剥他，一群乌龟王八蛋！三下两下他的心就冷了，钱赚得再多又能怎么样？还是老吴点拨了他，何以解忧？唯有女人。他想一点都不错，他们这代人太亏了，青春时期是个空白，只好留到中年以后来疯狂。他和女人在一起，有时会想起佳强，心里说，哥，你死得太早，太可惜了，你不知道现在的日子有多美。忽然有了一种奇异的感觉，身上似乎附有两个人的性能力，行为就加倍地疯狂。又似乎自己脱身出来，站在边上冷静地看，和女人缠在一起的不是他了，而是死去的佳强，这是怎么回事呢？他说不清楚，只得想，大概是我替佳强在疯吧。

　　他不时在刷新自己的纪录，到目前为止，最高的纪录是一个星期换了5个。他觉得这里面有无穷的乐趣，你说哪两个女人的脸是完全一样的？那么她们的下体也是这样，有多少个女人，就有多少个不同的模样。他就在这种迷醉中寻找着，比较着。狂热起来，他觉得自己像是举着一个火把在黑暗的森林中独步。但是，当一个阶段过去，他会感到无比的沮丧和灰心，哪怕身上真有两个人的能力，还是被掏空了，他想，再也不能这么快速地找死了。于是，他会有10天、半个月安分，哪里都不去，什么都不干，出现一段空白。可是，这种空白从来就没有超过一个半月，这里的难度绝不亚于戒毒。他重新出洞了，带着更强的猎新猎奇的愿望，不多久又灰心了，但他却不肯再中断了，因为他看清了前面的曲折，总是要回来的，省得麻烦了。这时，他几乎是在应付，是被肉身拖着走，是惯性，缺少精神的独创和享受。他对自己说，对付吧，灵感总是要来的。果然，精神的光彩再一次在他眼前亮起来。

他周而复始地运动，无意中理解了洪政委。在他脑中保存了这么多年的问题，一直没法解答，答案原来这么简单！如果现在面对肥头大耳、细皮嫩肉的洪政委，他不知道还能不能恨起来？

他不由想起了妻子，曹鸾艳是和他一起屯垦戍边的战友，她简直是一个巫师。回城的头几年，他们相处得不错，等到他发了横财，等到他在纵欲的路上启程了，两人的关系急转直下，她还像在北大荒那么有力气，用一把水果刀把他车子的四个轮胎全部戳穿，让他跑不起来。这时他已经被另一个世界迷醉，拉弓没有回头箭，索性更加疯狂。她冲进他的办公室，把能砸的东西全部砸碎，指头戳着他的鼻子说："等着看，周佳林，你会死在女人洞里的，爬不出来了！"他迎着她发绿的眼球，邪恶地无所畏惧地笑起来，黄脸婆，你吓不住我，既然走上这条路，就不可能收住。死？我怎么就会死！我身体棒着呢，我身上附着两个人的性能力，佳强还是个童男子呢，远远没有享用尽，怎么就会死？这时他是春风得意马蹄疾，做梦也不会想到，就在曹鸾艳赌咒的一年后，他遇上了艾美，一脚踩进了沼泽地，越是挣扎，下陷得越快，眨眼间已经陷到脖颈了。难道曹鸾艳的话真的要应验吗？

绑匪在厅里商量，戚戚促促，听不清楚。佳林躺在铁床上，手脚铐得死死的，插翅都难逃。一个细长的人形走了进来，像一只猫无声地走到他的身边，把脑袋弯下来，昏暗中，他看清是艾美，现在她妖冶的脸上有一种恐怖的神情："我听老大说了，他们不知道我在厕所里，我都听见了，他说，不管钱拿到不拿到，都要把

小月迢迢

你杀死……"

他的脑袋嗡的一声响,混乱的念头像一群黄蜂疯狂地向他的心脏攻击,他的声音抖着:"你,你听清楚了……"她急忙用手捂住他嘴:"轻点,轻点……他说,你看清他们了,不能留下活口。"

他泪水哗地涌出来,在脸颊上不停地流淌,人家都是为旁人的死亡而哭,惟独他为自己的死亡流泪。别了!那些在他的床上滚过翻过叫过喊过的女人……别了,一只只飘扬的白布袋!但他不甘心,咬着牙说:"你是不是听错了,你一定是听错了!他们不就是要钱嘛?老大说过不会要我命的……"她紧张地看着门:"你轻点轻点,让他们听见我也完了。"

他想,如果他的手可以自由挥动,如果他手中有一把锤子,他毫不犹豫,首先把这颗诱人的脑瓜敲碎。

艾美像一只猫溜走了,把他留在无际的空寂中。佳林一生遇到过许多灾祸,惟有这次他感到死亡真的临近了。接下来的一个多小时内,他的感觉开始混乱,现在是夏天,但他却觉得凉,他的身子是一寸一寸变凉的,先从脚尖开始,然后是脚面、小腿、大腿,接下来是小腹、腰际,他的身子像蜡烛似的一点点插进冰水里。没有插进的部分仍然属于他的,插进去的部分却是另一个人的了,他觉得自己的身子正在慢慢变成佳强的了。大概是在3年前,一次酒宴上,一个自称懂命相的人对他说:"如果孪生兄弟中一个夭折,那么另一个的寿命就会加倍延长。"佳林非常受用,一直记在心里,难道这话不灵了,是信口开河,是仅为取悦于他的诳言吗?

此刻,我在电脑前写作,我可以想象我的黑龙江战友的后悔心情,他差不多把肠子都悔青了。他不停地对自己说,佳强死于禁欲,而我亡于纵欲,一个极端走向另一个极端,难道这是我们孪生

115

兄弟的必然下场？不，不，佳强死了29年了，我不会步他的后尘。一阵混乱过去，求生本能又使他头脑清醒起来，他必须自救，也只有自救了。

老大和瘦子走进来了，他们把手机接通了，递给他，冰冷的匕首又顶住了他的腰。电话通了，听得出小蒋十分不安，但她还是在按他的意思办。因为没有和银行预约，一次最多提5万元，她和会计到各个银行去提，花了半天时间，现在才提出30万，还不到总数的一半。老大咬着佳林的耳根说："先把30万送过来。"根据老大的旨意，小蒋必须单独出现，根据老大随时发出的指令，变换路线，最终把钱送到一个地点。

老大向粗汉和艾美交代过，带着瘦子出发了，临走前对佳林说："祝我们出师大捷吧，等我们把钱全部拿到，你也就自由了。"老大的眼睛扁扁的，眼珠子从来只露出小半个，佳林从来没见过语义如此复杂的眼睛，像狼？像狐狸？又有几分像猪。艾美没有骗他，从这双眼里，他读出了"自由"的意思。

粗汉坐在椅子上，离他的脚有两米，手里握一把匕首，他死死盯着艾美，眼里布满了血丝，后来摸出个酒瓶，往嘴里不停地灌。艾美站在窗边上，从窗帘缝中往外望，佳林看见的是她鲜明的侧影，她在看什么呢，是对面大厦上的霓虹灯牌，还是天空中的灰色的流云？在过去的37个小时内，有26个小时，他是和艾美单独厮混的，一丝一缕都印在心上。对女人他有直觉，他觉得她和这伙心狠手辣又满嘴伪善的绑匪不一样，她好像对这个阴谋并不知根知底。他有个固执的看法，大凡容貌出众的女人，都不可能心肠太坏。

"我要喝水。"他嗓子疼得厉害。

小月迢迢

粗汉哼一声："喝水？喝这个！"他把手中的酒瓶直直地递过去。他摇头："我要喝水。"粗汉说："没有水，你等着喝血吧。"他依然说我要喝水。艾美回过头，从床前走过，快步走到厅里，他听见她开外边大门的声音。粗汉跳起来，冲出去，说："你去干什么？"她说："去买呀。"于是，两个人发出低低的激烈的争执，像是两种爬行动物在地下撕咬，后来门砰地响一下，艾美出大门了。佳林心里亮了一块。

5分钟后，艾美回来了，手里提三瓶矿泉水，拿一瓶拧开盖，扶起他的脑袋，往他嘴里灌。他长长地喝了一气，向她转过脸去，艾美也把眼神投向他了，两人的眼神在空中交会。他长时间看着她的脸，又顺着她颈脖往下看，眼里忽然有了精彩，似乎在说，啊，我还在想那26个小时，想我们两个人的事，太美了！她被他的眼神惊住了，张开嘴，仿佛在说，你不恨我吗？你不想撕碎我？是我把你骗来的，要不是我，你怎么会掉进陷阱？

他觉得，他脱身的希望可能就在艾美身上。

到农场的前三年，佳林一直在放羊，在农场的最后两年，他还是放羊，他和羊有不解之缘。佳强做过两个工种，一个是打铁，另一个就是火锯工，他从来没有放过羊，但是，不放羊的佳强和羊的关系却比放过羊的佳林还要深，可以说，他的生死就维系在迷途的羔羊上。

我们这里放的是绵羊，没有山羊。我的眼前时常出现佳林和一群绵羊从山冈上下来的景象。大概是深秋，后山的颜色无比丰富，一层红，一层黄，一层蓝，一层灰，许多只乌鸦飞过来，像一块一块黑色的石头扔进林子里，听见噗噗的回响。就这时，佳林和他的羊群出现了,羊靠得很密,一头紧挨着另一头,由于我是从山冈下往上看,远看过去是一片悠悠的云,但那些云不是雪白的,而是被泥土弄成灰褐色的,有点脏,佳林就像被这片有点脏的云驮着从林子里走出来。出林子不远,云忽然散开了,佳林的脚落到了地面,散开的羊遍布在山冈上,随后走进村落,又排着队从我们宿舍门前走过,一片咩咩的叫声特别的凄美,婉约。

那天,我和佳强在山下等他,一辆马车跑过来,车上跳下一个屠夫,是个秃脑袋,他向一头羊扑过去,把它按倒了,抓住四只蹄子往车上扔,就有人把它捆住。秃脑袋又凶狠地向另一头羊冲过去。羊向四处奔逃,细瘦的蹄子扬起了灰蓝的尘土。我知道要过节了,我听见了食堂里锅铲的响声,甚至闻到了人们胃里泛出的酸味。我看见佳林奋勇地冲过去,从大车上抢回一只羔羊,他大声骂秃子,这么小的崽子你就要向它下屠刀了,你这个乌龟王八蛋!他的声音十分清脆,像把一摞子碗摔在石板地上。

在灰蓝的尘土中,他慢慢向我们走来,羊羔眨巴着一双惊魂未定的眼睛,它在他怀里,就像孩子躲在母亲的怀里一样安全。他认真地对我们说:"羊是非常可爱的,世界没有一种动物比羊更通人性的了。"

我说:"你真的这么认为?"佳强没有说话,但他的呼吸粗重起来,我断定佳林的话一字不落进了他的耳朵里。

据说佳林救下李玫,是因为他到荒野里去寻找丢失的绵羊。那天,他把羊引进圈,发现少了三只,一只母羊,两只小羊,就有一种难受的感觉,他关了羊圈,就往来的路上去找,几片草地都找过了,没有发现,他想它们可能迷路了,就往更远的地方去找。天在

小月迢迢

悄悄地变，他没有察觉，等他察觉时，太阳早不见了，天的尽头有一排群山，山中有个缺口，这里堆积起一层云，压紧了，又堆起一层云，又压紧了，云的颜色由青变紫，由紫变黑，突然又拉扯开，变出一张张狰狞的脸，无数张狰狞的脸从山的缺口处冲出来，向无边的天际出发了。这时起风了，零下二十多度起风是非常可怕的，凛冽的寒风像无数把利刀劈头盖脸向你砍过来，满世界都是飞扬的雪，不知是从地下刮起来的，还是天上飘下来的。佳林听到树枝断裂的声音，残枝败叶像死鸟一样落下地，又被狂风卷到天上去。佳林感到双脚发飘，一股巨大的力量揪住他，要把他掀离地面。他趴下来，手脚并用，在地下爬行。

寒风割得他两眼流泪，又结成冰凌挂在眼睛上，他抹掉冰凌，过了一条沟，想到低的地方躲避，风像一个巨大的疯子在他耳边喊叫，他踩了个空，身子翻了几个滚，爬起来时看见前边有个小草垛，他快速爬动，爬到跟前，垛子上已经盖了一层雪，他找到背风的一面躲起来，身子贴紧了垛子，感到奇怪，垛子在动，这是什么，不是草垛吗？他支撑起来，两腿跪着，用手去扒雪，雪在他的掌下纷纷落开，底下是草绿色的军大衣，是乌黑的如青丝如瀑布一般的长发，是女人？他的心陡然跳一下，一股辣辣的热流从心脏里迸出来，快速抵达身子的每个部位。他的手动得更快了，他看见一张上圆下尖酷似狐狸的脸，看见一截像鲜藕一样白嫩的细细的颈子（当时他很不明白为什么她不戴围巾，这样的寒天她怎么可以不戴围巾外出），是女人，果然是，而且是一个绝色。女人的眼睛是闭着的，暴风雪已经摧毁了她，她快冻僵了，只得坐以待毙。

佳林使劲地摇她，她的眼睛睁开了，尽管狂风暴雪在天地间咆哮，但佳林在这双眼睛里看见一个优美、宁静的世界，她有气无力地说:"你是谁?"此时,佳林由衷地感谢暴风雪,感谢那三只走失的、把他引到这里来的绵羊。你是谁?三个字像三根柔软的手指抵在他的心窝上,轻轻地扣问。他不能看她细细的白颈子,看了心就发软,像刚出锅的嫩豆腐,一碰就碎。我是谁,佳林不想回答,也不知道怎么回答。他想起他们男生一起在南北大炕咬牙切齿织红绸,想起他那急吼吼的孪生哥哥,他是多么迷醉391页,他只知道看图画,从来不知道女人真正的家伙应该是什么样子。而现在,一个活生生的女人就倚靠在他佳林的身上,他从心底里欢呼这场暴风雪!

我不知道欢呼声在佳林的心底回荡了多久,我曾经在酒席上和人谈起这事,一个朋友感慨地说,你不想想,他们是在什么情况下认识的,如此大的风雪,想想都不寒而栗,注定了他们交往的整个过程可用两个字形容:肃杀。

但是,此时的佳林毫无预感,他挺立起来,觉得风雪在小下去,他贴着她的耳朵说:"你不能不动,要冻僵的,你跟我走!"女人很驯服,他要她做什么,她就做什么。他从后面推着她的腰,顶着她走,但是风不时变换方向,迎面扑上来,他心疼女人,就解下自己的围巾,兜在她腰上,他抓住围巾的两头,拉着她走。这样远看过去,在灰白的搅乱的背景上,就像一个男人牵着一头可怜的两脚的羔羊。

一个小时后,他们找到了一个废弃的屋子,两人几乎是爬进去的,佳林暗暗庆幸,他已经精疲力竭,再拖一会儿,他也不行了。屋里有残余的干草,他把女人放在干草上,他们暂时避开了风雪的直接打击。女人缓过来些了,她的细白的颈子在昏暗的光线中一闪一闪的,忽然颈子挺起来:"你是谁?"佳林可以有许多种回答，停一下说："这重要吗？"女人颈子挺得更硬了，但这是假象，很快就软了，好似把炭火移近了雪，女人的身子失力了，像水，像一曲梦幻音乐。佳林想起来了，去解她的鞋子，但鞋带早就冻成冰了，解不开，他就俯下身去，用嘴含住鞋带，含了好长时间，嘴里的温度化掉了冰块，融化的脏水流进嘴里，他顾不上了，急急解开她的鞋，脱去袜子，她的脚像两块冰，甚至比冰还要硬还要寒。他跑到门外，抱回来一大捧雪，他把女人的两只脚放在自己大腿上，用衣服裹住她右脚，先擦左脚，他用雪擦，快速地擦，使劲地擦。他的手被雪浸冷了，手骨头都疼，擦着擦着就热起来了，擦了她左脚，擦右脚，接着再换左脚，他感觉她的脚也在变温，变暖的脚渐渐恢复了它们的美丽。此刻他才看清他擦的是一双多么玲珑剔透的脚啊，脚不算小，但细长，脚背脚趾都是狭长的，捏在手里觉得无比奇妙，如果放进装满热水的桶，溢出的水肯定比一般人要少得多。而且脚上皮肤像是透明的，里面蓝色的筋和玉色的骨头都能看清。她的脚已经恢复知觉了，在他的大腿上动一下，他的心就抖一抖。

他说："这是脚吗？"她说："不是脚是什么？"他说："我不知道，反正我们的脚不是这样的。"她吃吃笑了，身子像苏醒的蛇一样游动起来。

后来他问："你出来怎么会不围围巾？"她说，她当然围的，她是到县医院去看病的，回来时搭了一辆卡车，可是正副司机都不是好人，他们一路上说了许多脏话，还对她动手动脚。她受不了，停车时开门逃下来，可是围巾被副驾驶拉住了，她顾不上，就不要了。她心有余悸，所以见了他一直问你是谁。

佳林说："幸亏他把你围巾抢走了。"她眼里满是疑惑："你这话什么意思？"他诡笑着不回答。

三

那晚，艾美走进胜天堂夜总会，佳林一眼就看见了她。当时她身边还有三个女孩子，她要比她们都高出半个脑袋，好似鹤立鸡群。佳林从来就爱高个的女人，不但个高还要身子窄，身子窄了还要胸部坚挺，这种形体在我们女同胞中间非常稀罕，但他敏锐地觉得她像是这种女人。她的衣服很薄，像幻影一般在她的身上飘拂，她脸上有一种桀骜不驯的气息，同时，体态语言又显得轻柔、妩媚，傲和柔两种不同的气质居然在她身上浑然一体，这也是令佳林惊奇的。她脑袋小，鼻梁高挺，眼睛凹陷，手腿修长，如雕塑家手中一件美妙的作品。佳林的心突然痛起来，似乎插入了一个又烫又冷的东西。

老吴看出他的心思了，说："佳林兄，你好眼光，我替你去跑一趟。"老吴吹着口哨走了，他低下头喝了一口拿破仑，张开十指叉在一起，心里有一种无可名状的骚动。好一会儿，老吴才回来，一屁股坐进沙发："稀奇了，佳林兄，这小姐竟然不肯过来，我对她说，我们老板请你去坐坐。她说，我不认识，去干吗？我说，你来这里，不就是要认识老板吗？她冷笑一声说，你看错人了。我说，你不要搞错，我们老板可是个有品位有气质的大老板。她说，你想替他发布广告吗？佳林兄，我气得翘胡子了……"

佳林站起来，绕开沙发，径直走去，他发现小姐不见了，只剩下三个女孩子，他看都不看她们，满场子找，都没有，他从一个房间走入另一个房间，都没有她，夜总会的通道曲里拐弯，一个个

小月迢迢

房间都很隐晦,像个迷宫,佳林第一次感到这种布局真是糟糕。忽然看见她了,在一根柱子后面,忽悠一晃,他疾步走过去,又不见了,一群女孩子迎面走来,里面没有她。佳林想今天我撞上幽灵了?他走出大门,外面是闷热的夏夜,她出现在马路边上,站在一辆出租车旁边,似乎就是在等他,他快步跑过去,她朝他嫣然一笑,快速钻进车子,他还没有赶到,车子已经起动,一眨眼就不见了。

接下来的一个星期,佳林天天到夜总会来,再没有看见这个女孩,老吴也替他打听,那些女孩说只见过她一次,她住在哪里、电话号码都不知道。佳林把自己恨得要命,撞上了,怎么又会让她跑掉?好些日子过去了,他只得在心里放下。一天上午,他开了车子去上班,就要到公司了,恰好瞥见她在路上走,他猛地刹住车,冲出车子,跑到她面前,急喘喘地说:"你藏到哪去了?总算找到你了。"一个警察大声喊住他,说他太危险了,后面都是车子,撞上怎么办?罚款100元。佳林看着艾美幸灾乐祸的笑脸,一点都不懊恼。

佳林发现艾美和别的女孩不尽相同,她也喜欢好东西,喜欢世界名牌,但她身上还有一些其他品质。一天,佳林和她从巴黎春天出来,他已经进车了,艾美抬头发现了什么,径直朝马路对面跑去,他从车窗玻璃看过去,那里地上坐着一个瘸腿的老头,在拉一把二胡,拉出不成调的声音,面前放着一只碗。艾美俯下身,往碗里投了钱。她跑回来了,佳林不动声色地问:"给了多少钱?"她说:"一块钱,我只有一个硬币。"他说:"就给这些?"她的眉毛扬起来:"那你拿钱出来。"他掏出皮夹,抽出一张5元的,她接了,说声等着我,就像夏天里的一只雨燕飞过马路,等她再次回来,他说:"还要吗?"她兴致勃勃地说:"要啊。"他又抽出一张10元票子给她,她再次跑过马路,又跑回来。佳林抽出两张10元的,她竖起眉毛:"呸,要去你自己去,我不当你的跑腿了。"

佳林一边开车,一边听她说话,艾美是在东北的一个小镇上长大的,很小的时候父亲出工伤死了,母亲丢下她跟人走了,她是由爷爷奶奶领养大的,那个镇上有不少人生活很困难,一些场景给她留下了深刻的印象。佳林说,他在北大荒呆了十个年头,所以,他对保护弱势人群的提法很有同感。艾美叫起来:"好啊,我结交的原来是一个知青大老板,太棒了!"身子斜过来,用细碎的牙齿咬住他的耳朵,像猫叼一条鱼一样把它叼起来。

他果然没有看错,她身材就如他所希冀的,窄窄的,肩膀削下来,这样抱在怀里就有把她整个裹住的感觉,陡然使男人增添许多雄壮。有意思的是她的手脚都是细长的,近似于半透明,这就和李玫接近了。他把她带入宾馆的豪华套房,沐浴过了,她总是要他先睡进被子里,然后她从被子的下面,从脚跟那里钻进来,他看过去,在梦一般的光影中,她的脑袋已经钻在被子里了,而她圆圆的小巧的臀部翘在半空中,那真是一幅美丽、神妙的图画。她从他的脚尖开始,不断亲吻,一寸一寸向上,小腿、大腿,沿着内侧上行,每一寸都不肯放弃,在腹部那里盘桓了许久,随后继续上行,一直通过他的颈子。对于眼界开阔的佳林来说,这招算不上稀奇,然而不知为什么,这古老朴素、充满人情味的方式却特别催发他的情愫。

艾美也爱钱,这是不言而喻的,甚至和他以前接触的女人中间最爱钱的相比,也不逊色。有时佳林从皮夹里抽钱,她的目光刷地扫过来,拐一个弯,落在皮夹的内层,佳林微微一笑,也不怪她,这是她的本能。在一次做爱的间隙，艾美对他说，她有很多很多的钱就好了。那么多少数字是很多很多钱呢？她不知道，他又问，你有了这么多钱要干什么？她也两眼空洞，不免让他觉得好笑。

佳林发觉和她在一起，脑子里就有精神的光彩。简单地说，两个人都是性爱好者，刚过3小时他就发觉了，这非常要紧。佳林记不清和多少女人有染，其中相当一部分并不是爱好者，和他在一起时，她们装出十分爱好的样子，其真实的目的是他的金钱。而艾美与她们不一样，她爱钱，但更爱性。比方一个棋手，他参加比赛可能是出于商业目的，然而，一旦下棋开始，他立刻全身心投入，沉浸于棋子的万千变化和至高境界中，棋外的一切都抛之脑后了。他觉得，她的热爱是被他发掘的，而他也是通过她再一次知道自己爱得这么深，哦，原来两个都是一样的人。他敢保证，这样的人一定有些特别的遗传基因，在人群中的比率非常低，好多人自以为是，其实都是假冒的，他们或者迷恋于暴力，迷恋于侵犯，或者满足于窥探隐私，热衷于控制别人，这一切都披着性的外衣，他们都是假冒伪劣产品。两个热爱者碰上了，多么难得！性的本质是两个人的事，和爱可以有关系，也可以没有关系。只有志同道合，才能如痴如醉，忘生忘死。佳林不由想起了佳强，他肯定也是个嗜好者，凭他看391页的劲头就能略知一斑，可惜他生不逢时，他蓬勃的性能力都随他夭折了。而他佳林却活下来了，赶上现在这个好时代，回想过去，恍如隔世，他一定要紧紧抓住，尽情享受。

他们在床上整整呆了24个小时，她缓过劲了，说要到住的地方去拿些用的东西，想请他陪她去。他躺着没动，说什么东西呀，不用去了，上宾馆的店里买就是了。艾美坚持要去，她说，你别管，我的东西还买不到。佳林懒洋洋爬起来，等他拿了车钥匙出门，她却改变主意了:"算了,你不用去,我打车去就可以了。"他没有依她,把车发动起来,这时,他发现她脸上出现一种隐约的恐怖,稍纵即逝。

佳林开车的时候问自己,我和她能相处多久呢,一个月?半年?还是一年?以前他和女人接触很少超过三个月,最短的是一个小时。

艾美住得很偏僻,车子开了20分钟才到达,是一套租来的房子,在六楼。佳林锁了车子,要跟她上楼,她尖叫了一声,路灯下她脸色显得非常苍白,仿佛突然之间得了急病:"你不要上去,你就在下面等。"佳林端住她的下巴看她表情,觉得奇怪,莫非她屋里有见不得人的东西?她不让他上楼,他偏要上楼,经过一番争执,艾美恶狠狠说:"这是你自己要上去的,不要怪我!"当佳林身陷囹圄后,他反复想过艾美的那句话,这是她可能表达出来的最严厉的警告了,只可惜他已经被性弄昏了头,这比喝了烈性酒还要可怕。

艾美用钥匙在锁孔里转了半天,门才打开,她跨进一步,消失在黑暗中,他跟了进去,嘴里嘟哝着:"怎么不开灯,黑咕隆咚的……"话没说完,门在身后嘭地关上了,一块潮湿的布捂紧他的嘴巴,头上挨了重重的一下,他摇摇晃晃站住,几条粗壮有力的手臂拧住了他的双手,他要挣扎,脖子上顶住一片冰凉的东西。"你再动,就宰了你!"一个声音凶恶地说。

暴风雪过去了,佳林把缓过劲来的李玫送上晚上最后一班公交车,他刚回到宿舍,佳强的鼻子就嗅出了气味。"兄弟,你今天怎么啦,撞上什么鬼了,脸色很是古怪啊。"佳林并不愿意说,但

小月迢迢

在佳强神神叨叨地催促下，他一边喝着苞米粥，一边讲开了。"有这样的事？"佳强听完了说，刚才听的时候，他用力掐自己的脚后跟，为的是不让身子抖得太厉害。停一会儿，他用漫不经心的语气打听了李玫所在的分场和连队，接着问："你有没有告诉她你的名字和地址？"佳林说："没有，你想她神智刚恢复，说了也听不见，说它干什么？"佳强在他肩膀上拍一下："不要睬她，一个女人在野地里乱跑，跟狐狸、黄鼠狼似的，不会是好东西。"

当夜，佳强一半时间醒着，一半时间在做梦，脑子里始终有个画面，一只狐狸在草甸子里时隐时现，一个乳白色的女人在空中飘忽，他觉得底下硬得像一根棍子，后来整个人硬得像一根棍子。第二天早上，他走出宿舍时，大声对佳林说："我到火锯房上班去了。"但是他进了火锯房，却满脸愁苦，他对管干活的汤老头说："我昨晚一直小腹痛，一夜没睡着，可能是阑尾炎，今天我请假，到总场医院去检查，犯起来会要了我的命。"他走出来，脸上愁苦就消失了。刚要登车，忽然想，得给佳林打个招呼，万一他也跑去那不麻烦了？他回到宿舍，抓起笔写了两行字：

亲爱的弟弟，我替你看李玫这小妞去了，你可不要恨我，谁叫我们是孪生兄弟！？

他跑上山坡，发现车子已经开走了，懊恼地一拍脑袋，不管了，他撒开两条大腿，顺着大路往山下迅跑。

第三天晚上，就在佳强枪响灯落，惊走洪政委之后，佳林捅了捅佳强的腰眼："你出来，我有话对你说。"佳强看看他，顺从地跟着他走出屋。在闪着白光的寒气中，佳林没有说话，大口大口地吸气,佳强不安地递给他一支烟,两个人同时抽起来,两颗火星一亮一暗。佳林冷不丁扔出话:"你也太差劲了,拉着她钻麦秸堆,也不看看,她是钻麦秸堆的人吗?"佳强支唔着说:"我也不想,可是确实没有地方,我哪儿都找了,有个破房子,还锁着门,真的没地方。"佳林恨恨地说:"你把人家毁了,你不知道吗?也不跟我讲一声,就贼头贼脑摸去了,真是混账!"佳强说:"怎么是毁了呢?管别人怎么说,我要定她了不好嘛?"佳林说:"下流东西,跟了你她也不会好。"佳强急眼了,叫起来:"凭什么说我下流?老实对你说,那李玫一点都不让我动手,我刚想动,她就哇哇叫,害我白钻了半个小时,脚都冻僵了。信不信由你……"

佳林把一支烟抽完,佳强又递一支给他,他没有接,恨恨地说:"你这家伙真会使手段,说李玫这不好那不好,就是为了叫我放弃,你好去冒名,太无耻了!"佳强叫道:"事情都这样了,还能怎么办?求你了,你千万不能找李玫,不要把事情戳穿,戳穿了可不得了!"

佳林的目光看进他的眼睛里去,罢罢,都捷足先登了,又能怎么样呢?他往宿舍走,佳强跟在后面,紧走一步,涎着脸皮说:"兄弟,谁叫你比我晚出生一个半小时,你让给我也是应该的嘛。"佳林转过身子,猛地一拳击在他鼻子上,看他歪扭着倒在雪地上,佳林放声大笑。

佳林说:"你坐近些好吗?"艾美把屁股底下的凳子往前挪了一米。"让我再看看你,看仔细了,以后我在地狱里呆了很多年,等到你也来了,我还能认出你。"她抽了一下鼻子,说:"你不恨我?"他笑了,笑得有点惨:"恨有什么用,不恨,不恨,这是我的劫数，跟你无关，疯狂到顶点，戏就演完了。"

他目不转睛地看着她，他觉得自己的眼光在黯下去，她的形象在亮起来。他觉得自己的魂从躯壳里钻了出来，在大马路上飘，女人是白布袋，他是一只黑布袋，装满了各种欲念，从一个夜总会飘到另一个夜总会，从舞池飘进了包厢，渐渐飘远了，逆着时光飘回去，从农场林荫大道的两排白桦树中间飘过，一直飘到油黑的泥地里。她是谁，是终结他生命的死神？还是在床上和他融为一体的女人？她的脑袋像一个石头浮雕，在昏黄暮色中浮动，从某个角度看过去很像李玫。我真的不恨这个女人吗？不，这是假话，既然恨不得撕碎她，那么我跟她靠近了心中怎么还是软软湿湿的？

"你还喜欢我吗？"艾美的声音是胆怯而不自信的。

他回到现实中来了，以确定的口气说："喜欢，当然喜欢，如果时间可以退回去，我还是在胜天堂遇上你，我还会这么做的。"她发出一声语义不清的叹息，他与其相信她是感动，更愿意相信她是虚荣心满足。

必须抓紧时间，谁知道老大和瘦子什么时候突然回来，他说："我算明白了，我该划句号了。可是我死了，你们不但拿不到钱，还要跟着我去死。"他看见她抖了一下，"别以为你们做得神不知鬼不觉，现在警察的技术太先进了，高智能犯罪也一下子破了，你们这么原始的作案手段还逃得了？就算你们拿到钱了，不出两天就能破获。就是这短短的两天，你能花出去多少钱？你愿意用你整个青春来换这两天吗？我还要提醒你，第一个逃不掉的不是老大，也不是瘦子，恰恰是你！"

她尖叫一声："为什么？"他笑得很残酷："为什么，你还要问我？你想想我们两个在哪里认识的，在胜天堂，当天夜总会看见我们在一起的人不在少数，不说别人，我的朋友老吴就记得很清楚，一旦报警，所有的目击者都会想到你，我在公众场合最后露面是和你在一起。现在有互联网，你的相片一上网，几秒钟之内全国都看到，你往哪里逃？所以第一个落网的必定是你！"她的身子比刚才抖得更厉害了。

"你们犯的是绑架罪，你知道在我国法律中绑架会判什么刑吗？"他用冰冷的声音说："死刑！知道吗，你们4个全都是死刑，一个都逃不掉。"她从凳子上跳起来："死刑？我也会判死刑？"她的脸一刹那失了颜色，下巴失控似的抖动。

"我死也就算了，苦甜酸辣，什么都尝过了，死也不可惜了。可是你才多大啊，以你的年龄可以做我的女儿，我不能让你去死。现在我闭上眼睛，就看到子弹打碎你美丽的脑袋。"

她说得很快很冲动，像是吃了不洁食物的人要把胃里的东西全都吐出来："我不知道他们会这么做。老大对我说，你们这些暴发户发的都是不义之财，你们是利用官势、权势吸人民的血……我们就是要点钱，不会伤你的，我没想到他们还要害你……"

粗汉推门探头进来，两道凶悍的目光像棍棒一样扫过来。她恢复了神色，说："没你的事，我在开通他，老大关照我的，要让他的脑子开窍。"粗汉很不情愿，但他知道她在老大心目中的地位，无趣地退了出去。

她贴近来："我不知道底细，你相信我，我没有说谎……"他叹口气："我的证词没有用，在你之前我先见阎王了。"

她的脸色急剧地变化，由浅红变成苍白，再由苍白变成青紫，似乎是舞台上被灯光打着一道布景。她咬了牙说："反正逃不掉了，死就死吧。"佳林心里一阵发凉，强打起精神说："有一个办法，你可以不死,还可以得到许多钱,你不是喜欢钱多嘛?"

她立即问:"什么办法?"

"把我救出去。"他看着她的眼睛,一字一句说:"我死了你们什么都拿不到,还会落入警察的法网。我不死,你也就不会死。等我自由了,你要多少钱我都给!怎么样,不相信?你不喜欢我了吗?你忘了这26个小时了?艾美,好好想一想,我和你的命都握你的手里。别看是救我,实际是救你!把手放在我的胸口,看着我的眼睛……"她的手像一条蛇从他胸口滑到小腹,再往下滑,他觉得他生命的蜡烛在风中一点一点旺起来。她的声音里打着旋钻进他的耳朵:"要不是李老大,我不会到今天这地步……"

李老大26岁时来到这个镇上,那是个梨树开花的日子,他和几个狐朋狗友站在街头侃大山,17岁的艾美提着一只瓶子去给爷爷打酒,从他身边经过,老大的眼睛直了,他抛下身边的朋友,尾随她一路走,看她买了酒,等她回转身,他突然插在她的前头,说:"多么美丽,一朵野花,在这个小地方埋没,不是可惜了?"说着扯开自己的衣领,取下一条黄金项链,扯开她衣领,挂在她的脖子上,又说:"我是一个搞行为艺术的人。"当天晚上,老大在小酒馆请艾美吃饭,把她灌得大醉,就是那天夜里,在老大的一个朋友的房子里,艾美被破了童贞。不久她就离开了学校。在以后的日子里,她多次逃脱李老大,但他总有办法把她找到。在她的眼里,李老大是狡诈、伪善、野蛮的,和佳林的柔蜜、浓烈、缠绵相比,不可同日而语。这些佳林当时不会知道,只是到了最后时刻他在空气中作鸟一般的滑翔之时才刚刚得知。当时他只觉得她和老大的关系很特别,她恨老大,但又难以摆脱他的控制,这是一种微妙而可怕的关系。佳林身陷囹圄,别无他法,只有抓住她心理,晓之以利害，让她反水，哪怕他刚才恨不得生啖艾美的肉，现在也得苦口婆心，他命若累卵，就在这一线机会之中了，于是，他一再向她许诺，她要多少钱他都可以给她。他泪水不停地溢出眼眶，他分不清是为自己可怜的处境动情，还是行韬光养晦之计，他说，他们之间有26个小时的床笫之爱，如醉如痴，忘生忘死，人生哪容易得啊，他怎么就会轻易忘记？

这段时间里，粗汉几次推门进来，他眼睛发红，像一头被囚禁的狮子一样发怒，他要进来，都被艾美推出去，他低低地吼："你到底搞什么鬼？"她不把他放在眼里："急什么，还没有谈好，你想搞到钱，没有周总配合行吗？误了老大的事，你担当得起吗？"

佳林动一下手脚，铐子镣子在铁床上发出清脆的声响，他悄声说："你有办法吗，把铐子先解了。"她苦笑一下："你以为老大是什么人，铐子的钥匙在他腰上系着呢。"他再一次领略了对手的精明。

"你说，我们真的能逃脱，李老大就抓不住我们了？他非常狠毒，我怕他……"她的神情是急切而热烈的，还带着鲜明的恐惧。虽然佳林也是心中没底，却信心十足地对她说："只要我们仔细果断，就没有问题。老大不是相信你嘛，你在他面前不能露出一丝一毫来。""那政府也不会判我死刑了？"他笑了："当然不会，你是立功之人了，怎么还会判你死刑？只要我活着，随时可以为你上法庭作证。"

当佳林刚来得及把要她做的告诉她，老大和瘦子就回来了。

李玫被抽调到总场文艺小分队去了，这离她和佳强钻麦秸堆刚过半年。去了没多久，就赶上排练舞剧《红色娘子军》中的一个折子，左挑右挑，就挑上了李玫，凭她的身子跳吴清华说什么也不合适，细细的像一根麻杆，手也是细长的，像麻杆的枝条，提一桶水都像要把腰杆折断，她家庭出身是上海的资本家，所以她一直采取明哲保身的态度，从来不和人争斗，说话都是细声细气的，哪里有一点深仇大恨的感觉？再说，小分队里也有几个会跳舞的，怎么就会轮到她呢？没有人知道里面的原委。舞剧排好后，就到各个分场巡回演出。那天到我们分场来演，大幕拉开，音乐中李玫跳出来了，我看得出她努力想跳得刚强有力，但就是不行，挥出的手踢出的腿都是软乎乎的，哪像是奴隶出身的娘子军，倒像是一只受了伤的天鹅。边上有个人恶声恶气地说："资产阶级的小姐怎么跳得好吴清华？这是阶级感情的问题。"这话让佳强听到了，他转过头说："你他妈的胡诌什么？"

那说话的人是知道佳强和李玫相好的，却偏说："我说台上那一个，怎么就踩到你的尾巴了？"边上就有人对他耳语，似乎是提醒他佳强和李玫的关系，哪知道不说还好，说了那人更是来劲，又飞来一句："别做他的春秋大头梦了，这鸭子能煮熟吗，还不知道现在是谁在煮呢？"佳强觉得受了奇耻大辱，腾地站起来："走！外边去单挑。"那人不含糊，也站了起来，大家都偏开腿，让他们两人走出去。于是，当舞台上的吴清华淌着黄豆大的汗珠和南霸天战斗的时候，礼堂外边，在微亮的星空下，在羊的一声高一声低的哀叫声中，佳强和那个家伙也在进行殊死搏斗，没有掌声，没有劝架，默默地进行，但沉默的格杀却比有声的可怕得多。五分钟后，佳强倒下地了，那家伙揉揉被打肿的眼睛走了。他不知躺了多久，迷蒙中觉得有个东西在亲自己，热热的，软软的，湿湿的，他费力地睁开眼睛，一只不大不小的毛茸茸的四脚动物的轮廓印在钢蓝色的天幕上，同时闻到一股亲切的搔痒鼻子的膻味，他第一感觉是魔鬼，但是个可爱的魔鬼，它又用唇鼻来亲他了，湿湿软软热热的，他看清楚了，一只小母绵羊。这是一只刚从屠刀下逃脱出来、离开了群体在外面游荡的羊，它因为孤独和饥饿而害怕。与此同时，他心底也生出一种空洞和虚弱的感觉，缓缓地伸出一只手，用力搂住了它，现在他也需要它。叙述到这里，我肯定，这头小母羊魔鬼的出现和最后的大结局一定有不可断开的暗中联系。

夜里，佳强在炕上辗转反侧，痛的不是身上的伤，而是那句话，还不知道现在是谁在煮呢？他想，太恶毒了，这话究竟是什么意思。

一年后，当佳强走上一条恐怖而惨烈的路之后，佳林很长一段时间精神迷乱，他脑袋针扎一样痛，太阳穴好似要炸开来，他在梦中一次一次看见金光闪闪的飞旋的锯片，它剖开的不是佳强，而是自己的身子。佳林到场部去找李玫，到文艺小分队找，到宿舍、小卖店、学校找，哪里都没有她。他在场区乱跑，碎冰碴在他的棉胶鞋底下嘎嘎作响，他跑到林荫大道上，两边各有一排笔直挺拔的白桦树，伸向无际的原野，看过去像是天地之间的双轨道，他用肩膀狠狠地撞击树，仰起头，对那两排默默无语的历史见证者大声喊：都是我，救起她才害了我的哥哥，那个跳吴清华的妖狐呢，那个资本家的臭小姐呢，她钻进哪个地洞里去了？你们告诉我！

然而，在这之前相当长的一段时间内，李玫并没有消失，她和佳强有过一次开诚布公的谈话。开始时，佳强还把李玫抱在怀里，她虽然有些勉强，但还是忍了。她系了一条火红的大围巾。他说："你用红围巾真美，好像……"她瞥过眼："像什么？"他心里想的是红狐狸，可嘴上说："我不知道怎么比喻。"她淡淡一笑，把围巾解下。他心里有一个蹊跷的说不出口的念头，那就是 391 页，那幅无比逼真的美妙的画，那个栩栩如生的神秘的女性器官图，始终嵌在他的脑子中，这是他的启蒙，他一切美妙的生活乐趣和理想都从这里出发。但是进一步想，391 页是印在书上的，再栩栩如生也是一幅图呀，怎么能和活的比？在冒名顶替之前，他只能迷醉这幅图，可是现在不一样了，他为什么不能看活生生的李玫呢，她的器官难道不比 391 页精彩好看？活的总比画好。还有，万一 391 页画得不地道，有差错呢，他不看真实的不就一直被蒙了，一直不知道真相了？391 页是他的启蒙，但他无法克制心中的另一种饥渴，已经无法满足于纸面了。

不过到那个时候为止，佳强没有见过李玫的器官。不知为什么，看起来勇猛、强悍的佳强对纤弱的李玫却非常迁就，而李玫也怪，对别人说话从来不大声，对他却脾气不小，她随便噘一下嘴，投过一个冷眼，在他看来，就像晴天霹雳一样严重。有几次，他想满足凤愿，话已经到喉咙口，看她脸色又咽下去了，几次下来，他不提了，心想人是我的，早晚都是我看的，熬着吧。

她说："都是你，拉着我钻麦秸，害得我半年抬不起头。"佳强把她的头发撩开，用嘴含住她薄薄的晶亮的耳朵，含含糊糊说："现在不是好了，你进文艺小分队了，还跳吴清华哩。"她冷冷地说："吴清华是那么好跳的？"他马上问："怎么不好跳？有什么难的，你说呀！"她却偏过头去，不回答。

一会儿，李玫说："也是奇怪，那天暴风雪，我就会撞上你这个冤家！"他硬着头皮说："是呀，我也没有想到，风雪天会有这样的好事。"她说："哎，你那时说幸亏司机把我围巾抢走了，这话什么意思啊？"他心虚了："我说过这话吗？""你什么记性啊？"

他心里叫道,要命,佳林这鬼,藏起这句关键的话不告诉我,只得说:"我真的不记得了。"李玫白他一眼:"还说真心实意呢,自己讲过的话都不记得了。"

干熬了很长时间,李玫扔过一句话:"以后你不要到场部来找我了。"为什么,为什么……他一连说了五个为什么。"你轻点好吗?不要这么大声。"她脱开他身子坐了起来。他又上前抱住她,说我们都好了半年了,没有比我们两个人在一起更好的了。她轻轻地说:"离开上海的时候,我妈对我说,在外面不要太傻,有机会就要抓住,不要浪费自己,女人的时间是很短的……"佳强听她说过,她的妈妈是资本家的小老婆,资本家后来抛弃了她,又回到大老婆身边去了,她是把自己血和泪的生命体验传授给女儿啊。

那天佳强怎么哀求,李玫都不改口。他死死地盯着她,这就是我从弟弟手中夺过来的女人吗,他眸子越聚越小,聚到一点时就吐出了火焰,她的脸在火焰中变化,一会变狭,一会变宽,脸色也在变,变黄、变白、变绿、变紫,她是冰雪化冻后的恣肆汪洋的春水,是秋天山上的颜色丰富多彩、捉摸不定的树精和草精,她是人还是狐狸?是魔鬼还是天使?她内心的东西神秘莫测、倏忽万变,要命的是他根本就不知道是什么。他似乎听人说过,洪政委很欣赏她跳的吴清华,这是什么意思,她说不好跳莫非就指这个?他心里不受用,不愿意去想洪政委,那个雄壮白净的统帅着几万人的大人物碰不得,他不过放了两颗气体子弹,就害得他的孪生兄弟吃了半年劳役之苦,怎么再敢惹他?他当然不希望洪政委卷进来,连想都不愿想。

这时他念头一转,又转到老地方来了,已经有不祥的预感了,如果她真的飞了,那么他的凤愿不就要落空了?他结结巴巴说:"你让,让我看一看……"她没好气地说:"看什么呀?""看,看你的,你的……就看一会儿,不,你要不乐意,看一眼就行了。""我的,我的什么啦?你吞吞吐吐,不会说话了?"他心一横,把话说穿:"就看你底下的东西,小便用的。"李玫的薄脸皮一下涨红了,又一下变苍白:"你还是个人吗?下作到这个地步!我原来是跟流氓在一起。"佳强不得不解释,他舞动着两手两脚,唾沫四溅,好像一只大青蛙遭到电流的击打。我早就有个想法,想了很长很长时间……我一直看一幅图画,我想它可能画得不对,而且,再好的图画能好过原物吗?再好好不过自然本身……他语无伦次,觉得怎么说都没法把自己的意思表达清楚。"你发哪门子疯了?不行,不行!一百个不行!"李玫站起来,系上红围巾,向门外走去。

在以后的几十年中,我和佳林多次分析过这场景,那多半是在茶馆,在酒后,在我们两人独处的时候。佳林悠悠地吸一口烟,说:"他失去理智的时候什么都可能做出来。"我把茶杯放下:"我不同意你的说法,这恰恰就是理智,真正的理智是在理智之上的。日有所思,夜有所梦。夜有所梦,日有所求。"佳林不赞同,却又驳不倒我,于是,我们两人眯起眼睛,再次看见了下面的一幕。

佳强浑身在发抖,他太迁就她了,积聚下来的怨气爆发出来了,他冲上去拉她,她甩开他的手,火红色的围巾随之飘到他的手边,犹如一条狐狸的蓬松松的大尾巴,他抓住围巾使劲一拽,她扑通倒在地上,他骑上去就解她裤子,他下了狠,要看,今天一定要看到,他不能再满足于图画了,一定要看活生生的。她死死护住裤子,他发了疯一样扒,两人都闭紧嘴喘气,好像一条哑巴狐狸和一头哑巴狗的搏斗。李玫快坚持不住了,裤子要给他撕破了,恰好他的手经过她嘴边，她一口咬上去，佳林没料到细瘦的李玫能咬出这么大的力量，痛叫一声，心底一股杀气腾起，他抓紧红围巾的两端使劲地勒、勒。看见她在底下张大嘴，狭长的舌头像蛇信子一样伸出来乱滚时，他还觉得心里的怨气没有吐尽。有人在敲门，越敲越重，高声喊着他们的名字，隔壁的人听见动静了。

四

　　据我所知，小蒋在接到佳林的电话后，一分钟都不敢耽误，和会计一起取出了30万元钱，她脑瓜里不时在想，周总为什么急着要钱呢？他到底在哪里？他好像很沮丧，非常不耐烦。她本来是想和范志伟联系的，但佳林在电话里一再叮嘱对谁都不准说，她也就不敢违抗了。很快电话来了，不准她坐公司的车，她只得提了钱，坐上出租车走。每过十分钟她的手机响一次，让她报告她现在的位置，接着告诉她下一步车往哪里开。佳林的声音已经不出现了，出现的是一个阴沉、冰冷的声音。她问："你是谁？"那声音回答："我是周总的朋友，你不要问，如果你希望周总平安无事，就按我吩咐的去做。"她心怦怦乱跳，只得让司机按他给出的路线走。出租车开出西郊，上大桥绕一个圈，又开回城里，径直往南，又开出了城区，那声音让她放慢速度，开进一条偏僻的路，前面200米处有一个仓库。小蒋让车子在仓库门前停下，她提了钱箱往里走，就这时，意外的事情发生了。

　　曹鸾艳赶到公司之际，恰好是小蒋和会计奔走于各大银行之时，她打探到了，不由心生疑窦，她提钱干什么？不是要转移财产吗？果然有鬼名堂？曹鸾艳是个心机不浅的女人，她假意走出公司,却没有离开,她让司机把车停在一个隐蔽之处,自己坐进对面一间小店窥视。2个小时后,小蒋和会计提着鼓鼓的皮箱回来了,再过15分钟,小蒋又走出大楼,这次她是一个人,也不用公司车,招手打的走了。曹鸾艳立即驱车尾随,这期间她已和会计联系上,知道小蒋手中提的是30万现金,此时她的心像充足气的猪肺,被嫉妒和仇恨涨得又肿又薄,她想很可能佳林是为了转移财产,玩的假失踪,那个小蜜是他的同党。她急步走上去,她觉得身边似有些面目不清的人在晃荡,她顾不上了。小蒋在那里左顾右盼,也看见她了,刚要打招呼,她上去一个耳光,骂道:"你拿了30万元,跑到这里干什么勾当?"小蒋又冤又屈,泪水淌下来:"是周总要我来的,我不知道,他怎么吩咐,我就怎么做。"曹鸾艳还不依不饶,两人纠缠在一起,司机见了,忙上前拉开她们。

老大的脸紧绷着,没有一点表情。佳林不由打个寒战,或许是为了缓和气氛,也因为手脚铐的时间长了实在难受,他强作欢颜说:"我的秘书把钱交给你们了吧?现在可放开我了,让我轻松一下。"话音刚落,瘦子冲上来说:"你以为你还是总经理,还能够骗我们?敢跟我们讲条件?"老大上来推开他。

老大在他的对面坐下,眼球在缩小,成了两个锐利的针尖:"你在电话里说什么了,如果你不想给自己留一条活路,你就不要对我说。"佳林额上淌下汗来:"我接电话你就在边上,每句话都听得清清楚楚,还有什么能瞒过你?"老大紧着问:"要是你说的是暗语,我不就给你蒙过去了?"

他叫起屈来:"暗语?哪来的暗语?我做梦都不会想到来这个地方,怎么可能提前准备暗语?"老大想想这话也不错,就说:

"周总经理,我们是用对待绅士的态度对你,你可不要不把自己当绅士。"佳林哭笑不得,嘴中却说:"哪里会呢,我知道你老大对我客气,我恨不得直接把钱送到你手里,省得你们再周折。"老大冷笑一下:"哼,说的比唱的还好听。"

老大让瘦子在仓库里面等着,他自己在对面马路上,装作不相干的人闲逛。他看见一个女孩提着箱子进去,知道是送钱的人,立即用手机通知瘦子,让他准备行动。他窃喜还不到两分钟,一辆红色的轿车开到,钻出一个女人,那女人有些年纪了,还打扮得十分时髦,她直奔先前来的女孩。眼睛一眨,两人已经扭在一起了,引来不少人看热闹。老大知道此时钱到不了手,在手机里对瘦子恼火地说:"撤!"

老大还在用针一样的眼光刺他,粗汉走过来说:"大哥,我有话对你说。"老大站起来,和他上厅里了,瘦子和艾美留在屋里。门没有关,佳林伸长了耳朵,努力去听,只听见一片模糊的嗡嗡声,不清楚说了什么。艾美也开始不安,身子抵在墙上,擦来擦去。他预感到事情可能不妙,好一会儿过去了,老大还在厅里和粗汉密语,终于进来了,佳林以为他的脸色一定铁青,没想到他居然平平淡淡,随即发布一条命令,今后,不得到他的许可,任何人都不准走出大门一步。

入夜了,佳林睡着了,这是他囚禁后的第一次真正入睡,在梦中他是自由的,还在金碧辉煌的夜总会,他对着话筒,底下是无数妖艳的美女,他引颈高歌,歌声圆润奔放,那是当年在北大荒练出来的,他们孪生兄弟的声音质地都非常好,他情不自禁要施展手臂,但被铐住的手脚一点都动不了,就醒了,此后再也睡不着了。他出冷汗了,汗比冰凉的手铐还要冷。忽然听到咣啷一声响,紧接着是艾美的一声叫,叫得尖锐而凄惨,再就是一连串声响,伴着老大的吼叫。

他的心猛地缩紧了,门撞开了,老大和厅里的灯光一起扑了进来,佳林听见他粗重的呼吸声,他的脸被浅青色的灯光遥遥照着,像一个狰狞的恶鬼,他左手抓住艾美的头发,半提半拖把她拽进来,扔在床前,他扑上来,鼻尖触到了佳林的鼻尖,匕首架在他的颈子上,老大压住嗓门咆哮,声音像拳头一下一下打在他的脸上。佳林听不清说的是什么,他只看他的眼球,他从来没有贴这么近看过一个人的眼球,这种感觉非常离奇。

"你竟敢叫她告密,你太聪明了……"

佳林侧过脑袋,看地下的艾美,她躺在那里,一动都不动,就跟死了一样。但就在几分钟前她还是灵活机智的,她躺在另一间屋子的沙发上,假装睡着了,听四周没有动静了,悄悄爬了起来,不开灯,提起脚,溜进卫生间,摸黑拨通了110,那边是一个年轻的声音,她刚说:"我要报警……"门突然开了,灯也亮了,她瞠目结舌看着老大一张铁青的脸,两人个好像都不认识了,可以清晰地听见手机里的叫声,5秒钟后,老大抡起右手,打落她的手机,左手握拳,重重地击在她的脸上,她尖叫着倒地。老大不慌不忙捡起手机,关掉了。

写到这里,我的手在键盘上停下来。我早说过,佳林是个心智健全、智商情商都不低的人,正因为如此,我不忍心描写他此时的心境。他施展柔情,动足心机,好容易让艾美反水,哪想到刚刚行动,就被阴险的老大戳穿。他眼前再次浮起佳强讥讽的笑脸,他说:"你还是不想来看我,我们分手29年了,你一点都不想我吗?哎,不要枉费心机了。"

老大把眼球拿开，声音缓和下来："你是好汉，是英雄，你有本事，你和这个贱货只厮混了20多个小时，就能叫她背叛我，你把她的心夺走了，我服你。"声音像蛇蜕壳一样痛苦。佳林只是沉默。他在屋里绕了一圈，手拿一根链条，重重地抽在佳林身上，他惨叫一声，痛得把身子挺起来，但铐子和绳索还是把他固定在床上，老大又抽一下，对他的同伙说："你们都来看，周总蒙难，多美的造型艺术啊，你们都来看！"又低头对佳林说："我真想现在就毁掉我的艺术品。不过，我还算是有耐心的人，只要你将功赎罪，还会给你一条活路……"说罢掉头走出房门。

屋里重新静下来，艾美还躺在他的床前，不时发出低低的呻吟，她的手脚也被绑起来了，他觉得她脸上在流血。他轻轻地说："痛吗？"

她说："痛又怎么样，痛死了活该。"他有些内疚，说："对不起，没想到他这么狡猾，我害了你。"她哼哼的没有回话。他想，是我害了她吗？不错，是我，但我是谁害的呢？不就是她吗？一报还一报，我们两清了，再有关系就是从零开始。想到这里，他对她说话的口气也轻松起来。

有关洪政委出事的消息像蒲公英花絮一样飘进佳林的耳朵时，他眼泪夺眶而出，他来到了佳强的坟前，哥啊，上面有精神了，要严厉打击迫害女知青的犯罪行为，你听见了吗，恶有恶报呀，如果你在九泉之下听见了，就显个灵告诉我。他蹲下来，身子像发烧一样颤抖起来，隆起的坟包像半个高脚馒头，上面的颜色斑驳陆离，黑的是泥土，绿的是毛茸茸的刚钻出地面的小草，四周静悄悄的，连鸟鸣声都没有，看不见一点异常迹象，一阵战栗袭过他的心头，

小月迢迢

难道佳强没有听见吗？连着几个晚上，他都没有在梦中看见哥哥，他坐立不安，上场部去了。

他打听到，洪政委被隔离在第一招待所。场部一共有三个招待所，第一招待所是最好的，房间里就有卫生间，屋里铺的是地板，铮铮发亮，取暖是热水汀，每扇窗都挂着粉色的帘布。第二招待要差一些。至于三招待那就差多了，一个大房间，两排大炕，气味浓重的被子里捉得出虱子。佳林来到一招待，却被人挡在门外，他被告知，没有专案组组长批准，任何人都不能见洪政委。佳林很是沮丧，他渴望看见这个肥头大耳、不经意就把佳强送上黄泉路的家伙。天暗下来了，佳林还在一招待的门外徘徊，忽然洪政委在走廊上出现了，虽然隔开玻璃，但他还是看得很清楚，洪政委瘦了许多，整个人似乎小了一廓，肤色也变黄了，但他的脸上还盘桓着一股倨傲之气，这使他看上去似乎比原来个头高了，这架势就是瘦死的骆驼比马大，是野火烧不尽，不死的草根还在土壤里。佳林定定地看着他，洪政委却没有察觉，一晃进屋了。他心里很不受用，怪不得佳强在地下不会听见，这个庞然大物还傲着呢。

当天晚上，佳林听到消息，洪政委的事是有人匿名举报的，专案组做了调查，但是难度非常大，举报的人说他搞的女知青不下30个，还提供了一些线索，专案组按图索骥，有的人下落不明，有的人躲起来不见，有的人好容易找到了，却出于各种原因矢口否认，专案组花了两个多月，辛辛苦苦，却没有一个坐实。肯定有人向洪政委通风了，所以他不慌乱。

当夜佳林失眠了，他在第三招待所的床上不断翻身，月光时隐时现，那是云遮了它，于是它变成了一个幽灵。他听见远处有个怪异的声响，是风吗，不像，像是野兽掉进了陷阱，像是一个人被扎了刀子后的惨叫，它匍匐在地下，缓缓地从远方逼近了。

佳林打听到李玫的下落了，三年前，洪政委就送她上省艺术学校了，上的是舞蹈专业，他找到哈尔滨去了。哈尔滨是个奇特的城市，到处散发着白俄的气息，冬天居然有女人穿着皮裙子，露出茁壮的白生生的大腿，好像街上的脱尽了叶子的白杨树的枝干。他看见男人女人都捏着大塑料袋，袋里装着黄色的鼓鼓的液体，看他们神情好像装的是救命的汤药，后来才知道是啤酒。艺术学校里没有李玫，人们对他说，她刚毕业，分到区文化馆去了。他找到一幢苏俄式的大楼，外墙是青褐色的，他走进去，敲开一扇门，屋里有两个女人，一个男人。两个女人在兴致勃勃地说话，很不友好地停下来，说，不知道，不认识这个人。佳林呆呆地站着，觉得自己一瞬间变成了一截枯树，不知道会不会发出芽来。那个男人走过来，把他叫到门外，说，李玫在反修饭店陪上面的领导吃饭，你去就能找到。

反修饭店是栋三层楼的房子，他撩开门帘走了进去，从一楼找到三楼，隔着窗子看见了，一个魁梧的男人坐着，隔着桌子是一个女人，李玫似乎比以前憔悴，灯光在她脸上留了不少暗影。那个男人大口喝酒，粗声说话，李玫似乎有些不情愿，却打起精神赔着笑。佳林觉得这时进去不合适，就退到门外去。天完全黑了，寒风一阵比一阵紧，他心脏一阵急跳，血烫起来了，一种异样感觉蓦地生出来，攫住了他的心灵，仿佛佳强跟着他，一起到哈尔滨来了，那么他在哪里呢，是地下自己瑟瑟的影子，还是街头的一个个裹紧皮袄、匆匆消失的人？

他缩紧身子，躲进一个门洞避风。一个小时后，李玫走出来了，她一个人，扛起两个肩膀，把脑袋藏在肩膀之间，她走得很快，佳林跟了上去。是个下坡，路面结着冰，李玫像是穿着冰鞋，从冰上滑下去，他觉得她的鞋子底下擦出了蓝色的火焰。他脚下打滑，险些跌个跟斗，幸亏抱住一根大树。拐过几个街角，李玫走进一栋公寓房，他跟了进去，里面暗暗的，一股潮湿之气侵来，当他尾随着她登上楼梯发出晃晃荡荡的声音时，感觉到走进的似是一座幽灵居住的古堡。

李玫摸钥匙打开一扇门，按亮了灯，一片灯光扑出门，好像黑衣服上补了一块白补丁，佳林不失时机地出现了。李玫大惊失色，钥匙掉下地，发出脆裂的响声，他看见她的嘴张开，一片粉红的舌头向后缩，像是掉进了喉咙："你是谁？你是鬼吗？"他没有说话，他想自己的脸色一定难看，跟鬼也不会差许多。

"你是怎么来的，怎么找到我的……"佳林想不起自己应该说什么，他依然像一截枯树一样立着。李玫哭了，两手捂着脸，先是无声地哭，只见她两肩不停地抽动，像是羊癫疯者犯起病来，接着有声音了，先是幽幽咽咽、凄凄切切，好像石缝间淌出的一条时断时续的小溪，大概是哭到伤心处，越想越伤心，声音陡然大起来，好似玉瓶破裂，琼浆迸射出来。这是撕心裂肺的哭，是恨无处可买后悔药的哭，是认清了希望就是绝望的哭，泪雨滂沱，寸寸肠断。这哭太有杀伤力了，佳林的两片耳膜上和这幽暗的古堡里都充满了她泪雨的声音。更使他惊奇的是，身上的棉衣仿佛不存在了，哀怨、凄苦的大雨直接浇灌着他赤裸的身体，他无法躲避，身子一阵阵发寒。她少说哭了15分钟，他也被泪雨淋浇了15分钟。以后很多年里，当他身体莫名其妙发寒的时候，一种伤心的哭声就会从心底隐隐响起，像是冬天河上的冷雾。

他不可能不感动，不由伸出一只手，放在她的脑袋上，顺着头发和脸颊往下滑，还没有碰上她的手，她自己从脸上移开了，神情急剧变化，仿佛是大梦初醒，她欣喜地说："你不是鬼，不是！我听人说过，鬼是很轻，没有份量的，你是有份量的！佳强！你还活着啊……我听人说，你已经不在人世了……"

一种莫名的情绪像鹰爪攫住了佳林的心灵，他想说我不是佳强，不是的，我只是他的孪生兄弟……先是佳强冒充了我，此刻你又把我当成了他。我回来了，把你从暴风雪中救出的人回来了！然而，他嘴张开了，只像哑巴那样呀了几声，他觉得自己在发生奇异的变化，耳朵里产生了重听，他的孪生哥哥不在东山的坟地里，钻出来了，随他一起到哈尔滨来了。佳强虽然拉着她钻麦秸堆，但至死还是个是童男，他死不瞑目，一直尾随着，现在已经钻进自己身子，占有了他的灵魂和整个躯壳。他发现自己的意识、行为方式都变掉了，他听着自己的声音，像是听另一个人在说话。

进屋吧，进屋！李玫的声音热烈、果决，他还迟疑不决，她已经把他推进门了。"他们骗我的，为了让我们再也不在一起，他们好阴险啊……你不知道，当我听到这消息，倒在床上，两天起不来，我想，是我害死了你，我手上没有血，但我是个十足的凶手！"佳林出神地看着她，觉得她不是说谎。

她提起一个热水瓶，把水倒进脸盆，绞了毛巾擦他的脸，又往两旁找："你耳朵里还是这么脏吗，你呀，擦脸从来不知道擦耳朵，还是个孩子，没有长大。你看看，还是这么脏……佳强，原谅我……我鬼迷了心窍，做了别人的玩物……到头来才知道……"

佳林暂时忘却了他找李玫的目的，她是那么温情、体贴入微，刚才是泪的雨，现在是爱的云，原来她太对不起佳强了，现在却报答在佳林身上，其实也没有错，把她从暴风雪中救下来的就是我。佳林神思迷乱、呼吸急促、热血膨胀，记不得是怎么跟她到了床前，她怎么蹲下来脱了他的鞋，赎罪的心理使她成了一个温驯的性爱的奴隶，他完全把自己当作佳强了。4年前，佳强用无耻的手段欺骗了他，今天他彻底地报复了无耻的佳强！从这往后的几十年里，尤其是近两年，佳林和不计其数的女人上过床，在和其中的大多数做爱时，他都感觉到哥哥附在身上，他在魔幻和现实之间的门槛上跨来跨去，恍然间他是佳强，恍然间变回自己，他常常听见耳边有一个声音："兄弟，我冤啊。"他觉得哥哥一点没有说错，真是冤了，他比哪个男知青都先知先觉，而且做过猛烈的事情，到头来一点实质的都没有尝到，还死得这么早。他应该为佳强申冤，欠佳强的应该由他佳林去要回来，谁叫他们是孪生兄弟的呀！于是，身上就有加倍的力量，好像有两个人在轮流工作，很多女人都在床上对他说，她愿意此刻去死。这种荒诞的感觉肯定起源于这次角色错乱。

李玫的器官，他不费事就看见了，而且她似乎喜欢他看，并不急于遮盖。这时，佳林已经从狂潮中退下来了，头脑清醒，他满心为哥哥惋惜，佳强从来没有看过活的，他看的只是391页上的一幅图画。

结束了，佳林重新想起了此行的目的。李玫听他把曲曲折折的故事说清之后，犹如遭了雷击，傻了，半天才有反应："你就是风雪中的人吗，为什么要让你的哥哥来？"干嚎一声，身上只挂着薄薄的一片，向窗口扑去，要从5楼跳下去。佳林及时地拦住了她，他一遍又一遍地对她说，你想让我哥哥白白死了吗，你有没有良心？你我不替他报仇，谁替他报仇？你想便宜那个姓洪的恶棍吗？然而他说得口干舌燥，她还是一声接一声干嚎，他一时恼起，狠狠打了她一个耳光。她顿时没有声音了,眼睛闭上,又慢慢睁开,目光变得非常新鲜。

  4个月后,他见到了洪政委,那是在公审大会上。洪政委从精神到肉体都垮了,眼睛变成了一对死鱼的眼珠,他的骨头似乎抽掉了,只剩一摊肉,把一摊肉垒在一起就是洪政委。佳林一口恶气吐了出来,哥哥死得实在太惨了。李玫站出来揭发了,提供了可靠的证据,专案组以此为突破口,一个一个扎扎实实做工作,很多女孩子都起来揭发了,证据都是确凿的,洪政委的死注定了。

  洪政委已经不会走路了,执刑人员费了大力气,把一具庞大的躯体拖上了卡车。佳林向他投去最后一眼,实在不懂他为什么要搞30多个女人,都是上海、天津、哈尔滨的女知青,难道他疯了?有这么大的需要?后来的二十多年内他不时琢磨这个问题,这是一个类似于斯芬克斯的有关男人的不解之谜。直到近两年,佳林才似乎明白了其间的奥秘,漫长的时光早已消解了强烈的情绪,他想,如果排除对哥哥的感情不说,姓洪的真是恶棍吗?他还会像当时那么咒他吗?

五

  司机费了大劲拉开她们两个,小蒋脱出身,扭头往外走。范志伟和我闻讯都赶到公司来了。纸包不住火,小蒋不得不把佳林给她打手机的事一五一十说出来,我们都怔住了,问题严重了,这么看,佳林很可能落入犯罪分子手中了。曹鸾艳也不闹了,她当机立断,报警。我和范志伟相互看看,没法再给佳林遮丑了。

  警方的行动是迅捷而卓有成效的,排出不少线索。有个人说,

小月迢迢

星期天上午 10 点多一点，他亲眼看见佳林，当时一个女郎从宾馆里出来，走向路边那辆本田车，佳林在车里等她，女郎上了车他就开走了。那人说，这女人非常妖，走路的步子有点飘，简直就是个狐狸精。这是目击者在佳林失踪前最后一次看见他。很快找到了佳林的朋友老吴，老吴早就做好警察找上门的准备，他说那个女郎是佳林在胜天堂认识的，好像是叫艾美。

与此同时，110 提供了线索，说深夜 12 点多，一个年轻的女人向他们报了警，刚说一句话就不说了，话机里传来打斗声，很快挂断了。他们立即打回去，已经关机，此后再也没有开过机。那个报警电话的号码就是佳林的手机号。

警方立即做出部署，全力寻找那个叫艾美的女人，并根据目击者的回忆，画出肖像，让搜寻者带在身上。同时监控小蒋的手机，看犯罪分子有什么新动静。

自然我们就没有事可做了，曹艳鸾呆呆地坐着，几个小时过去了，她始终说一句话："佳强来找他了。"这其间我离开一次，3 个小时后重新回来，我看见她用白纸剪了一个人形，几乎和真人差不多大，我一眼就认出是佳林，再看看，又像 29 年前的佳强。她把纸人驮起来，走出门，来到楼后的空旷地方，把纸人重重地放下，点着了火。那天的景色非常离奇，我不知道她在纸人上涂过什么东西，火的颜色是绿的，绿得阴森怕人。她的头发披散下来，绿火的光亮在她脸上跳舞。

我看得毛骨悚然："你这是干什么？"

她回答："他们两个可以分开了。"

老大把艾美从地下提起来，扔在佳林的身上，皮笑肉不笑地说:"你们两个不是情投意合嘛,我成全你们,让你们靠近些。"

佳林说:"谢谢你的好意,不过,我觉得艾美不应该陪我遭罪。"艾美已经清醒,听他这么说,把脑袋贴上他的脸颊。

李老大说:"很好,艾美,你的表演很出色,我认识你5年了,才知道你有表演才能。"说到这里话锋一转,对着佳林:"你一点都不冤,就是现在死了也不冤。男人嘛,生来就是要征服世界的,有本书上说,男人征服了世界,也就征服了女人。现在社会什么叫征服世界,就是有钱,有钱就有一切,你不是有钱了?要什么样女人,就有什么样女人,多潇洒,所以我说你死了也不冤。我这么说你可以明白了,我没有别的招,就是向你要钱,你说我犯罪,说我卑鄙无耻都可以,我还是要向你要钱,我只有这一个法子。好好合作吧,我们浪费的时间太多了,我快没有耐心了。"

于是,在匕首的威逼下,佳林再次和小蒋通上电话,要她继续带着钱出发。老大用手掌抹过脸,说:"你在家里好好拜菩萨,为了我们成功,也为保你一条命。"这次他叫粗汉做帮手,留下了瘦子,瘦子精明,他当看守老大放心。

佳林把脑袋转过去,想和艾美有更多的厮磨,她却坐了起来。瘦子站在对面,在手中玩一把匕首,说:"你们都听见了,老大交给我了,你们自己看着办吧。"他说:"我已经认了,说说话总可以吧。"瘦子眨眨眼睛说:"现在想起来,周总,你对手下人,也有好的时候,那次你炒地皮赚了钱,就请我们大家到珍珠饭店吃了一顿,你拿着杯子走到我们这桌,我举起杯子,拼命往前凑,就怕碰不上,虽然你眼睛看着别人,但还是让我碰上了。"

佳林说:"难为你了,还记得我好的地方。我被你们绑在床上这么些日子了,跟死了一样难过,把我放松一点,好吗?求你了。"

瘦子马上回绝:"这可不行,你不要得寸进尺,这是老大设计的,他的艺术品我们谁都不能动。"

佳林不抱希望了,就用伤情的眼光去看艾美。他说:"连累了你,我很难受。"她还是那句话:"还说什么呢,这是命,也是缘。"

他说:"我是不抱希望了,一年半前,我老婆就说过,我一定会走到这一天的……但我想,李老大不会对你下毒手,你们认识这么多年了……"艾美哭出来:"他不会容我的,我知道,他最恨背叛他的人。"

佳林苦笑一声,无话可说。艾美的眼里露出痛惜的神色:"我本来是好人家的女儿,都是老大害了我……"

瘦子冷笑一声:"你们倒好,演起梁山伯祝英台了。"说着把匕首插在椅子上。

李玫早说了,以后你不用来找我了,但佳强还是到场部去找她。有时他找到排练厅,她在里面排舞,看见他了,就像没见到一样,照样跳下去。他就在外面等,不管是刮风下雪,他都在外面等。好容易排练结束了,李玫披着衣服出来,通通通往前走,他一愣,赶上去。她说,你还没有回去啊?一边说,一边还是走。走到第一招待所了,她在门口站住,用一种打量外星怪人一样的目光看他。灯光透过粉红色的窗帘,从她背后照过来。李玫调到文艺队,只在集体宿舍住了半个月,就搬进了一招待,背后有人议论,但没有人敢明讲。

她说:"你可以走了。"他期期艾艾地说:"我想和你说说话。"她气恼地说:"你不看我汗淋淋的,我要洗澡,我要洗衣服,我要睡觉,我要休息!"他说:"我等你,我在外面等。"他不敢说跟她进去，他明白她屋里不是他呆的地方。"等也没用，今天我不会有空。"她把话说绝了。

他使劲地摇头："你这么无情无义啊……"她看着别的地方，似乎心里很烦很乱，长睫毛忽忽地扇着，忽然说："你管得了我什么，管得了我的前途吗？放过我吧，饶了我吧，你要我怎么样，跪下来求你，你才称心？"佳强说："我才不要你跪呢，要你跪干什么？"就这时，她的背后出现了洪政委庞大的躯体，在走廊里晃了一晃，又进屋了。但佳强看见了，他首先感觉到的是洪政委脸上放出的红光，立时脑袋变大了，那次佳林代他受过，他心里羞恨交集，我钻了麦秸，已经恶劣，怎么还敢在大庭广众放气体子弹，来对抗权威，太荒唐了！洪政委的形象在他的一次一次的反省中无限地高大起来，最后跟玉皇大帝差不多，他佳强再胆子大也是个凡人，一个凡人怎么能抵抗玉皇大帝呢？

李玫的声音变温柔了："你走吧。"她眼光落下来，落在他的脚上，"你的鞋破了，天这么冷，要冻坏脚的，去买一双新的。"她手伸进口袋里，掏呀掏，掏出了30元。他伸出右手，按原来意图是想去伤她的，但是洪政委的脸刚才在走廊里闪过的红光依然显出威力，他手伸到一半就收回去了，突然爆发出哭一样的笑，他车转身子，向大路上跑去，向冻得结结实实的水库跑去。

此刻，当我在对这一场景作叙述的时候，我清醒地认识到，最后的悲剧、或者说喜剧、丑剧（说什么都可以），就在这一刻注定了。好比把一块大石头抬起来，而架住它的只是几根干枯的朽木，那么巨石的坠落只是个时间问题。佳强的破大头鞋踢起了雪花，雪花像喷泉挡住了他的视线，等雪花降落了，远处蓝色的群山出现在他的视野里。他忽然想起了一句词，大声唱："爹想祖母我想娘……"多么荒唐，又是多么有趣，为什么爹就不能想娘呢？男人想老婆错了吗？没有人来回答他的问题，于是他翻来覆去地唱，只唱这一句，唱得泪流满面，唱得嗓子嘶哑，唱得太阳把它的光辉全部埋进深深的雪原中，唱得我今天写到这里还是黯然神伤。

　　客观地讲，就以佳强跑回分场的那天为标杆，当时我们分场的男女关系还处在不开化的阶段，但已经接近尾声，那时百分之九十五的男知青和百分之九十的女知青还没有"处"过。但是佳强不同，他是我们的先行者，他是好像有过却又没有真正拥有，这种分裂状态使他处于一个极为尴尬的境地。这段时间，山冈上、水库边、麦地里，都能看见他孤零零的一人，脸上晃动着饥饿的影子。不过，这段时间不是很长，他脸上的影子开始消退，又有光彩了。我们惊奇了，难道他找到另一个李玫了，可是经过观察，没有啊，那是怎么回事呢？我们可以感觉到的是他下班了，经常来找佳林，喜欢和羊在一起，可是，他和佳林又没有多少话说，他和羊在一起的时间远远超过和佳林在一起的时间。但这又有什么可以非议的呢？羊，是多么可亲可爱可怜的动物，当人在人世间找不到温暖的时候，亲近羊不是很正常的吗？

　　叙述到这里，我觉得异常艰难，心跳加快，呼吸急促，我想过回避、逃开或者隐去，但我知道任何一种技术处理都是徒劳的，在这个故事中，这个症结绕不开。

　　那年5月，佳林犯阑尾炎动手术，住进东山医院，佳强自告奋勇，要来替他照看羊群。队长起先不放心，可是他的理由很充分，这些天火锯上正好没活，他平时也常去羊圈，那套活就是看也看会了，而且他们是一对孪生兄弟啊。队长同意了，让兽医平时多去看看，多操点心。

一天夜里,兽医想上炕睡觉了,记起有只羊生病了,就披上衣服上羊圈去了。走在路上,兽医抬头看了看天空,天是钢蓝色,一颗红色的陨星拖着长长的尾巴划过夜空,水库里发出沉闷的响声,那是冻结半年多的冰层在开裂,草丛里有星星点点的光亮,兽医觉得身上有点热,心想春天真的到了。他走进羊圈,听见一种奇怪的声音,他没有意识到会发生什么,梁上挂着一盏汽灯,在灯的光圈里,他看见了佳强。他站在一头小母羊的屁股后面,裤子褪下一半。兽医的眼珠子差点掉出来,下意识后退一步,藏身在一堆干草后面。

佳强没有觉察有人进来,这是因为他太投入了,他的上半身俯下,贴在羊的后背上,他的左手搂住羊的腹部,右手在它的头部和颈部活动,时而插入灰白的毛绒中,贴着肌肤作纵情的遨游,时而又退出来,为的是更深的插入。兽医惊呆了,佳强的手很强壮的,此刻居然变得这么细腻、多情,似乎在倾诉一种语言,只有在男人抚摸心爱的女人的时候才会这样。他听见他在断断续续呻吟,好像夹杂着一个女人的名字。小母羊的眼睛微闭着,从眼缝隙中透出的目光驯服迷离,它的躯体有一种不易觉察的触了电一般的颤抖。兽医上学的时候听说过这类事(他认为这一定是有魔鬼附身),但在他的行医生涯中却是第一次撞上,那么魔鬼是谁呢,那头小母羊是魔鬼的化身?还是在这之前,佳强已经中了邪?

兽医呆了好半天,他想退出去,不惊动他,却不料碰到一把立着的铁锨,当啷声响,铁锨掉下地了。

佳强急速地从小母羊身上下来,小母羊也慌张逃开,一场春梦迅速破灭。佳强缓慢走过来,看见了草堆后面的神色古怪的兽医,两人对看了一分钟。第二天,佳强发现别人打量他的目光不对了,都是鬼鬼的,像黄蜂一样飞来,在他脸上狠狠蜇一下,迅疾地飞走了。他走到哪里,人家都避开到一边。他想,不是兽医说出去,他们怎么会这样对他?那天中午他喝酒了,喝得醉醺醺的,去找兽医算账。他走到兽医的家门前,院子栅栏不高,屋子一扇窗半开着,他满是酒气的目光飞了进去,看见两个人抱着在炕上打滚,看见一块比白面还要白的东西,他怔怔地想了一会儿,想起这是兽医老婆的屁股。顿时,算账的念头像靠上火炉的冰雪,消融了,他掉头走了。

当最后一幕落下后,我特地问过兽医,他赌咒一般对我说,在这之前,他没有和任何一个人说起过,要不是出事了,他还不会说,佳强就像那个寓言说的,丢了斧子,疑神疑鬼。

老大不停发指令,让小蒋在市里东南西北兜了一大圈,足足花了3个小时,才让她换一辆车,直接去城西一个歌舞厅。他早就在歌舞厅斜对面的茶室坐着了,找了一个视角好的位子,看得清清楚楚。他看见小蒋从出租车上下来,拎着一个手提箱,孤零零地站在歌舞厅门口。他刚想打手机让粗汉上前取钱,发现新情况,一辆黑色轿车开过来停下,车里走出两个人,一路走过来,走进茶室,找地方坐下,一人拿一份报纸看,却又不像在看报,不时抬起头,眼光瞥出去,也看对面的小蒋。老大越看越不对,惊出一身冷汗,缓缓站起来,不紧不慢往外走,走过两条马路,用手机向粗汉发布命令:撤!

老大走进据点,脸色发青,他冷笑着对佳林说:"你菩萨拜得不错吧。"

佳林看他神色,知道不好,这时候他已经被囚禁25个小时了,被铐住的手脚早麻木了,他实在熬不过了,没好气地说:"拜菩萨有什么用,我的命不是在你的手里?"

他点点头:"你倒是个明白人。我没有赢,精心策划的计划流产了,颗粒无收。可惜的是你也不会赢。"他转头对两个帮凶说,我们不能再呆在这里,警察会发现艾美这条线,顺藤摸瓜,找到这里来,天一黑我们就走。

佳林知道他的大限到了,顿时有万事皆空的感觉。老大在他床头坐下:"你说我该怎么处置你?做了你吧,我是害了一个无辜。不做你,那警察一定会要你提供我们的情况,你别解释,解释也没用,到时候你不可能不配合。而且,我这人干事从来是干干净净的,不留一点痕迹。你说怎么办好?"好像他真的左右为难了。

他想这个家伙太残忍了,猫抓到老鼠,也是如此玩的吧。

老大继续说:"另外,你还给我出了个难题,艾美本来是我的人,因为你她才背叛了我,你说我该怎么处置她呢?要是没有你,我不喜欢她了,那好办,送给我的兄弟就是了,就是因为你叫我不好办了。"粗汉在旁边听清楚了,他出气的声音重起来。

佳林想,如果她和他一起死,恐怕比他一个人死要好。

老大在专心地研究他表情,忽然大笑起来:"艾美不能陪你一起去,我要把她带走,你不就希望她陪你上天堂?你们是在胜天堂认识的,对吗?很抱歉,我没法让你称心如意,我还是喜欢她,饶她这一次。"

佳林感到心被利刀摘掉了,留下一个大大的空洞。他就这么孤零零的被人做掉了?最后的女人也给夺走了?

老大解开捆绑艾美的绳索,她站了起来,晃了两晃,低着头走到厅里去。一会儿,瘦子走进屋来,手中拿着一根铁丝,细细的,发出铮铮的亮光,他仔细地把它弯成一个圈。佳林明白了,这就是做他的工具。瘦子对他说:"周总,对不起你了,就为你和我碰过杯,我也会做得利落。"佳林的身子痉挛了,不不,他不能就这么轻易去死,他是个性情中人,必须让自己死得不一般,死得离奇,要不他会闭不上眼睛的。他叫起来:"李老大,你不就是要钱吗,我这里有一笔钱,你拿去!"

老大走过来,将信将疑地说:"你小子是不是怕死了?"他说:"在一个秘密账户上,我不想让老婆知道,密码就我一个人知道。"老大的眼睛盯住他:"有多少?""50万。"

老大想了想说:"你能保证我拿到?"他点点头:"我把卡交给你,密码也告诉你,但是你必须答应我一件事。"

老大有点好奇:"什么事?"他说:"让我和艾美在屋里呆一个小时,只许我们两个人在,把我的手铐和脚镣都去掉。"粗汉听见了,挥着匕首冲上来:"割了这头猪!到死还想这事。"老大一胳膊肘把他捅开,厉声说:"滚一边去!"他换一副神情,问:"要是我不答应呢?"

他平静地说:"我就把密码带到天堂里去。"老大一脸赞许:"好,你是好汉,你有本事。不过,要是你骗我呢?"他说:"骗你干什么?犯不着。"老大一拍巴掌,说好,他叫过艾美,艾美听他说了,倒不愿意起来。老大眼睛一瞪:"多少次都干了,还在乎这一次?你要好好地提供服务,可不要对不起周总。"

对于佳林的另一个要求,老大没有全答应。屋里只剩他和艾美两个人,要是镣条全解了,他从窗口跳出去怎么办?所以把右手上的铐子和右脚的镣条解开了,而左脚的镣条仍然锁在床架上,只是放长了一截,可以让他自由活动。另处再取一根镣条,锁住了艾美的右脚，老大说这叫男左女右。他把瘦子和粗汉都赶到厅里去，对他们说："对不起你们了，将就点吧。"倒走着出去，关上了门。

佳林沉默了几分钟，朝她一笑，她一点笑不出，叫道："你临死了，还要把我拖进来？你安什么心？"他说："我是个贪吃的人，胃口又好，我不能饿着去死。"她翘起嘴，也不说话。他想时间很紧，不知道能不能把全套做完。他缓缓放倒艾美，心里浮起他们第一次做爱的图景，他轻轻地弄她，撩她，用的是老吴秘传的最有效的几招，她原本就是个嗜好的人，开始心里还在顾忌死生，被他缠绵地反复地弄，本性就放出来了，最后舌头投进他的嘴里，像是把一封捏了一程的信投入了邮箱。

佳林一生有过无数次，但哪一次都没有这次好，这是带着镣条的舞蹈，这风味就奇好。他想，死也要撑饱了死，不能做个饿鬼。这是盛大的节日，他的生命在节日中飞扬。他觉得身上的每块肌肉、每个细胞都像钻出泥地的青苗，在使劲地歌唱。佳强的脸又出现了，他不无嫉妒地说："你这混小子，死到临头还在寻快活。"他呻吟着说："哥哥，没有办法，我们两个人都要在自己的路上走到头，走到极致，这是宿命，没有办法的。"过一会儿，他安慰起佳强来："哥哥，虽然有的地方你比我吃亏，但也有地方你比我好，后人看我们的照片，都是生前的最后一张照片，你是一个风流倜傥的小伙子，而我是一个嘴角下塌的半老头，你的形象永远比我好。"接着，他回到了北大荒，一块柔软的绸子盖住了南北大炕，半屋子男人都在绸子底下哼着颤动着。又看见了洪政委，还没有开枪他就像泥一样瘫了，佳林再一次明白了，这家伙为了这个才要搞30多个女知青呀。

就这时，门撞开了，老大冲进来："时间到了，结束了！怎么取钱,赶快告诉我。"佳林从艾美的身上滑落下来,就像从云中掉到了地下,不过,他现在已经饱了,就是死也不是饿鬼了。他淡淡地说:"没有这笔钱,我骗你的。"

老大咆哮起来,他叫的佳林一句也听不见。他终于看见佳强露出满意的笑容,他心里说:"你放心,我来了……"

老大一挥手,瘦子上来了,两人把铁丝圈套上他的颈子,他想挣扎,却没有一点用。铁丝越勒越紧。他的眼前出现了云彩,出现了星星,在云和星中间,他听见了佳强的气体子弹声,枪响灯落。看见了一片白色的绵羊,它们驮着自己从山林里走下来。在胜天堂,他一看见艾美,眼睛就亮了,艾美的叫床声像羊一样可怜……

粗汉从外边跑进来,慌张地说:"不好,楼外停了好几辆车,可能是警察。"老大啊了一声,手松了,马上勒得更紧了。

佳林觉得头胀脑裂,眼珠暴凸,他拼命挣扎,要想从躯壳里钻出来,用力,用力,终于钻出来了。他看见自己轻快地跳下床,镣条已经锁不住他了,他跑到窗前,纵身一跃,撞碎玻璃穿了出去,飘起来了,太阳不见了,乌云遮盖了都市的上空,一道闪电像剑一样劈下来,又是一道,下雨了,无数颗雨点呼啸着射向地面。他在大厦和大厦之间飘浮,在熙熙攘攘的马路上空飘浮,起先他觉得自己像一只鸟,后来他发现不是鸟,而是一只布袋,一只黑色的大布袋。

佳强离开兽医家,直奔水库,他想在水里结束自己的生命。事后我许多次想过,他之所以选择在水中了结,就是因为他水性不错,所以,这选择本身就暗含着某种不坚决。经过一连串温暖的长夜,水库完全解冻了,深绿色的水肆无忌惮地流动着,漫长的冬季的枷锁打碎了，自由的分子在春水中尽情地喧闹，水的表层颜色淡，往下深一层，再往下颜色更深。他凝视良久，心想如果被水草缠住，就可能被淹死。

他直直地栽进水中，水还是冷，刺得他缩成一团，他想我是来结束生命的，怎么怕起冷来了？一只肥大的水耗子从他腰间滑过，他目光随着它延伸，看见了一大片晃动的绿色影子，他向那片绿色游去，他在里边不停地搅动，草渐渐缠住他手脚，缠住他的脑袋，带着他向水底沉去。水底静得很，他触到了黑色的淤地，向上望去，头顶上有金黄的光晕，像沙子一样淅淅沥沥漏下，唤起了他心底残剩的生命意识。他忽然感到气急，本能地扯开水草，踢动双腿，浮出了水面。十分钟后，他费力地爬上岸，心里有说不出的沮丧和空虚。他知道自己不可能死于水中。

回到宿舍，他不停发抖，把喝剩的半瓶白酒又喝掉了，身子才暖和起来，却觉得头重脚轻，眼前的东西都在跳舞。有人叫他干活，说是运来一批原木，马上要开料，盖食堂等着用。他摇摇晃晃站起来了，心想，这时干活比不干活好，不然要憋死的。

飞转的锯片闪出一道道金色的光辉，不断向外扩散，棚底下都是它的金光。干上手活的老汤头把一根粗大的白桦树推过来，锯片声嘶力竭地叫着，把它对半剖开，佳强在下手承接，当木料脱开锯片时，突然像中了邪一样跳起来，直直地向佳强打来，就这一刻，他觉得锯片在跳舞，地面斜过来了，也在跳舞，他也随之跳起舞来，头重脚轻，立脚不稳，倒在了锯片上。老汤头看见锯片尖叫着把他的身子剖开，血成扇面状喷射出来，接而像雾一样在木棚里飘荡。

事发后，佳林痛苦得不能自制，请我帮着料理后事。在佳强的

小月迢迢

贴身衣袋里,我摸出了一张纸,是从书撕上下来的,边沿撕得很毛糙,就是391页,上面涂满了鲜红的颜色。

佳林大叫一声:"你在这里啊!"

球迷皇帝

一

他在曲折狭窄的山道上停下车,艰难地喘气,他感到衣服底下两边肋骨在扩张收缩,便想起小时候在学校见到的一架破旧的风琴。等到呼吸顺畅,他抬头朝下看,苍穹下是一片群山,山上树木稀少,灰灰地发黄,云雾缠绕着它们,不肯放弃,而云雾中透出一种奇异的石绿色,这样山脉就像一群欲腾空而去的大象。

他收回目光,就看见了插在扶手上的旗帜,旗早已褪色,边沿已经丝丝缕缕,无风的时候旗帜耷拉下来,这时他思绪也凝聚了,当风把旗帜扬起来猎猎作响时,他便从旗面上听到另一种滚动的声音,那是球场的喧嚣和球迷的狂热呼喊,像惊雷一般滚过了绿茵场地,还看见一片挥动的手臂,于是他的血一阵一阵发热,身子也禁

小月迢迢

不住抖起来了。

好一会儿抖动才消失,他蹲下来,从袋里掏出压缩饼干吃,嘴里很干,饼干通过时有一种粗糙感,他还是强吞,吃饱了才会重新有精神气。不远处有干草的响声,他倏地回过头,紧张的神态像蛇从他的脸上滑过,是那头狼吗?他恍然觉得还是那雄壮的孤独的狼,它还跟着我吗,是因为窥视了我的用意,有意同我较量,还是为那头小母狼复仇?

他继续吞饼干,慢慢地胃里有了分量,骨骼里也生出了力气。那边又一阵草响,他见到一个模糊的影子,不是狼,是个人。那人不再藏了,他就看清楚了,穿着紫色的衣服,身子倚在石壁上,他见过这个人,在一个镇上,他们在一个饭店里吃过饭,他坐在一张桌,那人坐斜对面一张桌,只要他转过目光,都发现那人在偷偷看他。他发现那人脸有些浮肿,眼里白的特别多,瞳孔比常人要小。

他下意识地捏了捏插在行李捆上的太极刀。

他不知道自己是睡着,还是醒了,像是湖边一块石头,梦幻的水幽蓝迷蒙,一会儿把他浸没,一会儿又把他抬出。他看见自己在背煤袋,那时他还年轻,是一个煤矿里的矿工,喜欢上球场上去,一去就疯狂地叫喊,他的生活突然变了形,那个黑白相间的在绿茵场上蹦跳的球突然变成了他的生命。一刹那他自己都吃惊,悚立着不动,仿佛听见了来自天籁的一个声音,他找到了自己的职业,一个不成其为职业的职业,一个卑微的不足道的职业,然而只有在这里他的生命才会放出太阳一样的光芒。但同时,厄运也接踵而至。

梦的水又一次把他浸没了,接下来的一切都显得凌乱迷蒙,老婆气得要抹脖子,她气汹汹地像一只羽毛竖起的母鸡,她说,你什么时候还顾得上我，顾得上这个家，说吧，你要我还是要球？他当然知道老婆好，他还一直迷恋着她的丰腴白细的肉体，常叫他魂销骨酥，但是球已经成了他的生命，球迷成了他的职业，这都是一刹那间确定的事情，他都分不清这是自己的决定，还是某个超自然的神示。他无声流下泪，背过身不让老婆看见。重新成为单身汉后，他变得可怕神秘，连自己都不认识。人们打量他的眼神是轻蔑而仇视的，他在街上走，过去的熟人远远见了，躲着他走。夜里飞来一块石头，打碎了窗玻璃，石头外包着一张纸，写了一行字：球迷还能当饭吃，睡扁你的头！他静静地看，后来就笑，笑得眼鼻的位置都错乱，后来他发出一声昂扬浑厚的呼叫，声音特别响亮，从丹田里升起，通过胸膛，他觉得世界在他的呼喊里癫狂舞蹈。喊声无限穿越，在一个一个球场的上空回荡，无数的球迷挥手向他欢呼，他的喊声成了他们的旗帜和号角，掀起了绿茵场上的地震和海啸。

梦的水变成橘红的了，再次把他抬出，他才意识到睡在小客店的土炕上。他撑着坐起来，面对一扇小窗，木框没有上过漆却已发黑，含着一幅苍凉遒劲的画：木立的古树动也不动，山在云里晃荡，一缕炊烟像含羞的姑娘。他看着看着，不自禁发出一声喊，声音嘶哑，远不如过去在球场上的呐喊。他不免失望，要恢复到过去那样洪亮，是多么不易。他焦虑，但没有失去希望。

十天前，他遇到一个麻烦。在一座苍凉的山脉下，有个孤零零的村庄，那天他赶到已经很晚了，他投宿在一个放羊人的家中。半夜在梦中听到凄惨的羊叫，他困得眼睛都睁不开，又听到牧羊人发疯似的叫喊，他爬了起来，抓了太极刀冲了出去。他冲进羊圈，在昏暗的油灯光下，一对绿莹莹的光亮在漂浮，是一头狼，叼住了一只羊羔。牧羊人倒在地下，可能腿受了伤。他看见土墙角落里有一

小月迢迢

个洞，是狼拱开了钻进来的。那狼叼紧了羊，还想从原路逃出去。他跨上两步挡住了洞口，握紧刀刺过去，他听见刀锋迅捷地剖开狼皮的声音，像是割破一只人造革皮包，狼挣扎几下，伸开四腿死了。

牧羊人把羊羔抱紧在怀里，忽然惊恐地说，你把狼杀死了？它是一头小母狼啊，你怎么可以把它杀死，我只是想把它赶走……仿佛他刚发现狼死了这个事实。

死了又怎么样，它不是要吃你羊吗？他很生气。

很快他明白了，牧羊人的惊恐不无道理。这山上有一头雄壮的硕大无比的公狼，见过的人都吓得要命。本来它不在这里的，在另一个荒凉的山沟里，可是大批的人到那里去了，开着大卡车和拖拉机，轰隆隆，放炮，挖洞，造房子，建立了基地。公狼再凶悍也呆不下去了，只得带着小母狼逃到这里。但这里也不是它的乐园，山上的小动物几乎绝迹了，而人们还是四处布陷阱，拿着猎枪在山上乱转。狼饿得饥肠辘辘，向羊进攻成了它们唯一的活路。

牧羊人眼里充满绝望，你杀死了它的妃子，它怎么肯放过我们呢？这是一头真正的狼王啊。

牧羊人在他眼里像一个小丑，他垂下头，原本对牧羊人的愤怒慢慢消失了。他走回去，躺在板床上，又睡着了，不知多久，他被一阵可怕的声音惊醒，他从来没有听见动物这样叫过，悲哀、惨烈、绝望、愤怒，那惨叫声像从地狱里跑出来的。声音一会儿近，一会儿远，一会儿东，一会儿西，狼王像鬼魂一般在荒野上奔跑。他后悔极了，不该这么莽撞，不该杀死小母狼的啊。他心里充满了恐惧，抓过太极刀，紧紧抱在怀里。整个后半夜，它一直在叫，他再也没有闭上眼睛。双目凝视着灰褐色的天花板，公狼的形象仿佛在天花板上显现了,它躯体似牛犊那么大,根根长毛竖起来,天花板上有几条长缝,漏进了夜光,于是,公狼的毛梢上闪着粼粼的蓝光。慢慢地,他有个离奇的发现,狼的嗥叫像一个东西,像什么呢?心里明晰了,像他在赛场上的呼喊。他系着绿绸带披着杏黄披风,从一个场区奔到另一个场区呼喊,也是这么张狂、激烈的啊。这么想了,他觉得狼的嗥叫不那么恐惧了。

第二天早晨,他往车上绑行李的时候,牧羊人对他说,你不能走,你走了,狼会找我的。他苦笑一声,走过去,在羊圈外的一块石头上坐下来,双手攥住了太极刀。太阳从山岭后升起来,像失血的女人的脸,山发出亮光了,风吹起来了,坚硬地打在他的眼睛上,他流出了泪水了。两个小时过去了,狼没有出现,他不能再等下去,他必须去长征,不停地走。牧羊人在不远处干活,两个眼睛贼溜溜地看他。

他走进羊圈,走到死去的小母狼边上,它肚子上有一个大口子,几乎被他的太极刀贯穿了。他把手伸进口子里,血块已经凝结了,他掏出来,冒出浓重的腥臭味,他默视一会儿,往自己的脸上、脖子上、身上涂,他做得很平静。涂得差不多了,他走出羊圈,牧羊人惊愕地看着他,他骑上自行车走了。风迎面吹来,他想一定会把他身上的血腥气传得很远。

这天他一口气骑了一百多里,晚上睡到床上,隐隐听见旷野上传来狼叫,他想,它跟上来了。他伤害了一头绝望的狼王,他们结仇了。

他不知道这是好,还是不好。

二

路边的林子密集起来，他上了一个坡，就开始下坡，路面凹凸不平，车后架上载得重，惯性大，他握紧了笼头，还是像巴西队员跳起了桑巴舞，一下没掌握好，摔了个大跟斗，险些摔到谷地里去。深深的山谷里，乱石发出迷乱的金黄的光泽，看着叫人头晕。膝盖上火辣辣地疼，他知道皮破了，带的药都用完了，要找到一个卫生站才能上药水。他吃力地扶起车子，重新跨上去，风扑在脸上，皮紧巴巴的，他腾出手摸了一下，脸也跟身上其他部位一样，精瘦瘦的了。

昨天夜里，他听见了狼叫，心里不由有些怕。当时他把血块涂在脸上身上，是为了摆脱那个可恶的牧羊人，逞一时之勇，然而，当他意识到大公狼真的跟上了，还是恐惧得心里发抖。但又有什么办法呢？不是他有意要杀死小母狼，是它要攻击羊，他手中有太极刀，怎么能不做出反应？

又开始上坡了，他推着车一步一步走，脚下的影子扯得很长，像一匹黑色的动物匍匐在地下嗅他留下的气息，汗珠掉下地，碎了，是一朵美丽花瓣。他想，他是职业球迷，球是他的生命，现在他突然失声了，仿佛有一把钩子把他的声带撕坏，他是靠声音为足球助威的，怎么可以这样？他恐慌、悲哀，弄不清是为什么，是因为中国足球的是个扶不起的刘阿斗，还是他本身的问题？他在心底苦苦地寻找答案。他早已不年轻了，长期呼喊吼叫，喉咙里有了毛病，咳嗽起来就像一台老式的火车头。关节也不好，一作疼就像有把锯子在锯。他想，如果在球场上，他不能像一头狮子，不能用带着缕缕血丝的声音去鼓动球迷、球星，那他活着也是一个废人。

这些想法争先恐后地从脑子中冒出来，像清晨打开了鸽棚，鸽子纷纷飞出来，又像一团乱麻，怎么也理不开。他在旷野上奔走，在山林中呼号。他驮着沉重的行李，惯性撞击着他的后背。他告诉自己这是一种寻找，但又觉得更像是一种逃亡。逃亡寻找，寻找逃亡，可能两者并没有明显的区别。

他的头对着正前方，旗帜微微扬起，暮霭慢慢模糊了它，看上去，像是小船的一挂帆，已经被风浪扯碎。一个影子从路边闪出来，等他发觉，影子已经到车边了，他大吃一惊，以为是那头巨大的公狼，却看清是个人。他说："你要干什么？"可能声音没有发出，只是在喉咙里打转。

那人伸出手去拔车上的旗，已经抓住了，晃了两下没有拔下来，他心里一惊，一巴掌拍在他颈根上。那家伙不顾，仍是拔旗，他就腾出两手，一起按定旗杆，这样，沉重的车子失去了支撑，像一堵孤立的土墙，轰然倒地。那家伙松了旗杆，从腰里抽出一根铁棍，抡起来打在他背上，他扑倒了，把那人一起带倒，就这一瞬间，两张脸靠得特别近。他看清两只挨得很近的眼睛，眼里正闪着一种狂热而恐惧的光亮，就是那个眼白多的人。他要干什么，他在半路伏击，是想谋财害命，还是要挫败他的计划。

没来得及多想，那棒又在空中划一个弧，迎面抡来，他忙缩头，棒带着呼声擦着他头皮飞过，吓出一身冷汗，他清醒了，摆开一个马步，两肩往中间收，棒又打来，他快步闪过，抓住对方的手臂顺势往前送，另一只手在他腰上狠击一掌，那人脚下绊着车子，重重地倒地。他从行李囊中抽下太极刀，白色的弧光在幽蓝的暮霭

小月迢迢

中发出欢快的呼啸，他的心翼也跟着一起颤抖。

他把刀尖对准那人的喉咙，喝道："你敢动，宰了你。"

倒地者还是手脚张舞，他看出这是绝望的表现，随着刀尖一寸一寸逼近，终于摊开手脚不动了。

他心里在喊，刺下去，刺下去啊。臂上的肌肉一张一缩，血液在皮肤下奔流，他觉得快要失去控制了，收起了刀。

他没有想到今天早晨的情绪会这般好，一下骑出这么远。热了，他下了车，躺倒在朝阳的山坡上，山下是一片谷地，一头黄牛在犁地，那么小，感觉中像是在一面无形的大显微镜下看东西。他敞开衣领，很是凉快。太阳被云遮了一半，对面庞大的山脉一边亮一边黑，像梦和非梦的感觉。

后面有个影子跟了上来，近了看，就是昨天被打倒的那个人。到了跟前，那人跳下车，迟疑了一下，一步一步走上来，在他的对面坐下来。他不作声，那个眼白多的人把手放在两腿中间，一会儿拿开，撑在身子两边。

那人说："告诉你我的名字，你不用叫我别的，就叫白乌鸦。你呢，怎么称呼你好？"

他静静地看着他，心里琢磨他怎么会叫白乌鸦，又想这个绰号对他可能比什么都合适。他不愿意告诉他自己叫什么。

那人没有等来回答，改了话题："昨天你可以杀掉我，毫不费力就杀掉我，这个荒凉地方没有人会知道，随便埋在哪里，警察也查不出来。从昨天起，我就从这个世界上蒸发了。"

他仔细地看他的脸看他的鼻子，云在移动，对面山上那片黑影就在扩大，谷地里的黄牛是被梦放逐的星点。记忆中的事就有点飘渺，有过这事吗？他弓起背，眯上眼睛，昨天的事就缓缓显示出来，每个细节都变得清晰。他不愿意再看见，跳了起来，跨上自行车。骑出一段路看，白乌鸦跟在后边。

夕阳朝山峰的缺口坠下去，这时，山的缺口里喷出猩红的火焰，仿佛太阳本身没有光亮，它只是一个可以燃烧的大球，欲投入到炉子里去。他贪赶路，多走了一程，在一个冈上歇下来。那人也上来了，他点燃了一堆火，白乌鸦捡了一些干枝，往里添。

白乌鸦已在路上弄了一些苞米，剥了壳放火上烤，吱吱叽叽地像一群小鸡在叫，苞米就黄了，熟了，香气透出来。他拿了一根自己啃，牙齿缝里悉悉响，说："你吃吗，很好吃。"

他说，我有压缩饼干。

他又吃一根，把吃剩的棒扔进火里，火苗腾跃起来。他说："你可以杀死我的，我以为必死无疑，非常害怕。星星很亮，我觉得自己在朝星星飞去，我不明白你怎么就收手了？"

他看着他，其实思路已经飘开了，像干爆的泥路上扬起的尘土，像峡谷泻出的水流，他在自己的思绪中走得幽深迷醉，但白乌鸦一再打断他，不得不回到眼前来。"我也问你，你为什么要抢我的旗帜？"

"为什么，我问你，你也问我。"看来白乌鸦也不想回答。

他咬了一口饼干，舌头和粗糙的屑粒搅拌在一起，困难地下咽。这趟远行，这是他的主要食品。

火苗晃动着，白乌鸦脸上有一种模糊的颜色。"你一定想我是抢劫，是为了钱谋财害命，你是这样想的，是吗？"

他从奔流的思路中折回来："你不为这些，为什么呢？"

"我知道我回答不了你的责问，就是我回答了你也不会相信。"

小月迢迢

他的两只眼睛似乎挨得更近了,一个诡黠的火星从这只眼里跳进那只眼里。"是的,如果我把你打倒了,很可能搜你的腰包,夺你的钱财,把你破旗折断、烧掉。但也可能我什么都不要,我只为了向你进攻,把你打倒。"

他的目光越过火焰,出神地望着钢蓝色的远天和山的渐渐黑起来的轮廓,他仿佛又出现在球场上,雷鸣一般的呼喊滚过了球场,他昔日的背景拍在天幕上。他的眼睛湿润了。

"今天我们坐在这里,烧一堆火,四周静悄悄,星星月亮,没有东西来打扰,夜很静很美,足以引出我们的想象,甚至有永恒的感慨,如果有一个诗人在场,那就更蠢。但是很多年后,也许根本不要很多年,我们分头躺进了黄土地,这里依旧这样,星星月亮,山冈天空,我们两人一点痕迹都没有留下,不要想找到。朋友,你听见了没有?"

他想,这家伙哪来这么多感慨,可能曾经写过歪诗。他懒得搭理。他的目光随山势的轮廓起伏,似乎看见银蛇在闪动。那个时候他真是威武雄壮,他的胳膊和腿虽然瘦,但筋肉结实,力气大得惊人,他发出的喊声就像炸雷,他翻过栏杆,向球迷呼喊,他充满了自信,知道自己是他们的领袖,是他们的皇帝。果然,他们对他的狂热超过了对球员的崇拜,因为他和他们是一方,是一体,而球员是另一方。可是,皇帝的嗓子突然哑了。

"喂,你听见没有,我说的你都没有听见吗?"

他站了起来,捧把土洒进火堆,说:"下冈去吧,找一个睡觉的地方。"

白乌鸦懒懒地站起来,很有点伤心,他挑起的话题一点都没有讨论开,他突然特别恨他。

骑了一段路，在要进村时，白乌鸦挨近他，说："在前边，有一个人等着我，约好了，在河边见面。"他侧脑袋看他，白乌鸦明白意思了，说："是什么人，你见了就知道了。"

三

他们又走了几天，到河边了，很远就能听见水声，像是女人的娇柔声，诱惑着人走近她。到跟前一看，水是浑黄的，没有想象中那么美，河滩上是高高低低的卵石，一半浸在水里，一边露在水上，可是不管怎么说，在干荒地上，见了水总是让人喜悦。

白乌鸦在水边转了好些圈，又扯开嗓门喊，都没找到约见的人。"到哪去了，难道不来了，溜走了？"他显得非常沮丧，倒在地上，摊开手脚。

他找了一块石头坐下，脚伸进水里。在见到河之前的一刻，他见了狼的影子，只一晃就消失了。这些天他多次见到了狼。它跟定他了，若隐若现，闪闪烁烁，他们在一条路线上行进。在最初的恐惧之后，又生出了别样的感觉。想到有一头雄壮的狼，一头孤独的狼，一头充满敌意的狼，跟他一起长征，他浑身的血就呼呼地流起来。他恐惧、兴奋、喜悦，众多感情搅和在一起，让他感到莫大的刺激和满足。

荒原上跑着一头狼，他想象着这幅图景，它嗅着我的气息，咬着我的脚跟，那么我是什么？这是生命和力量的竞赛，对于荒原来说，有这个竞赛没有这个竞赛一样吗？还有，白乌鸦说的，山冈上，有过人的踪迹和没有人的踪迹一样吗？再往大的地方想，有过人有过生物的星球和没有过人没有过生物的星球一样吗？他觉得头

小月迢迢

脑有些晕眩，不再想下去。

　　他们顺着河走了十多里，路不平，车左颠右歪，很不好骑。白乌鸦甩了车子说："屁股都碎瓣了。"他也停了车坐下。河水噗噗地流，那地方狭窄，一个黄色的浪头追逐另一个浪头，这个刚走，又有新的扑上来，每个浪头似乎都有自己的独立的生命，河里有无数个扑腾的生命。白乌鸦捡石头去打浪花，嘴里叽叽咕咕，不知骂什么，流得慢，他打得从容，流得快，他打得慌张。歇手了，他走过来，坐到他的身边。"我们怎么会到这里来，怎么会来的？"

　　他说："该来了，就来了。"

　　"你大概在想，这家伙从哪里冒出来的，为什么起个诨名白乌鸦，是吗？"

　　他笑了："不错，我这么想过。"从他长征以来，经常是一个人，快十个月了，他难得一笑，差不多不会笑了。

　　"告诉你，我见过大世面，什么样的大世面都见过，看我现在的落魄相，你不相信吗？"

　　"我相信。"他平静地说，"为什么要不相信呢，一点不相信的理由都没有。"

　　"对你实说，我在大宾馆里宴过客，叫我怎么说呢，那个地方没法形容，红地毯从门口铺起，一直铺到每个角落，那里的服务小姐就像天上的仙女，没张口就先笑，绝对没话说。我这么说，你明白吗，在这样的地方，就得做出派头来，上宴会厅是不能自己带饮料带酒的，当然要真带了也没办法。有一次，我的一个朋友就带了一瓶法国的拿破仑酒，那酒在地窖里藏了很多年，非常名贵，放在圆桌的中央，大家团团围着欣赏。朋友准备动手了，这时小姐来了，说，先生，让我们来替您服务吧。她声音听上去比夜莺还要婉转悦耳,她笑得比任何一种花都要美。于是,她用一块雪白的手绢包住瓶子,拿走了。我们相互看看,不说什么,谈起别的话题。拿破仑酒坐电梯下到调酒间,又坐电梯上来,拿到我们桌上,小姐笑着倒进我们的杯子。完了结账时多加一项,开瓶费一千元。我一句多余的话都没有,照付。"

他看着白乌鸦的眼睛和鼻嘴,心想天下的乌鸦都是黑的,谁见过白乌鸦了?不过,他叫这个诨名倒合适。思绪的水又飘起来,那个时候,他也到了顶峰,报纸电视台都来找他,他走到哪里,都成为那地方的中心,球迷的欢呼声把他抬起来。广告商也来找他,洽谈用他的形象和名字做公司的广告。他住店有人替他付钱,他一下子很不习惯,被罩住他的光圈弄晕了头。

"可你知道吗,我以前是微不足道的人物,以前我在农村当一个民办教师,还是个临时工,大队来了一帮人来吃喝,不过是吃猪肘子,我也眼气。我是外乡人,我不怕,带着人去掀他的饭桌。后来我发达了,后来又倒霉了。我恨这个社会,它不放逐我,我也要离开它。它是一间长满霉菌的空气混浊的屋子,你懂吗,我就是这么形容它的。"

河里的浪头一个接一个扑得更热闹了,仿佛前面有一个召唤,它们急急忙忙去应卯。那时候,他也赫然是个大人物了,球迷皇帝,他从来没有想到他会得这个称号。球迷能称皇帝,那么捡垃圾也能称皇帝吗?这个念头在头脑中闪一下,没有深究下去。只有他能当之无愧得这个称号,他真正地成皇帝了。众多球迷一心想见到他,见不到无限遗憾,见了欣喜若狂。他威风凛凛,精神飞扬,在众球迷向他欢呼致意时,坚定地举起右臂。他学会打扮自己了,用一条翠绿的二寸宽的绸条缠住了披散的长发,像是孙悟空的金箍

小月迢迢

圈,身穿一套紧身的玄色衣服,外面披一件杏黄色的丝绸披风,当他快步出现在大家面前时,披风就轻盈地飘拂起来,像是一面欢欣鼓舞的旗帜。人们对他的事迹添油加醋,广泛传播。一个女孩子在路上遇见了他,用傻瓜相机和他合了一个影,立时她也成了新闻热点,一天有十几个电话向她要那张照片,因为他平时不喜欢让人拍照,这次因为她是个可爱的女孩子所以例外。同时报纸也接二连三请女孩子写文章,她的文字还真不错,于是就有了《我替球迷皇帝照相》《球迷皇帝同我邂逅》《一个把生命交付给足球的人》等七八篇文章,女孩子的名字也因此被人记住了。他知道自己成了一个偶像,社会需要有人当偶像,逮住了一个就是他。球迷皇帝,当皇帝容易吗,他付出了代价,别人付得出吗?他失去了老婆失去了家庭,他把三餐当一餐,把球场上的荧光灯当太阳,一般人能够忍受吗?他从球场上走下来,不解掉头上的绿布带和杏黄的披风,一直走到大街去,马路上的人把他当成精神病。他忍受得比这还要多得多,哪个皇帝打江山容易?他挺过来了,不怕了。现在他怎么干,别人都能接受了,哪怕他把裤子套在头上,大家都觉得合理,因为他是球迷皇帝。

"喂,你不说说你的事情吗?"白乌鸦把一块小石头扔到他的脚边。

他摇摇头:"我说不好,没有什么好说的。"

"怎么会没有好说的,你在这个世界上也有几十年了吧,总有可说的。"他笑得有点特别,像怀着鬼胎,"两个人碰上了,在一个没有人的地方,空洞得慌,各自抖落一些,就像往石头面上撒点灰,人走了,风一吹,水一打,灰就消失了,就这样。"

"就是没什么好说的。"他把牙关咬紧了。那个时候,他有一个伙伴叫小金豆,小金豆在球场上老戴一顶黑瓜皮帽,脸上透光,气色很好。小金豆对他说,现在我们总算熬出头了,全中国的球迷还有谁不承认我们?你是我们当之无愧的领袖,皇帝。言外之意他就是丞相。

天暗下去了,河里却奇异地亮,看上去不是黄的,是蓝的了,两人的脸也映得蓝幽幽的了。他不知道该向小金豆说什么,他感觉到有一种潜在的说不清的恐惧,在向他慢慢袭来。在球场上他还是不安分,一个一个场区去鼓动,可是在翻区间栏杆的时候,他觉得腿肚子发酸,翻得很勉强,再不像以前那样利落了。以前他一个场区一个场区走过去,走到哪里,哪里就卷起狂热的旋风,哪里就高呼他的名字。他绕场走一大圈,回到原来的出发点,就是一个圆,一场比赛下来,他要走四五个圆,他的一些信徒比他年龄小,都喊吃不消。但他仍然精神抖擞,声音还像开始时一样高昂。当然也很累,脚背都发肿。小金豆脸上有一种迷离的光亮,对他说:"老哥,你再不用亲自出马了,君临天下的皇帝哪用得上自己冲锋陷阵啊?"没有说错,但他却无法安宁。球迷皇帝,说到底还是球迷,球迷是热烈的,那么球迷皇帝就要狂热,就要野性,就要热血沸腾,行动不羁,如果连球迷都不是,还当什么皇帝?可是小金豆不这么想,他开了一家公司,以球迷皇帝来命名,还把球迷组织起来,穿上统一的服饰,每次出场都向有关方面要出场费,他还承包了球场四周的广告牌,每次比赛都是他发财的良机,小金豆还拉关系,认识了许多裁判和球队的领队,有人说他还卷进了球场的黑色交易……当然,这么做还要扛他的牌子,小金豆拉着他谈生意、做广告、吃宴会。他坐在灯光璀璨的餐桌旁,山珍海味,像填鸭一样往里填。等到某一天,忽然觉得不对,刚走完一个圆,他就觉得气闷,眼前有一团飘忽的黑云,这是怎么了?心里的恐惧一点点变得真实,就像一堆垒得很高的鸡蛋。他的嗓子也突然哑了,像是一只铜喇叭被砸开裂缝。他很痛苦。他没出名前,吃的是大馒头高粱米,喝大碗水,声音自然高亮。现在小金豆三天两头请他去吃宴会,他的腹部已经隆起,随便抓一把,就是一层脂肪。他恍恍惚惚,似乎看见了自己的心脏,鲜红的,布着蓝色的血管,可是现在却被黄黄肥肥的脂肪包围住了,心脏像被掐住了气管,声音怎么还能洪亮?以前他外出都步行,或者骑自行车,现在比赛一结束,小金豆就用汽车把他接走,他笑嘻嘻对他说:"你是皇帝嘛,应该学会享福。"他知道自己完了,不停地争辩,但小金豆伶牙俐齿,他不是对手。最后只剩一条路了,从这个意义上说,他的长征是从溃逃开始的。

白乌鸦不再指望他了,背过脸去,在兜里掏东西。

他想要小解,站了起来。他觉得在河边小解不对,他从来不在离水近的地方小解。边上有一片稀疏的林子,他朝林子走去,浅浅的月光照着,地上和树木的梢头上染了一层白霜,他走得差不多了,就停下来,在他感到下腹一阵畅快的时候,恍然听见一个尖厉的声音,速度很快,像是空中掠过一条白丝棉。他辨别了一下,朝声音发出的地方走去,到一个开阔的地方,见到一个女人。女人的背朝着他,边走边退,声音里带着惊慌和恐惧。四周都是暗蓝的,而女人的背影是白的。当白色向他逼近时,四周的暗色像水一样被挤了出去,他身上一阵颤栗,觉得女人的背影是非常有内容,非常性感的,那鲜明的白色简直就是一个象征物。

女人退下来,他走上去,立时就明白女人惊叫的原因了。地当央立着一头狼,它昂起头,四根腿像四根柱子一样扎在地下,月光染白了它脊背上竖起的长毛，显出几分哀婉和悲壮。我的好汉，你赶来了，他心里发出一声呼喊，我们早晚要照面的。可是你要找的是我，不是这个女人，你不要吓着了她。他一步步朝它走去，觉得自己的步子非常地衰老，又非常地扎实。他看见狼的两个耳朵一点一点直起来，最终像两把挺立的匕首。它的两只眼睛发绿，越发地绿起来，含着人的经验和感情。恶魔，你这通晓人的情感的恶魔。他知道事情不可避免，从他杀死小母狼开始就定下了，就像曲子的第一个音节就定下了基调。余下的是顺其发展，没有办法。当然也可以做另一种解释，虽然他杀死了它的妃子，但这不是主要的，大公狼被人从它的领地上赶走，赶来赶去，它把对人类的情绪集中在他一个人身上。他们两个都在做自己认准的事，他知道自己很真诚，还知道狼也真诚，真诚撞上真诚，事情不一定好办，因为真诚是骨头里的事，两根坚硬的骨头相撞，免不了一根要击断。如果是真诚撞上虚伪，一方就会耍花招，结局就不一定刚烈。这么想着，他体会出些许的伤感。

　　他一步步逼近，忽然想到没带太极刀，刀在车上。他想接下来是他掐住它的颈子，还是它把铜头撞在他胸口？狼依然立着不动，他也停了下来，女人不叫了，默然地在不远处看着他们。他心里说，不要怕，它是冲着我来的。

　　狼突然跃起了，它向前窜过来，脊背上的月光像闪电一样迅疾，它并没有向他直扑过来，它斜着插到他的左前方，又直直地折回来，窜到另一个远角，它身子斜的，和地面构成了一个小角度，紧接着它又刺上来，刺到他右边，再度折回去。他看它窜动的路线也歪歪斜斜，鬼步子，它在走一种鬼步子。它越窜越快，越窜越激烈，呼哧呼哧的声音里传出一种浓郁的腥臭，寒亮的月光在地下快速地划出一个个三角，一个个星图。他盯住了看，慢慢地眼睛发花，不敢放松，背上的肌肉都绷紧了。他想，它画的鬼符，包含了什么内容呢？

狼窜走了，眼前的月光归于平静，他浑身都冒汗了，先从脖子开始，继而额头胸口都冒出了汗粒，才知道也是害怕的。

地上传来了脚步，白乌鸦赶来了，他在女人的肩上击一掌："你跑哪去了，不是约好在这里等的吗？"女人好一会儿没说话，后来轻轻地说，我早来了。

四

第二天清晨，他们很早就离开了村庄，在路上，他听见了狼嗥，低低的，隐隐的，刺破了青灰色的晨雾。他不由心头凛然，好汉，你又跟上来了，我知道，我们的故事没完。

上午9点左右，他们路过一个集市，集市很小，他却在一家小店里发现一本杂志，上面一段话吸引了他：

"人们在这个有限的星球上无止境地扩大自己的活动范围，他们开发荒地、填没浅滩、伐掉树木、改变河道，建筑各种生活基地，使得动物的领地一天比一天缩小，凡是人类足迹到达之处，就是野生动物绝迹之地。尤其是狼，更像是到了末日。三十年多前，在西部地区还成群结队奔跑的狼群再也看不见了，据一些县的调查报告说，每个县大概也就剩几头孤狼了。对那些残存下的狼来说，寻找食物是它们生死攸关的问题，它们不得不铤而走险，向牧人的牛羊进攻。也就是说，这个地球变得越来越不适合狼生存了……"

他一连读了几遍，忽然想，狼不屈不挠地跟着他，可能不光为了小母狼，是不是它还有一种末日的情结？

离开小镇，他们又骑了3里路，在一个冈上歇下来。白乌鸦带着女人，他不停地喊，累死我了，老兄，歇歇吧。

这是一个不大的山冈，岗上有一棵孤零零的树，树上有些果子，已经到成熟的季节，它还发青。女人从她带的布兜里倒出一些苞米，放进锅里，在火上熬。他和白乌鸦坐在树荫下，而女人就坐在树荫的边缘，树影摇摇晃晃，她的脸就亮亮暗暗。青烟升起来了，拥在女人的胸口，就有国画山水的效果，后来柴火旺了，女人的脸就有别的色彩。他靠在树上，身子斜下来。他在想心事，却不知想了什么。苞米的清香飘了出来，钻进他的鼻子，是今年的新苞米。他撑起身子，在这之前他几乎都不知道女人的模样，昨晚她的脸隐在黑暗中，他没看见，看见的只是她丰满细腻的背部。

女人去端锅，他缓缓移动目光，忽然有了惊人的发现。太阳升到离山峰两竿子高了，这时它的光亮完全是金黄的，就像把万万千千个鸡蛋的蛋黄收拢起，一齐向你泼过来，女人恰好抬起头擦汗，那金色的光亮洒得她满头满脸都是。就这一刻，他看清了她皮肤上细细的茸毛，如果不是在这温暖的富有情感的光亮的中，他不可能看得这么清楚，茸毛细小、纤柔，简直像刚从皮肤里钻出来，钻出来就发出一片喧哗。他被感动了，每根茸毛似乎都是透明的，它们反射着金黄的光彩，而且比光的更浓郁更有情味。就这一刻，他忽然觉得她不是一个有年华的女人，而是一个刚诞生的生命，一个没有半点年岁皱纹的生命，一个刚刚从羊水里钻出来的生命。他又一次被感动了，胸腔里荡起歌的曲调。

女人把锅放下，火焰就涌上来，她的颈子她的脸她的手都抹上猩红的色彩。他的感觉变了，简直是魔术，不过是两三秒钟，就有这样的变化吗？刚才在他的眼里，她还是一个刚诞生的生命，而一眨眼，她就是一个浑身透出成熟气息的女人。她的颈她的脸，她的胸她的腿根，都是椭圆的。椭圆的形体是最容易聚光，又最容易散光的，猩红的光亮从上面滑过，那椭圆体就比火焰本身还要浓烈，就像成熟的果子，闪着诱人的光泽。刚才还细细密密的汗毛看不见了，仿佛一瞬间都蜕尽了，几秒钟里她就完成了发芽、拔节、开花、结果的全过程。每个椭圆体就是一个果实，合起来她整个人又是一个椭圆体。火焰在她身上划出明暗的印痕，好像是成熟的果子绽开的裂缝。他静静地沉稳地呼吸着，觉得香味不光来自熟苞米粥，也来自女人。

女人把粥盛进碗里，第一碗递给了白乌鸦，接下来才递给他。他谢过接了吃，苞米粥很香很可口，一早他执意要走，他们才啃了几口干货，现在的滋味特别好。他喝了几大口，粥里浮出一个东西，用筷扒拉，是一个不大不小的蛋，不清楚是哪种野禽的。看白乌鸦碗里却没有。他想，她在我碗里埋下蛋，第一碗却递给白乌鸦，第二碗才递给我，是为了昨天的相救？

他去看女人，恰好她也转过头来看他，他发现她的眼珠特别黑，又特别地多水，像一对独立的活跃的小兽，几乎会讲出话来，他感到一种热烈的野性，一种神秘莫测的情感。

他转过头，不再看。

第三天，他们下了山冈，遇到一群羊，羊绕在他们周围，哞哞叫着。他们推着车跟羊一起走，就到一条浅水边，水和前些日子的河不一样，很清很浅，像一片浅绿色的叶子，分得清极细的茎脉，担心它随时会被风吹走。羊在水的一边，他们在水另一边歇下来，悠悠地看着天空，觉得天在下降，地在上升。

白乌鸦说："累死了，真不想骑了，你累不累？"

他说："我没有你累。"

"当然，"他愤愤地说，"你是一个人骑，我背后还带着一个人，吃奶的劲都使出来还不行，就得叫她下地来走。"

"是啊，你带着一个人，我一个人，当然比我费劲多了。"

"话说回来，你驮着这么个大皮囊，我掂过，不比一个人轻。"

两个男人说话的时候都看女人。女人不说话，只是手里在忙，后来就走开了。

白乌鸦说："有时我真不想走了，不停地骑，骑，骑到哪里，还不跟这里一样？你说一样不一样？"

他说："不错，是一样。"

"一样的，那我们为什么还要往前走，不是多费事？"

"这个道理我也说不清。"

"我们不停地走，是因为你要走，我跟着你，屁股都磨破了，磨出茧子了，可是你却说你也不清楚为什么，这不是混球么？"

他用掌根在眉心揉，又徐徐地放下了说："不一样，现在我想清楚了，不一样的。"白乌鸦盯住他："你说，什么不一样？"

"磨出茧和没磨出茧是一样的吗，"他也看住他，眼里透出光来，"你不觉得每一天都是新的吗？"

白乌鸦的身子缩了回去，嘴里含含混混的。

水里有声音，隔着一人多高的草和树，看不出是什么东西。白乌鸦说："一个人从哪里来，到哪里去，有谁知道呢？知道了又能怎么样，还是不知道好。你昨天撞上了女人，对你来说，完全是个意外。对于我来说，可是一个预料中的事。"

小月迢迢

他想起了昨晚的事，印象依然强烈，仿佛一次又一次亮起了闪电，看见了天穹深处的沟壑，他的心也跳得快了。

"你不知道她的经历，知道了就明白她是怎样一个女人，她温和善良。在干旱的地方，水流进了开裂的地缝，救了庄稼，养活了万物，她就是这活命的水。同时她又强烈狂热，一旦发作叫你害怕，简直是火焰和鸦片。老兄，说句实话，她就是为你我这样的流浪汉活着的。我了解她，她是我的姐姐。"

河里的响声大了起来，白乌鸦说："是鱼吗，这水里有大鱼？"

他站了起来，从车后架上解下行李囊，行李囊很重，落地发出沉闷的响声。这里面什么都有，他扒出了帐篷，把支架插进地里去，白乌鸦爬起来，晃悠悠向水边走去。地不硬，支架一下插进去了，他怕不牢，又使劲按了按，接着把绳子拉起来，几条绳子横的竖的拉开来，从地下看上去，蛮横地分切了天空。

白乌鸦回来了，说："老兄，你住这里，我另外找地方睡了。到水边去看看吧，景致很不错呢。"他笑得有些诡黠。

他把篷布盖上去，一个个桩子扎牢，就成一个屋宇了，他好些天没睡好，今天要香香甜甜睡一觉。他坐了一会儿，就向水边走。草已经是浅黄的了。到了水边，有几件洗过的衣服晾在林丛上，是女人的。水里有动静，像是玉珠的弹动，一颗接一颗，玉珠的玩主不是胡乱撒抛，而是很有节制，隔出长的空隙才抛一颗，那弹动声便高高跃出水面，清亮而圆润，动人心魂，接而密了，连成一线，像是弦声，飘逸无定，把听的人也缠住了。

在水里的是女人，他见到的是她的背，恰这时天色已暗，那白色就又鲜明起来，把四周的水都映白了。他想原来是她在水里，那白乌鸦刚才来过，也一定知道的，他叫我来就是看她？女人的背在水里没下去，又升上来，他想前些天他见到的是她白色的衣服，今天是赤裸的肉体。发出奇妙音乐的就是这肉体。就这时，女人回过身来，看见了他，她似乎没有羞涩，反而有一种大胆的神情。他一时晕乎乎，像发烧一样，眼前仿佛蒙上一层浅铅色的雾。水退下去了，像一件衣服从她身上脱落，她的双乳露了出来，挺挺的，是一对青苹果，接着露出了雪白柔韧的腹部，他清清楚楚看见了肚脐，那是圆圆的舒展的一个窝，奇妙地通向她身体内部，窝眼里有迷蒙的浅金色，好像肚皮上不能没有这个窝，没有就呆板，一有就活了，一切活气都来自这个窝。他从来没见比这个更美的窝，知道见了就不会忘记。

　　他走开了，走进帐篷，坐在铺上，又倒下，他像醉了酒一样，奇妙的水声又来了，高高地滴下，滴在空心的石头上，他的心从没有这么酥麻，扩大了就是一个蜂窝，嗡嗡颤颤的，怎么会有这么美妙的肉窝！他从前是有老婆的，他还能记起女人的滋味，这个女人不是他以前的女人，他的老婆离开他是为了有这个女人在后头等着他吗？女人没有来历，出现得神秘，怎么会这个时候在水里沐浴。白乌鸦说是他的姐姐，像他的姐姐吗。他醉了酒似的从水边退走了。

　　他从铺上跃起，走两步折回来，另一个场景从脑子里生出来，来得突然，没有预感。他再不能在赛场上呆下去了，已经衰落得可怕，他的雄风他的力量都到哪里去了？他在赛场上出现，人们依然向他呼唤，但他听上去像是嘲弄，因为他已经不是生龙活虎的皇帝，而是金字塔中的木乃伊。他说："不行，这样下去不行，完蛋了，魂没有了，球魂到哪里去了？"小金豆殷勤地扶他上车："怎么会不行？皇帝老哥，一切都按我的计划在展，无比地健康、美妙。我们的协会越来越壮大，每个大城市都建立起来了，都承认我们是领袖是心脏。我早已派出人去联络，登造名册。另外，一些小城市小地方也主动找我们来联系，请求我们去指导。形势真是一片大好。同时我们的广告业务也和协会同步发展，生意红红火火，我一点都不向你隐瞒。"说着他掏出一张纸，向他报出一串数字。他说："你不要告诉我，我对你的数字没有兴趣。你睁眼看看，我们都什么样子了？"小金豆收起纸，果真仔细打量他："你没问题，很好啊，那时你饱一顿饿一顿，现在气色多好啊。"他说："你的眼睛有病，你们的眼睛都有病。"小金豆朝他摇头："你想得太多了，想得太多精神就容易出偏差，这我知道。都怪我，我光想到我们的事业，却对皇帝的身体掉以轻心，我的错，我的错。"

他垂下了头，水声又起来了，珠圆玉润，折动流光，那个白的胴体改变了水的颜色，因为她水才这般清绿，像一片能被风吹走的叶子。她不光在洗浴，还是在戏水。他听见自己身子里也有一种声音，细细的，慌乱的，是对水里声音的呼应，他的脊背、腿根紧紧贴住了地面，觉得地气钻进了他的躯体。他想冲出去，跳进水中，和她一起嬉戏，那一定有滋有味。但越是这么想，他越是贴紧地皮不动。

他打定主意了，开始偷偷地收拾行装，开始他的壮举。他买了一辆自行车，裁了一段红布，找了个老裁缝，悄悄缝了一面旗，在旗面上绣了 SOS 三个大大的英文字母。他置了个大行李囊，把帐篷、被子塞了进去。一切都准备好了，远行将要开始了。他过去挖煤时肌肉多么结实，他的嗓门曾经是那么高昂嘹亮，那时他吃高粱米喝大碗水，干体力活。他对长征充满了希望。上初中时他喜欢过历史，春秋时代，晋国公子重耳，不就是为了避祸出奔嘛。就那天，小金豆找来了，开了辆轿车堵在他屋门口。小金豆说，哥啊，今天就是天打火雷，你都要跟我去赴宴。他说他现在是中介了，他给某支球队找到一个大婆家，这公司财大气粗，在全国都有名气，就在这两天签约。这老总也怪，非要见你一面。老哥，你别的都不用管，只要在宴会上坐一个小时，就是一小时。

他话说绝了都脱不了身，小金豆像一条蟒蛇，死死地缠住他，缠得他脑袋发晕。他只得坐进车，车子一路开，到中心广场转弯，边上就是体育场。他说，停下来，我要上厕所。小金豆说，坚持一下，到酒店再上吧。他说，我憋不住了。小金豆说，再开5分钟就到了。他说，不行，你让我和人家刚见面就上厕所吗？他嘭嘭地敲车门。车靠着体育场停下了，他走出车，小金豆也跟下来。厕所在西边，他回头说："你还要跟我进去？"小金豆不好意思了，没有没有，我在外边等。他走进去，门外有道遮墙，形成一个窄窄的通道，里边的墙矮，一人来高。他退后两步，一个冲刺，就攀上了矮墙，他奋力撑起臂膀，跨上腿，一纵身，就落在墙外了。他估计小金豆没有发现，弯下腰，沿着后墙一溜烟跑了。他心中在喊，再见了，各方面的朋友，再见了，我的球迷子民们，你们找不到我了，晋国的重耳出奔了。

水里的声音又响起来，清亮激越，是引诱他的招魂曲，他仿佛又看见了蕴着浅浅金光的肉窝，看久了就会陷入迷津。他不能再听见了，他冲出帐篷，没有朝水边，朝另一个方向跑掉了。

五

　　天是瓦蓝色的，一片云都没有，小月挂得很高。

　　他走回来了，白乌鸦睡到村子里了，隔着河看见羊棚，蹲在亮莹莹的夜光中。水瑟瑟抖着，没有了乐声。草丛中飞出一只萤火虫，缓缓地绕圈，他跟着虫走，就到帐篷前，撩开进去。

　　屋里一角点着一支红蜡烛，火光摇出一个小圈。烛光下面是他的铺，女人半躺在铺上，被子盖过她的手腕，他见她眼睛亮着，没有一点疲倦。

　　"你到哪里去了，现在才回来。"

　　他想了想说："就在这附近走走。"

　　"这个地方不像沿海，天黑了，一起风就冷了。"

　　"我不停地走，就不觉得冷。"

　　"天黑了，鸟归巢，羊回圈，女人坐进被子身上发冷。"

　　他觉得这几句话像歌谣，从她嘴里说出来有一种温暖湿润的感觉。他回头看身后，没有找到坐的地方。女人指指另一头的行李囊，说，坐这里吧。他顺从地坐上去。

　　"这河里有金砂，几条河的上游都有，淘金的像苍蝇一样飞来飞去。你不要金砂吗？"

　　他轻轻地笑了，他想，刚才在水里裸浴的女人和这个在他铺上的女人是一个人吗？刚才他的心像颤动的蜂房，此刻有了几分镇定。他觉得她问得很率真，不由对她生出新的兴趣。

　　"掏金的都点红蜡烛，要是你替他们点白蜡烛，就跟你拼命。

他们很迷信，点的就是这种血红的蜡烛。"

他问："你和他们在一起吗？"

女人吃吃地笑起来，弯了腰不回答。

他有些不舒服，想找话说，却一时找不到。

女人笑停了，说："他们也打架，骂骂叽叽的，跟老娘们一样，也不真打。"

他仔细地看她，想她有多大了，可能二十出头，也可能大得多，这女人年龄像幽灵一样不好捉摸。她的话她的笑都似含着嘲弄，他便又觉她高傲飘忽，心里生出一种惶惑，燥燥地发热。

"不过，也有动真的时候，那就不一样了。"

他的目光落在她的身上，随着她身子的曲线走动。

"你相信吗，我杀过人。"女人把身子支起来。

杀过人！像一把匕首刺过来，他受了强刺激，兴奋起来。杀过人！他太难相信了，又太愿意相信。她的手不大，他的手拢起来就能把它捏住，不露一点出来。杀过人？她青苹果一样的乳房，蕴着一窝金光的肉窝，杀过人，他简直不敢相信，但是太有诱惑力了，他浑身的血汹涌起来，他想他当职业球迷的时候，跟疯子一样，从一个场区冲到另一个场区，手舞足蹈，不停嘶喊，像西班牙一头斗牛。他想她杀人一定有杀人的道理，她杀人一定杀得非常美，于是他看她的目光就有些崇拜。他想她杀人一定是忍无可忍，她杀人的姿态像雕塑一样有效果，用枪、用刀、用石头，还是用药？药可是女人杀人的专利。不过，他还是觉得用刀最有效果，艳红的血似泉水一般喷出来，同她身上雪白的肌肤辉映，那是一种多么强烈的对照。

他发现自己站着，他已经坐不住了。

女人又笑了:"你觉得怎么样,可怕?好笑?骗你的,没有杀,只是想象中杀了人。当时我非要杀了他,不杀我就会死,就会疯,但后来还是没有杀。"

他长长吐了一口气,身上松弛下来,甚至有些微的遗憾。他坐下来,看红色的蜡光,光圈轻轻地摇曳,地下的影子也浓重了。

女人说:"好了,不早了,我要走了。你的被子很脏,我拆洗了。"

她从铺上起来,他发现被子已经变干净了,枕套也换了一个陌生的了。她从他的身边走过,他闻到一股肉体的香气。她走向帐篷口走,一脚跨到了外边。"站住。"他的声音走了形。

女人回过头来,脸上露出惊诧的神色。

他想开口却收不回来了。"进来,你进来。"他脸上的肌肉发硬,动作走形得厉害。他想是我老婆要离开,不是我不要女人。

女人走回来,在红蜡烛的映照下,她脸上起了变化,变成一种释然的早已预感的神色。他忽然觉得惭愧,俯下脸来。

女人已走到地铺边上,拎起被子的一角,掀开一小块,她的动作温柔美丽,像女人在做某件农事,给了他很多的想象。他再也忍不住了,喉头发紧,周身的每一个器官都充溢着液体,流动的滚烫的,滋滋地朝顶端冲。他蛮横地粗暴地抓住她,野性的活力重新回到他的身上。她本来也是主动的,被他粗暴地抓弄,觉得痛,往外躲闪,这样她的身子一扭一扭,没想到这更刺激了他,他仿佛觉得搂住的是一条蛇,一条野性的蟒蛇,一条勾起他无穷欲望的蛇,他浑身筋肉暴起。然而,女人并不驯服,她的身子蓦地窜起,把他摔到一边去。他歪着身子躺了一会儿,红蜡烛的光圈缩小了,他用刀把灯芯割断一段。

忽然，外面传来声声嗥叫，像尖物插进了呼吸的管道，浑浊惨烈，他不由得毛发竖立，我的老朋友，你又不失时机地赶来了，我知道你会来的，我们已经挤上了一条险道，一切都定下了，好，真是太好了，他心里充满悲哀，可还是说好，好。他仿佛又看见了狼的宽大消瘦的骨架，映在黑黝黝的天幕上像一把庞大的犁。我在女人的身边，你的妃子在哪里呢，你在荒野上奔突，不知疲倦，不愿憩息，就是为了被我杀死的小母狼，还是因为末日情绪？不一会儿，他听见了羊的惨叫，断断续续，像一滴滴血洒在草地上。他忽然感到恐惧，身子不停地发抖。女人感觉到了，说你怎么啦？移过酥软的胴体，紧贴在他身上。他坐起来，双腿盘起，手放在膝上，听黑夜中传来的声音。他眼珠不动，像死鱼的珠子。

六

第二天一早，他起来了，沿着河边走，水瑟瑟抖着，草划过他的裤子，走不一会就到羊圈了，见到了牧羊人，是个年轻人，满脸苦恼，一边往圈外搬死羊，一边咒骂。他见羊的创伤都在颈子上，足足咬死十来只，却一只不叼走，是对我示威，让我看见复仇的决心？

他走过去，看到一个大窟窿，本来是用木板和铁丝拦起的，现在却被一种狂暴的力量冲破，木板折断了，铁丝上带着带血的狼毛。他走到牧羊人身边，想对他说，这是冲我来的，对不起。却没有说出口。他沿着老路回到帐篷前，女人早已不在了，他慢吞吞地收起帐篷，他想，这是一头可怕的狼，一头通人性的神秘的狼。它要给他一个警告，却拿牧羊人的羊做目标。他想如果狼也有社会的话，它就是一个精通权术的帝王。

他觉得今天的身体感觉要比平时好，关节轻松，浑身都是活跃的力量，他知道这是女人滋润的结果。可是球场呢，它仍在心底喧嚣，时隐时现。

白乌鸦来了，他的脸似乎更浮肿了，还泛青，他漫不经心看着别处，突然转头看了他一眼，恶狠狠的，含有许多内容。像是乌鸦用硬喙啄一颗石头。

他继续做自己的事。女人也来了，她沿着水边走，手里折着一根草，一段一段抛在地下，走到近前，女人看他一眼，没有多的表示。他往行李囊上一道一道捆绳子。白乌鸦对女人骂了一声，骂得很是凶恶。

这天他们走的路不多，中午吃了东西，他闭了眼睛，靠在一块大石头上，约摸有30多分钟，他爬起来，空气中亮闪闪的，树影投在地下弯弯曲曲的像金属的枝干，不见了女人和白乌鸦，他的自行车也不见了，就有些着急，找了许久，见水里有一个歪斜的东西，走过去看，正是他的车子。他走进水里，走到车边上，水刚好及他的腰，行李囊浸了水，变得死沉，他只得解了绳子，一步步把行李囊拖上来，水荡开一个个弧。他觉得自己仿佛在拉一个死尸，那死尸觉得水里是它的乐园，不肯上来。

到了岸上，他把湿了的帐篷、被子、羽绒衣、裤子都掏出来，一件一件摊开了晾。他拿起旗杆，用力插进泥土里，旗面展开，刚好看见SOS，然后在旁边坐下来，地下色彩斑斓，他有些目眩，他想是谁搞的恶作剧？起风了，旗帜便有声响。慢慢的衣物有些干了，就见白乌鸦和女人走来。白乌鸦像什么都不知晓，吹着口哨，坐在地下，朝他看看，说："你这是干什么？"

他说："我的车子到水里去了。"

"哦，我还以为你要开拍卖行呢，满坡子摆开，不像吗？"

他说："谁把我车扔到水里去了？是谁扔的？"

白乌鸦摊开两手："真有那事吗？"他见白乌鸦一对眼睛里的白色火星快速地跳来跳去，这是一对凶狠的又不乏狡诈的眼睛。他移过目光看女人，她的脸没有血色，简直可以怀疑她刚抽过血，她的衣服紊乱，粘着碎草叶。他的目光一下滑到了她的下边，她察觉了，背过身去。

第二天他们走了很长一段路，是要弥补前一天的损失，第三天骑得更远。等到歇下来，月亮已经像一个醉汉涌了上来。他吃了几块压缩饼干，喝了水，靠着石头休息，白乌鸦倒在地下哼哼唧唧，一会儿，从地下爬起来，到自行车前，又到他跟前，手里晃着两个大瓷酒瓶。"来，喝酒，我们在一起这么多天还没好好喝过酒，男人在一起不能不喝酒。说真话，我要叫你老师，你比我深沉，比我有定力。怎么样，今天的酒非喝不可吧。"

他站起来，心想喝点酒不是坏事。白乌鸦费力地把一块石板翻过来，权当桌面。女人变魔术一般拿出了熏豆子和几根黄瓜。白乌鸦同他碰了杯，通过杯子的上方，他见白乌鸦一对眼诡秘地发亮，却又满含着善意，甚至还含有湿润的阴柔。他猛地喝了一大口，酒落进肚中感觉就两样，他想起荒野上同他一起奔突的狼，一张黑色的雪亮的犁。他想起小金豆，他也喝酒，只放在唇边沾一沾，从来没有失态的时候。他又喝了一口，杯子就见底了。女人也喝，她的目光飘过来，像断了线的风筝，他就把它攥住。她的眼里依然野性十足，但也含着隐约的忧楚，似乎是担心他喝酒的速度和劲头，可

小月迢迢

这起了相反的作用,他想我都把她做了,还怕和白乌鸦一起喝酒?虚拟的力量使他更加放肆。

一瓶酒很快见了底,白乌鸦的脸就开始晃荡,往横里直里扯长,真像是乌鸦的翅膀,一张就会飞走。白乌鸦还是往他杯里倒,自己却喝得少。月亮醉了,醉醺醺的光亮笼住了沙丘,满天里都是酒气,他大声地笑,闷闷地哭,后来把头垂在石板上。

等他醒来,发觉自己动弹得不得了,一条绳子上上下下绑住了他,手绑在背后,两条腿绑成一直溜。七步外坐着白乌鸦,侧面看,鼻嘴那里真像鸟。女人坐得稍远些,树的影子在她头上晃。他动了一下,白乌鸦转过身说:"你终是醒过来了,还当你醒不过来了,不过放了一点蒙药,还没有多放。"

他低低地说:"解开我。"

"解开你,这么容易?算你小子幸运,我在这里等你大半天,屁股都坐凉了,不知犯的什么傻。结果你容易得很,这地方弄死个人没人知道,野地里挖个地方埋掉,没人会找到。你欺侮我的姐姐,你在我的眼皮底下强暴她……"

他喊了一声,表示异议。白乌鸦阻止他,叫女人说。女人张了嘴,却没有声音吐出来。

"我问过你是干什么的,你也反问我,谁都没有老实回答,反而讲了一通玄而又玄的道理。今天,打开天窗说亮话,我们是吃江湖饭的,虽说不是杀人越货,但也不是干净的勾当。是社会不容我们,把我们赶到这里。你以为我真不知道你是干什么的?"白乌鸦逼近他,一对眼里的火星跳得和飞虫一样,"你是个人物,人们把你登在报纸上,上电视台,还用你做过广告,你以为我不知道,我在球场上见过你!那时我没像现在这么潦倒,还在宾馆里包房,偶然上球场去，不过是精神慰藉。我看见你疯子一样狂呼乱叫，只觉得好笑，可是那么多球迷见了你就欢呼，像见了他们的老爹，这叫我好不理解。后来在电视上见了你的报道，心里恨恨地骂，这小子鬼精，看球还能成皇帝。你不知道，那段时间你有多大名气，一次比赛传说你要来，看台上就一直不安宁，大家像鸭子一样提着颈朝入口处看，比赛反倒没人看。到最后你也没有出现，场内就出现骚动，有几个家伙把车子推翻，被带进警察局去。"

他好像见过这方面的报道，但记不清楚了。他觉得很难受，想活动一下手脚，绳子绑得很紧，没有成功。

"你别动，有你舒服的时候。那段时间，我有幸在小报上常常看见你的尊容。突然报纸上说你失踪了，莫名其妙不知去向，人们都觉得奇怪，还号称球迷皇帝呢，怎么就突然不见了？难道也是康熙微服私访了？半个月前，我在荒野上遇上你，一下就认出来了。你衣衫肮脏，旗帜破烂，胡子也不刮，活像一个白日梦游者，应该说，和过去的形象差别很大，但我还是认出来了。我没有想到，失踪的皇帝竟然在这里瞎混。说心里话，我见了你就恨，恨得咬牙切齿。我是被社会抛弃的人，被成功者被富人踩在脚下，用鞋跟毫不留情地碾，我是社会的渣滓，见不得一切成功者。所以，我从半路上冲出来，夺你的旗帜，想把你打倒在地，可惜我被你打败了。但我突然发生了兴趣，我不明白你怎么就会出名，变成什么球迷皇帝？怎么又会莫名其妙跑到这荒地来？于是，我跟上了你，仔细观察你，从各个角度分析你，我有疑惑，也对你产生过尊敬，你是不是韬光养晦，今天潜伏，为了将来获得更大的成功？等到有一天我忽然明白了，不是的，你是这个世界上最危险、最有害的人！"

白乌鸦一步步向他逼近，张开两手向他的脸戳来，十个指头像

小月迢迢

十根竹签，指甲很尖很长，骨节凸出，乌鸦的爪子就是这样的呀，他的声音也像鸟。爪子戳上他的眼睑，他想，我的眼睛要被乌鸦戳瞎，当皇帝没有眼睛倒是不妙。他感到一阵刺痛，指甲在往里扣，不行，不行。他喊了一声，是个说不清的愤怒的音节。

就听到白乌鸦笑，笑声在空气中扇动翅膀，撞到枝丫，就有黑黄的叶子坠落。"你也怕痛，我就要看看你是不是正常人。我的最新结论是，你是这个世界上最无用最多余的人，十足的社会寄生虫。可以这么说，我也是被文明社会抛弃的，但和你不一样，我奋斗、进取，努力要进入社会的上层，哪怕被人踢，被人吐唾沫，我也要往上爬！一个正常的人，健全的人都是这样，我跑到荒野上是因为无奈，是为了等待机会，只要一有机会，我就会奋不顾身，重新投入到文明社会中去。你来这里为什么，鬼才知道！你看社会上，不管是当官、开公司、还是抢劫、杀人、强奸，都有一个明确的目的，是这个可以捉摸的目的鼓起了他们的热情。狗流口水是因为挂起了一块肉，猎豹飞奔是因为发现了猎物。但你却完全不一样，你把到手的东西彻彻底底放弃，还喊什么SOS，不要太滑稽哦。你是什么，你是社会中最有害的分子，你叫大家为看不见摸不着的最虚无飘渺的东西去激动，去耗费精力，这一种浪费。对我们处于社会底层的人来说，这种论调最是有害！换一句讲，你是要我们安于现状，无所用心，不要往上爬，也就是说，你根本不要我们当于连！本来可以不理会你，但你是一个开放性传染病者，你的病毒现在还在四处传播。前些日了我还差点被你迷惑，如果你不是你对我的姐姐无理，我还不会幡然醒悟。所以说，我对你的审判是公正的，人道的。"

他看见白乌鸦脸上闪出严峻的光泽，鸟一般的嘴边有着飞扬的得意，他的话排山倒海般地冲击他，他想反驳，却一下想不起该说什么。他觉得脑壳的前半部发木发胀，像要脱离了飞走。女人的脸朝着他，她的五官模糊，他看不清，只觉得她脸上身上的线条都柔和，浸透了婉约。

白乌鸦说："你还有什么好叫屈的，这是文明社会对你的审判，不过叫我充当了代表。"

他闭紧了嘴，有液体从眼皮上流下来，流进嘴里，是咸的。他想现在说什么都没有意义。

白乌鸦从腰间抽出一把匕首，走近他，他发现他一对眼中的火星不见了，变成尖锐的东西。他又走回去，把匕首交到女人手中。女人走上来，一手执着匕首，一手伸进他的头发，梳子一般来来回回犁了两遍。随后抓住他的头发，把他的头抬了起来。

他看见她脑袋后面是瓦蓝的杳远的天空，淡淡的云飘散了，银子一样的月光照着她的侧面，又见了那细细软软的茸毛，热热闹闹地动着，满是活力。她的眸子里有水意，一个声音传过来，一直传到他的心里，像天籁之声在流动。她的眼里忽然有了野性，说："你还记得吗，我和你说的，我杀过人？"

他说："还记得。"

女人说："没想到今天真来实现。"她高高擎起匕首，在头顶上划了大半个弧，手一扬，匕首高高飞出，落在了土地上。她掉头走开。白乌鸦说："算你走运，我们走，但愿今生今世我们不再碰头。"他在他的行李囊中摸了一阵，掏出几件东西，塞进自己的包里，他扯了女人一把，女人上了他的车，徐徐远去。

他见匕首还在十来米外的地上，想这样分手也没有不好，滚过去抓到匕首，就可以割断绳子。月亮升高了，亮晃晃的，山上树不多，显得荒凉空旷。他朝前滚了一圈，石头咯疼了他的脸，又朝前滚了一圈，他看见女人远远地奔过来，她张开双臂，头发扬起，像青烟一样飘动，她跑得那般狂放，像一匹无羁的母马，尤其是腿根的地方像马。

他想要赶在她之前把匕首抓在手里，又看见白乌鸦紧随其后跑来，他更加着急了，一定要抢到匕首，很可能他们改变主意了。他接二连三翻滚，但没到地方，女人已经赶到，捞到了匕首，她上来抓住他身上的绳子，用匕首挑断了一根。白乌鸦看出了她的目的，大喊一声扑上来，把她撞翻在地。

他想动弹手脚，绳子缚得多，多处有结，还是动不得。白乌鸦去抢匕首，女人狠狠扫他的腿，他摔倒在地，挣扎着要爬起来。女人握紧了匕首，对他说："你敢来，我刺你。"白乌鸦的脸浮肿得厉害，像熟瓜一样发出亮，爬着向后退去。

女人上来，一根一根从容地割断他身上的绳子。当最后一根绳头跌落时，他心里升一个起巨大的喜悦，他沉着地站起来，晃晃膀子，蹬动双腿，忽然有奇怪的感觉。就这一瞬间，一种丧失已久的他一直在寻觅的力量，就是让他在球场内狂奔的力量，重新回到了身上。他摇摇晃晃，向白乌鸦逼近。后者身子抖索起来，说："不要怪我，不要，这是没有办法的选择。"他膝盖打弯，几乎要跪下来。

他冷冷一笑，从他的身旁走过，像没有看见他。

七

天亮了，他收拾起帐篷要出发了，他把车子推上路，女人冲到他面前，说："我跟你走。"他摇摇头。她又说："我跟你走。"他说:"我的车要驮东西。"她说:"我徒步跟你走。"他骑上车,一下一下往前蹬,骑了一百多米回头看,女人在后边沉着地走。他骑慢了,后来下了车,等她走上来。他推着车和她一起走。一个上午过去,他们走的不到平时一半,下午他们走得更少。

太阳坠入山的缺口,天上仍有未灭的火焰。他们在一个冈上坐下,远远地有一个影子跟着,见他们停也停下了,是白乌鸦。女人用枯枝烧起火,做出了苞米糊,递给他,还没有吃,香气已经钻进了鼻孔。她说:"好好喝一气,一天的疲劳就消失了。"他说:"不错,滋味很好。"

"那些淘金的就喜欢吃我烧的,半夜他们赌要我烧,白天他们没起来我就熬好了一大锅。后来我不想再跟他们在一起,就偷黑逃走了。"

"后来你就给白乌鸦做,现在又给我做。"

"不错,后来给白乌鸦做,现在给你做。"

他不说话了,一口口喝粥。天在变高,颜色在变深,四周没有一点声音,感觉中有点不真实。女人问:"你知道我为什么要把绳子割断?"

他想了想说:"你是要给我自由。"

女人说:"才不管你自由不自由,我是想起那头狼,我知道它没有离开,把你绑起来,要是它找来了还了得?"

他想她还是有良心的,心里有点湿。

"我同他没有血缘关系,白乌鸦胡说,一点都没有。"她的脸忽然红了,显出了少女才有的羞涩,"是为了哄骗人编出来的,淘金的中间,我同谁都没有关系。"

他看她的脸,研究一般地看,接着把脸掉过去。

小月迢迢

帐篷支起来了，他发觉一个时刻来临了。红蜡烛高高地支起，帐篷在烛光中摇曳，好像在摇动中被慢慢地抬起来，容纳一个他们两人用的空间。女人安详地躺在床上，乌黑的头发从颈后绕过来，垂在突起的乳峰上。他盘腿坐在对面，侧着头，仿佛又听见了，他聆听，声音若有若无，是自己在球场上的呼喊，还是狼的嗥叫，有点难以分清。他想，现在他坐在这里，女人躺在跟前，他还是不是皇帝？不由想起上次的情形，巅峰的时候他如痴如醉，恨不得要掐死人，事后免不了有一点空虚和悔意，然而现在，悔意又不见了，悔意只有在欲望烧成灰烬之后才会产生。

他觉得自己要死了，她也在底下死去活来地喊，他有一种扼住她的颈子不让她发声的愿望。他咬牙切齿地说："你们女人只知道这事，只喜欢这事……"她像没有听见，仍在没死没活地呻吟。

现在他安宁地躺着，她躺在他的身旁，用一根指头在他身上轻轻地划。他还是说："你们女人只知道这事，只喜欢生孩子、做饭。"

她还在他身上划，指甲尖，用力重，划得他痛。

他说："你们还知道什么，说给我听。"

"我们知道给什么样的人做饭、生孩子。"

他没有回话，夜气从篷门外钻进来。

帐篷缝里透进亮光他才醒来，女人不在身边了。他撩开篷门时，太阳一下刺得他睁不开眼。他揉了揉眼睛，见白乌鸦在不远处蹲着，女人提着一桶水从远处走过来，身子悠悠晃晃，像一根柳条。

白乌鸦朝他走来，说："我想通了，跟你一起走。你放心，我再不会捣蛋了，女人的心移走了，就什么法子都没有了。我跟你走，你不喜欢的我不会干，不会给你添乱。一个篱笆三个桩，一个好汉三个帮，你不知道这两天我心里有多难受，死过去了，又活过来。只以为她牢牢拴在我的裤腰上了，我们在一起度过多少个难关。现在她选择了你，我没话说，只有在心里哭泣。这是淘金人的规矩。"

他用掌摩擦脸颊，想这只乌鸦真会叽呱。

"我试过，一个人独自离开，但不成，离了她就跟掏心一样难受。我情愿跟你走，干什么都成，我还有很多本事没露出来，到时会有用的。"

他抬起头，看见树顶上有一个窝，鸟飞进飞出。女人已经到了面前，放下水桶，脸上看不出表情。他想了想，吐出一句话："只要你情愿，怎么做都可以。"

他把行李囊绑在白乌鸦的车架上，女人坐他的车后。这样他们的速度就快了。出发不久，他在路边上发现了浅褐色的粘团，几团大的，几颗小的，散线一般，延绵了几十米。他蹲下来看，是狼粪。好汉，你还是没有离开，赶到我们前面来了。他的心一沉，后背袭上一股凉意，再骑上车时，一脚一脚蹬得吃力。女人都看出了，扯着他的衣领说："你怎么啦，病了？"他说："什么病都没有。"

下午他们停下休息，他默默地想，慢慢地额上渗出了汗。他说："今天不走了，就在这里住下来。"白乌鸦有些惊奇："天还早，少说还有三个小时才能黑，怎么就不走了？"

女人看着他，也不明白，她不问，走开弄柴草去了。

第二天，到出发时间了，他说："不朝前走了，回头。"女人和白乌鸦看着他，都疑惑不解，女人的嘴成一个椭圆，白乌鸦张开两个手掌。他推了车朝来的方向走,走出五十来米,两人才跟上来。

他等着,让女人坐上来,一脚一脚地骑。女人就在身后,他后背烫得厉害。这女人简直是个尤物,有她没有她怎么会一样呢?但是,狼始终跟着他,这个家伙,真是个好汉脾气。说真心话,如果没有女人,他不会害怕,耐心等下去,和它终有一个了断。但是,现在情况完全变了,他有女人了!一个女人就能叫世界变样。他害怕了,想避开它了,不愿意和它有惨烈的结果。

这天夜里,他进到村子里,向农民买了两只家兔。第二天启程前,他把两只兔子提出来,倒拎着后腿,朝地下一摔就死了,还用太极刀刺进颈子,把毛皮剥开很大一截,滴着血,放在路边的草丛里。他的心里满是内疚和诚意,他想狼找来一定会发现的,这是我留给它的礼物,是乞求它谅解的祭品。

白乌鸦把一切都看在眼里,冷冷一笑,投来讥嘲的目光,仿佛看进了他的内心。

他知道自己猥琐,不敢看白乌鸦。这天他另外挑了一条路,这是一条靠城镇比较近、颇为热闹的路,他想,狼可能不敢跟上来。

他在心里祈求,结束了吧,我的朋友,我们不要再拿生命做游戏。我不是有意杀死小母狼,实在是一时冲动,也不知道背后有一个执拗的强大的你!末日?我们两个怎么可能到末日?还远远没有到哇。让我们两清吧,强悍、神秘的朋友。

接下来两天,他没有听见狼嚎,心里暗暗惊喜,莫非它接受他的请求,打道回府了?

他们到了一个镇,这是他三个月来到过的最大的集镇,可以说是一个小城。他在一个报摊上发现了足球报,立刻拿起来看。报上说,S城的足球队处在降级的悬崖边了,已经千钧一发了,S城的保卫战就要打响了！比赛前十天，就有人在体育场门口集会，有人赤了膊疾声呼喊，S城到了最危险的时候。他的心怦怦跳起来，他熟悉S城的球队，这是一支老牌劲旅，他第一次以皇帝的打扮出现，就是在它的主场，他经常为S队呐喊，和他们的教练、球员有很深的感情，现在S球队到了危急时刻，他却远离赛场呀。可是，心跳一阵，恢复了原样。他掏钱买了报，离开了摊子。

夜里他把报纸重新拿出来，凑着烛光看，一会儿激动一会儿平静，女人在边上发出均匀、细软的呼吸。后来他把报折得很小，放在枕头底下。

又几天过去了，还是没见狼的迹，他心里舒坦多了，我让它了，选择了另一条路，碰撞不是不可避免的。白乌鸦也很顺从，他说什么，他很少有违抗的，几乎不可想象曾经捆绑过他。他比以前也勤快了，用绳结成网，脱了鞋到河边去捕鱼，一连几天他们都吃到了鱼。他确实有不少本事，一点都没有瞎说。而且，也看不出他对女人还有心，似乎把旧情忘得干干净净。三人在一起吃饭，吃了饭他就唱着歌走开，歌也是欢快的，没有一点忧伤。这么看，当时留他下来没有错。

八

他们又走到荒僻的地方来了，在一个地方驻扎下来，两天没有移动。他忽然生出一个念头，这样住着比奔波好。下了几天雨，晴了，一道红光从山后飞出，在水影中闪动。他对着山谷高喊了一声，声音在岩壁上碰撞，竟然是这般高昂，心里有说不出的惊喜。早早上了铺，想起将要在S城进行的比赛，心里又不平静了。女人躺下了,偎住他,先进入了梦乡。他觉得生命的活力重新回到了身上,膝盖骨里又有了勃勃的力量,他想这是长征的结果,更是女人带来的气象,然而球场却在渐渐远去,这是怎么回事?原来没有赛场,他也能好好生活的啊。

他把女人搂紧了,压她揉她挤她,仿佛只有这样甘露才会源源不断地传过来,滋润他焦躁的心。她的呻吟喘息,他听来像颂歌一样,死的乐曲从来是生的翻版。

忽然听见一个沉闷的声音,帐篷的半边就往里凹,他抬头,发觉是一个重重的物体扑在篷布上,接而下滑,便有嗤嗤的声响冒出,像是擦着了火花。他还以为是幻觉,揉了眼再看。女人撑起半个身子,拖了件衣服遮掩。

那东西还在扑腾,他听见低低的沙沙的叫,像从割破的喉管中发出,声音滚动着,成为一个个黑团,滚到眼前散开,化成一股紫褐色的。他明白了,是它来了,他躲它,另外寻路避开它,但它还是雄赳赳地赶来了。他的祭品没有丝毫作用,他另外择路也是枉然。我的朋友,雄壮的饥饿的狼,我的克星,凶险的神秘的狼。他想躲不开了,尽管到了这个地步,还是心存侥幸,要是能和以前几次那样,看看撞上了却擦肩而过,真要是这样,他将感激上苍,躲得更远。他和他的女人在一起,还有白乌鸦做随从,这有多好。但很快,他就意识到这是一厢情愿,没有丝毫可能。它是以性命相扑,挟着天边的雷霆撞来,事情在今天一定要有结果。

他站了起来,烛光哔哔地窜高了,烤得他的脸半边发烫,帐篷布发出破裂声,一个硕大的狼爪扑了进来。他想快把衣服穿上,赤身露体肯定要吃亏。他急忙翻找,却找不到,女人也帮他找,也没有找到。帐篷裂得更大了,不能再拖延了,他随便抓了一块布把下身围上。

篷布破了,狼进来了,它带着夜的颜色和寒气,因此毛发出粼粼的黑光,它进来并没有马上进攻,而是屹立在地当央,就像搬进一架写字台。它昂起铜头,一对眼睛就像工匠把绿宝石嵌错了地方。女人惊叫一声,软软地跌坐到地下。他移过身子,挡住了女人。他和狼有一个对视,十秒钟,也许长得多。就这段时间,他的思想起了迅猛的变化,他看清了狼,狼也看清了他。双方都清楚,他们必须决战,决战是一种理解和尊重,让对方的生命显出辉煌。他心中有石头一般的硬气,同时也有说不清的怜悯,对狼更是对自己,湿湿软软,像水一样。

狼的前爪朝地下一按,扑过来了。他从心田中发出一声长长的呼喊。他操起一根木棒迎上去,狼的冲力太大了,他连连后退,终是站稳了,他觉得自己还有招架的力量,如果没有长征,没有女人的滋润,他很可能一下被打趴。肩头辣辣地疼,它的爪子打在他的肩上,割开了皮肉。他朝前一步,一棒打在它的铜头上,棒断了,飞了,狼像没事一样,再次扑上来,爪子把他用来遮掩的布撕掉,他又是赤身露体了。

他站着,心里有些悲凉,他想要是把太极刀抓在手里就好了,但是,刀在车上,车在帐篷外边。他想他真是太大意了。女人已经镇静过来,尖叫着冲上来,冲到他面前,张开两臂,挡住狼的进攻。狼绕一个圈,似乎不想伤害女人,女人也转一个向,继续面向狼。狼划弧一般来回窜动,女人也来来回回遮挡。他推开女人,他记不得自己是怎么迎战的,也不清楚狼是怎么冲上来的,他们已经抱在一起了,连打几个滚,他的眼前旋转着蜡烛、篷顶、被子、地面。狼的硬毛扎刺着他的皮肤,它的腥浓的呼气直往他嘴里喷。他

小月迢迢

扼住它的喉,不让凌厉的牙齿咬过来,他的十指贯注了力量,它的爪却在乱划,他已经遍体鳞伤了。他想,原来他的结局在这里啊,球迷皇帝在这里临终,这个结局总还是不情愿。他无法抓到太极刀,车在帐篷外。他不痛苦不悲伤,只有无限的遗憾。

刀在门外,这太不好了。

他的十指慢慢松了,他支持不住了。狼突然发出怪叫,放开他,蹲了起来。他也趁势起身,这时他才看清,女人拔下了大红蜡烛,在后面烧狼。女人的衣服不知什么时候也破了,她双手握紧了蜡烛,猩红的光亮洒在她高挺的乳峰上,洒在她柔软的有着奇异肉窝的腹部上,狼的屁股已经被火烧了一块,她又把火光指向狼。这时,他找到了空隙,冲到门外,从车上抽下了太极刀。

他擎着冰冷的寒光重新入门。狼看见刀,爪子按紧地,浑身黑毛乱抖,长嗥一声向他扑来。他已经摆好架势,刀锋朝外,他以为狼会闪避一下,避开锋芒再进攻,可是它毫不回避,几乎是迎着刀锋扑上来,它是那么迫不及待,连死亡都不畏惧。

他把寒光一挺,刀子准确地插进了狼的胸膛。在雷电相击的一瞬间,他闭上了眼睛,手上的分量在渐渐加重,他支持不住了,扑通一声,和狼一起倒下地。女人上来扶起了他。狼死了,他还活着。狼死了还睁着眼睛。他坐在地下,默默看着狼,生命在慢慢地离开,每一分钟狼都有一个新的模样,他觉得狼依然雄壮。篷布破了半边,星星从云中挣出,朝高天升去。月亮依旧洒下清光。

女人已经穿好,把衣服披在他的身上。他坐着不动,呆了一样。

不知过多久,白乌鸦走进来了,往地下看过,惊奇地说:"你、你把狼杀死了?"

他没有回答，他又问一遍。他说："是它自己要死的，它不想再活下去。"就在他说出这话一刻，他的心头一亮，找到答案了，就像一个科学家在做了无数次试验后，突然有了惊喜的发现，又一条船在弥天大雾中徘徊，看见了渡口的微弱的灯光。他明白了，是狼执意要死，它千里迢迢地跟定他，是决心要死在他的太极刀下！它知道自己不适合眼前的世界了，它早已知道了。

白乌鸦一脸疑惑不解的表情，走上去，细看倒地的狼，用脚踢了一下，说："狼肉不好吃，很粗，发酸，狼皮很有用，难得有这么一大张整的。"

他依然坐着，白乌鸦又说了几句走出去了。女人坐在铺上，后来躺下了，一声不发。帐篷外的星不见了，许是它升到高渺处消失了。风袭来，到处都簌簌作响，是草、树叶、篷布、河水。他觉得心也在簌簌抖。风不停地吹，天慢慢地变白了。

他枯坐着。橘黄色的光亮从篷布口里射进来，光亮里活跃着尘埃。女人起来忙早餐，白乌鸦来了，揉着惺忪的眼睛，提一把尖刀，说："我来剥皮，死久了僵硬了就不好剥。"说着蹲到狼的边上去。

他跳起来，推开他："不许动。"

白乌鸦看着他，一脸的委屈，叫道："你以为我是为自己捞好，我是替你服务，我早对你说过，我有别人所不及的本事，我会硝皮，制作皮衣。我替你做一件狼皮大衣，穿上了神气活现，包你满意。"

"不许剥，你听不懂吗？"他愤怒地举起太极刀，白乌鸦连退两步。

他走出帐篷，一步步朝坡上走去，阳光照在他的身上，影子拖得长长的。到了坡上，他要寻一个地方，寻一个太阳光最旺的地方，寻了许久寻着了，就用太极刀挖，奋力地挖，不停地挖，挖出一个大大的坑。他回来搬狼，它太大了，女人帮他一起搬，白乌鸦也插上手。

埋好了，他对着坟茔，对着耀眼的太阳举起了血淋淋的刀。他埋葬了敌手，同时也埋葬了昨天的自己。他深深地感激它。狼用血来洗涤他，它不折不挠地追踪他，终于死在他的刀下，它如愿以偿了。他把在黑夜中奔跑的狼葬到了太阳底下，它的死也跟太阳一样辉煌。

他回过身来，脸色苍白，面对另外两个人，他已经变成了另外一个人，说："立即出发，到 S 城去。"

九

经过连续的奔波，他们终于在大赛开始的前一天赶到了 S 城。这几天他们什么也顾不上，只知道赶路。现在他们已经到都市边缘了，一个个疲惫不堪。女人脸上蒙了一层灰。白乌鸦撂下车，就倒在草坪上，摊开四肢，说："骨头都要碎了。"他的心里却升起了喜悦，想到久违的球场，禁不住身子颤抖起来，他想这是怎么回事，我已经重新获得了精神和力量，有什么可以胆怯的？天已经很晚了，他们找了一个小旅馆住了下来。

第二天上午，他们起身，白乌鸦也打出一面旗帜，前些日子他买了一块红布，也做了一面旗，依照他的做法，写上 SOS，这样，他们的行列中就飘着两面旗帜，一面是他的黯淡、破碎的，一面是白乌鸦的鲜红、崭新的，它们一起飘扬时，显出强烈的反差。

他们骑车出发了,向市中心的时代体育场驰去。一路上,见到许多巍峨的高楼,也看见尘土飞扬的工地,不过相隔十个月,还是有不少变化。他发现不少路人驻足在看,他们神态的变化很有趣,先是匆匆一瞥,接而是转回眼神细看,再接下来,有人脸上露出大惊喜,他们认出他来了,他们想起了他的神秘失踪,明白是王者归来了。他也认出了一些人,当时都是他手下的铁杆球迷。有人举手向他呼喊,有人随手抓起东西,报纸、帽子、手巾,向他挥舞。还有人掉过身,跟着他自行车一起往前奔。

他的车队开始壮大了,起先只有他们三个人,现在已经有几十人,上百人了,上百人在马路上朝同一个方向奔跑,景象十分壮观。两个警察上前来拦他们,等到发现不可能拦住这支人流,也就不拦了,只是要他们收拢队形,不要影响交通。

他们来到体育场了。他登上旗台前高高的台阶,回过身来,底下已经聚起一片人了,他的眼睛湿润了,他觉得自己就是晋国的重耳,出奔这么些日子,终于结束了,重新君临天下。人群中发出各种各样的声音,他听不清喊的是什么,也不需要听清。他心底也有一个声音,也就是众人的声音,只有六个字:"回来了,回来了!保卫战!保卫战……"好似火车轮子雄壮的有规则的转动。一个女孩子从人群中跑出来,手捧一束鲜花,跑到他面前,伸出双手把花献给他。花是那么灿烂、鲜艳,而女孩的眼神又是多么的纯洁、美丽。他觉得她很像多年前第一个采访他的女孩子。他木然地流泪了,可能是荒原上的野风吹的,现在他总是控制不住自己的眼泪。他把花交给身旁的女人。

场子里的闷雷又滚动起来,他听出来了,是请他讲话。是该讲几句,重耳重新登基了,讲什么呢?无数话像江中的无数个浪头,

小月迢迢

在他胸中汹涌不停，变成了几句话，又变成一句话，一个音节，是的，最后他喊出来的就是一个音节："啊……"，足够了！就是这一个音节。他喊得那么雄壮、健康、充满了野性，好像玉瓶迸裂，玉浆溅射，又像瓦釜毁弃，黄钟轰鸣。他看见了自己的声音，它是钢蓝色的，没有一点杂质，像刚出炉时一样有韧性，它扶摇直上，攀上了都市最高的一幢高楼的顶端，和行云搅混在一起。他发觉这不光是自己的声音，还有狼的声音，那头执拗的强大的公狼，那头在黑夜中奔跑却被他葬到太阳底下的公狼，它的声音从他的嗓子里冒出来了。

他从台阶上走下来，人们围着他。他们经过一座小楼，这是一座很漂亮的小楼，黄墙红顶，就在体育馆的西侧。他看见楼前挂着两块牌子，一块写的是球迷协会，另一块写的是什么公司。有人朝楼里喊，球迷皇帝回来了，你们快出来迎接。一会儿，楼里走出一个中年人，向大家解释，赵会长不在，他出去了，去办重要的事情。白乌鸦冲了上去，揪住那人的衣领，愤愤地说话，还用手指着远处的他。那人挣开他的手，缩回去了，关紧门，任你敲打也不开。人们还在小楼外喊。

他觉得无趣，他是球场上的皇帝，到协会来吵什么。他一挥手说，走。他走了，人们跟了上来，白乌鸦绾起袖子，准备大闹一场的，见他走了，只得悻悻地跟上来。一路上，人们纷纷散去了，他们三人重新回到了小旅馆。他想，这是一次预演，很好，人们没有忘记他，晚上他将到比赛现场去。

中午了，他们坐进边上一家小店，正在等，忽然，一辆乌光铮亮的轿车流星般滑来，停住后下来一个圆滚滚的人，穿着宽格子的西装，还有一个随从，下车就向人打听，发现了他们。那圆的人

209

就像皮球一样向他滚过来，滚到他跟前，两只肥厚的手抓住他一只手，叫起来："我的老哥，我找得好苦哇！听说你来了，我立马放下手里的事，马上赶回来。那看门的叫我狠狠训了一顿，要是你还不解气，我马上炒他鱿鱼。"

他定睛看，认出是小金豆，满脸透出红光，都胖成这样了！小金豆脸上露出几分伤心："老哥，你吃苦了，看看，都瘦成什么样了，不到一年，就像老了五岁。何苦呢……"

他心里不同意，那时他脑满肠肥，多跑一圈都要喘了，现在他生机勃勃，重新有了野性和活力，但他不想辩解。正说着，服务员端上三碗面条，小金豆伸出短而粗的手臂，中指上戴着沉甸甸的宝石戒指，把服务员挡回去，生气地说："什么，你回来了能让你吃这个？太不像话了，走，今天中午我给你接风，大鸿运酒家。"一边给向他的助手张副经理下令，要他马上打手机订包间。

他说："不用，就吃这个。一路上还没有这么好的面条吃呢。"

小金豆把脸凑近他："老哥，你得给我这个面子，咱们是多少年的情分啊。再说，我的公司兴旺得很，你吃不穷我！"

他还是坐着不动。白乌鸦喊起来冤来："我的皇帝，你这是怎么啦，赵会长好心好意，咱们怎么可以不领情？再说，我们天天清汤寡水、苞米稀饭，此刻就是杀了我，肚子里都刮不下三两油。"

他瞪起眼睛，无话可说，小金豆一手拉起他："老哥，就算你不肯赏我面子，总不能亏待手下的人吧。"又一手拉起白乌鸦："这兄弟好，爽快，我就喜欢直肠子的人。"

没有办法，他回来了，就得由小金豆摆布。他们分坐两辆车子，来到了大鸿运酒家。走进店堂，早有两个身子高挑的女孩迎着了，店里布置得金碧辉煌，踩上红地毯，引上二楼，走进一间包

小月迢迢

间。女人有些拘谨,一路上,白乌鸦四处打量,一对目光像是一对乌鸦,扑扇着翅膀,到处乱飞,脸也变色了,一会儿仰头喷嘴,一会儿低头叹息,像是大酒店勾起了他无限的心事,又忍不住要对人说,这种地方我以前是常客呀。等走进包间,说出一句很专业的话:"这装潢至少有四星的标准。"小金豆说:"你这兄弟有眼力,是见过大世面的。"白乌鸦马上装成一只乖猫:"哪里啊,和您赵会长比,我可是小巫见了大巫啊。"小金豆大笑,抚着他的背说:"你真会说话,真是皇帝手下无弱将。"

要入席了,小金豆执意让他坐主座,他也不推让。小金豆转过身,让女人坐他边上。女人刚坐下,白乌鸦马上拉起她,说:"你好不懂事,今天桌上,就你一枝花,赵会长做东,怎么能让赵会长不赏花?"小金豆连连摇头:"君子不能掠人之美。"说罢又是大笑。结果,他和小金豆中间留一个位子,女人就坐这位子上。

一会儿,桌子上摆出了冷盆热炒,小金豆端起满满一杯酒,隔了女人敬他,他也端了酒杯,张副早就拿出了相机,闪光灯一闪。小金豆关照说:"好好洗,放得大大的,我要放在协会门庭里,这是历史性的纪念。"说罢仰起粗短的脖子,一口把酒喝干,"老哥,你不知道,那天你翻墙跑掉了,我找得好苦啊。你可能去的所有地方我都找过了,还跑到江边去,我对着波涛喊你的名字,波涛翻滚着把我的声音吞没。我整整一天没有吃饭,两个晚上没有睡好觉。"说到这里哽咽起来,声音发颤,但马上振奋起来,"我发觉我的想法不对,球迷皇帝出走,一定有他出走的道理。我不要太担心,应该等待,把我该承担的事情承担起来。到时候你会回来的。所以,我一刻都不敢懈怠,发愤工作。现在你不是回来了吗?"

一阵呱呱的掌声响起来,是白乌鸦拍着两只巴掌,他说:"赵会长的事迹真令人感动，今天球迷协会的工作这么出色，都是因为你领导得好。"他拿酒瓶，酌满小金豆手中的杯子，又叫起女人："来，来，你代表我们的皇帝，好好地敬赵会长。"女人站了起来，拿了杯子，可能是因为白乌鸦的吩咐，也可能是她天性使然，身子一晃，像水蛇一样扭动起来，两只眼里放出颇具杀伤力的媚光，她把杯子举到小金豆的嘴边上："千言万语都说不完我们的情意，所有的情意都在这杯酒里，赵会长，你要一口喝干啊。"

他有点奇怪，女人哪来这么一张八哥嘴，他还不知道呢，是在淘金的队伍里练的？

小金豆回过头对他说："老哥，我说你出走一趟还真值，寻了这么一个佳人，既有风范，还有野味，难得，难得。下回，我跟你学，也出去走一趟。"说罢朗声大笑，顶棚上的吊灯光也跟着晃起来。

他兀然坐着，脑子里有点空，忽然问，今晚的保卫战形势怎样的呢。小金豆说："太复杂了，一个连环套，两支球队都在悬崖链上，拼命往上爬。"张副就向他解释。S城的球队这一场只能赢不能输，同时开哨的还有一场比赛，是F队和D队的较量，D队的积分和S队相等，但S队的净胜球比D队多6个，如果S队这场胜1个球，那么，F队只要不净输7个球，S队还是能保级成功。但F队已经是一支无降级之虞的球队。

他想了想说："D队不可能一场净胜7个球，S队会赢球的。我了解S队，他们有实力。"

小金豆笑了，他的笑显得诡秘："你离开将近一年了，可能对情况不了解，现在形势变得太快了，有种因素错综复杂，什么都是说不准的。"

小月迢迢

　　什么因素错综复杂？他有点不明白，绿茵场上，一个黑白相间的球飞来飞去，决定胜负的是双方队员的信心和技术，是进球，还有什么呢？他想问，小金豆的酒杯迎上来了，他只得把杯中的酒一饮而尽，白乌鸦也把酒杯递上来，女人也贴近他，把她杯中的酒倒进他嘴里。他听见小金豆哇哇怪叫，眼里散发出一种淫乐的光亮。他看见白乌鸦走到小金豆身旁，曲着双腿，似乎就要跪下去，他喋喋不休地说着什么，而小金豆似听非听的。他想，他回来是来接受这个的吗？忽然有点伤心。

　　手机响了，是小金豆的，他掏出话机，说了一句话，脸色立时严肃起来，他推开俯在他面前的白乌鸦，走到外面去通话。包间里的气氛一下冷下来。过了十来分钟，小金豆走回来了，对他说："很抱歉，我有点急事，马上要走，你们接着喝。由张副陪你们。"说完匆匆走了。

　　他摇摇晃晃站了起来，女人也跟着站起来。张副就把他们送进一间屋子休息，说晚上比赛前来叫他们，就走了。他倚在一张沙发上，白乌鸦快步走到他身边，压低声音说："这里有名堂！小金豆一定去忙重要的事情了，把我们晾在一边，他是在耍我们。我们要想办法，把球迷协会的实权夺回来。"他激动得身子发抖，像是乌鸦在抖动身上的羽毛。

　　他不愿听，推开他："你让我安静些，养足了精神，晚上到赛场上用。"白乌鸦张开了嘴，还是呀呀的说，眼里满是沮丧和失望。

　　他转过头，窗帘缝里透进斑斑驳驳的光亮，像是梦中拉起一张网，脑子昏沉沉的，他很快睡着了。一觉醒来，外边的天发黑了，他纵身跃起，女人用手按住他："别急，我看着表呢，来得及。"他回头看，身旁只有女人一人。女人说："你刚睡着，他就出去了，也没有说到哪里去。只说比赛前一定回来。"他想,在荒原上,白乌鸦就心存鬼胎,现在到都市来了,他爱上哪就让他上哪去。

他就把随身带的包打开,从里面拿出绿绸带、黄披风、黑紧身衣,他要重新披挂起来,上球场就得这身打扮。女人伸了手,帮他一起穿戴。这时,门开了,张副拎着一个时装袋进来,看见了,哎呀一声叫:"赵会长还真有先见之明,诸葛亮转世也不过如此,他知道你还会用老行头,特地关照我,一定要让你穿时装。"说罢从袋子里抽出一套西装,一条领带,一件白衬衫。

他冷笑一声,说:"谢谢他好意,我还是这身打扮。"张副说:"这可不行,赵会长特地关照的,正因为你是球迷皇帝,就更要讲文明,再不能像过去一样,穿得离奇古怪。"

他还是不同意,两个僵住了。张副就打手机,说他做不了主,要向赵会长请示。他打了手机,说:"好了,赵会长说,他已经到楼下了。"过一会儿,就听到走廊里响起咚咚的脚步声,小金豆昂首挺胸走了进来,再一看,白乌鸦跟在后边,走着小碎步,浑然是一副良鸟择高枝的神态。

小金豆走到他跟前,踮起脚挽住他的颈子,用柔性的温和的语调说:"你的想法我都能理解,我知道你热爱这身打扮,可是,形势在变化呀,我们怎么能故步自封呢?你想,日本天皇在公开场合穿什么?不穿和服穿西装,这是融入现代文明嘛。英国的查尔斯王子呢,大名鼎鼎的,在公开场合从来是西装革履。就连非洲的海尔塞拉西,也不肯穿皇帝的金袍。所以呀,你也要和国际接轨。"

他还是不换,可是小金豆不肯放过他。他看见小金豆的嘴鼓成一个圆,像是一条金鱼在水底吐气泡,张副的嘴也成一个圆,白乌鸦的嘴也成了一个圆,三条金鱼都在水底吐气泡,他们的眼睛也跟

小月迢迢

金鱼一般鼓出来了。他受不了了，脑袋都胀了，看来他不换西装，是走不出这个门了。他叫起来："不要再说了，听你的！"

一个半小时后，他出现在赛场主席台上了，比赛马上要开始了，场子里差不多坐满了。西装有点小，绷在身上紧紧的，像穿了一个盔甲，衬衣领子也紧，又勒上一条领带，很不好受，似乎呼吸都困难。他把衬衣的扣子解了，把领带弄松，像个绳索套在颈上。小金豆挨着他坐，伸出一根指头指点，说："你看，一号东看台，六号西看台，我早安排了。"

他看过去，东看台一片大人都穿鲜亮的蓝制服，成一块天蓝的方阵，西看台有一块红方阵，也十分齐整。小金豆在他耳边说："这是我的王牌队伍，为了组织他们，花了我多大心血啊。以前我们的球迷是什么，是一群乌合之众。现在不同了，我敢说，我的红蓝方阵是世界上最好的球迷军团。他们的喝彩声像音乐一样优美。而要做到这个是多么不容易，我们精选了一批人，五官要端正，个头要齐整，他们每个人都要接受单独考试，看五音是否齐全。当然他们是业余的，就更要有一种牺牲精神，他们要接受种各种训练，烈日当空也不躲避，艰苦的程度不亚于球员训练。有了这么一支精干的队伍就好了。而以前像什么，完全是一批乌合之众，想怎么撒野就怎么撒野，太原始了……"

他睁大了眼，红的蓝的，像两块美丽的大地毯在晃动，难道他真的落伍了？这时比赛开始了，S队的球员一上来就展开猛攻。他情不自禁站了起来。小金豆拉他衣服角，让他坐下来，不要急，看我红蓝方阵的表演。他心里一阵发凉，人家这么齐整鲜亮，他还有用吗？

场子里，S队球员踢得非常卖命，可是对方的阻击也很厉害，S队光开花不结果。他急得挠耳挖腮。他觉得今天的裁判有问题，一个S队球员带球突破，在禁区角上被对方队员铲倒了，可是裁判不吹，做了一个继续比赛的手势。他骂了一句难听的话。隔了5分钟，另一个S队员接住传球往前冲，边裁却举旗判越位。他看得很清楚，这个球没有越位。他愤怒地站起来，这次小金豆没有拉他的衣角。小金豆在打手机，一只手捂了嘴，讲一些断断续续的不甚明白的话，脸上有一种神秘叵测的神态。他生气了，觉得小金豆另有心思。

他还发现小金豆带了一个小收音机，忙问，你在听什么？小金豆不回答，他夺过收音机，里面在播另一场比赛，他听出来了，是D队和F队的比赛，声音杂乱，他定下神听，什么，D队已经踢进3个球了！他不敢相信自己的耳朵，他们什么时候变得这么神勇，而F队这支老牌劲旅今天就变得和豆腐渣一样？而眼下的S队还不断受阻，一个球都没有踢进。

他不能再无动于衷了。那头神奇的狼奔走于黑暗中，却葬于太阳之下。他忽然想起，旗帜，他的那面破碎的写着SOS的旗帜呢，午饭时还在的，现在到哪去了？他要重新把它举起来。他叫了起来。女人在边上，听见了，说旗帜和披挂都在提包里，刚才进赛场的时候，工作人员说拿着碍事，就让她搁下来。他说，去拿，赶快去拿。女人跑开了。他紧紧盯着场子里，S队球员一次次进攻，但还是没有进球。他不断扭头往后看。女人终于出现了，她一手提着包，一手拿了旗杆，跑得跌跌冲冲。他迎了上去，夺了包，扯开拉链往外掏。

他脱下紧身的西服，立刻觉得身子松了许多，女人把披风一抖，杏黄的颜色就哗哗地抖开了，他站起来，女人替他围上，在颈子上打了结，接着，她用绿绸带勒住了他披散的长发。他找到了破旗，把竹竿子插进去。他刚要跑开，一个人挡了他路，他抬头看，是张副。

张副说，你睁开眼看看，场子里啦啦队多么神气、威风，你还要弄出这副破样来！你这人真没有良心，赵会长对你仁至义尽，让你吃让你喝，还让你穿了新西装坐主席台，你是存心捣乱。

他想，张副可能没有说错，小金豆一心要他好，但是，他长征为了什么，三百多天，沐风浴雨为的什么啊，而且，公狼的魂附在了他的身上。他说，你让开，擎了旗帜就往前冲。张副看拦不住，一招手，上来几个腰大膀圆的人，摁住了他，把他往后边拽。他挣不过他们，叫起来，你们要干什么？要限制我的自由？

一个傲慢的声音说，放了他。那几个人就松手了。他动了动被拽痛的手臂，抬头看，发话的是小金豆。小金豆脸上冷冷的："你还真想当世纪末的唐吉诃德？"他走上两步，拿起小收音机放他耳朵上。机子里咝咝乱响，像有金属条在锯他的脑神经，终于听见一个声音在说，D队已经踢进5个球了。他愣住了，这怎么可能？他脑子不会动，像一辆卡车突然翻掉了，四轮朝天。"你听清楚了吧？"小金豆脸上的肉鼓起来，眼睛眯成两条细缝在笑，似乎说，你跑你喊有什么用？还是听我安排吧。

他发呆有一分钟？五分钟？不知道。他突然醒过来了，思维重新回到他的脑子里，大卡车翻过身，起动了。他撞开身前一个人，擎着旗帜冲了出去。他沿着水泥通道向东看台跑去。他想，D队怎么会一连进5个球，F队真的变成豆腐渣了？他说不清这里的真伪，但他必须给这里的S队助威！

观众席上发出一片响亮的声音,他知道这是为他而发的,久违的球迷皇帝登场了,出奔的重耳回来了。三百多天了,你跑到哪去了啊?还是那身装饰,还是那面旗帜,只是更加破烂。不过,他听见的和以前有很大的区别。以前声音基本上是一致的,而此刻他听见的是纷乱的甚至是对立的声音。他举着旗奔跑,一张一张脸从眼前闪过,而脸上的神色也是迥异的,欢呼、激动、赞许、怀疑、轻蔑、讥讽,各种各样的表情都有。他顾不上了,大声地呐喊。狼在他心底嗥叫,狼是什么都不顾的。

破旗在猎猎飘动。鞋底早磨薄了,脚底板发疼,但他的脚步是沉重而有弹性的。场子里S队的球员也看见他和他的旗帜了,他们是老朋友了,有人向他招手,他们攻得更猛了。

他绕场跑了两圈,再次接近东看台的时候,有人举起彩旗一挥,蓝色方阵中齐齐地伸出一排铜喇叭,黄澄澄地发亮,刹时喇叭齐鸣,场子里响起一片呜呜哇哇声,把他的喊声盖住了。小金豆和他斗法了。小金豆有齐整的红蓝军团,有传播公司、广告公司、影视公司。他只是单枪匹马一个人。他顾不上了。他跑向西边看台,穿红衣的人齐齐地发出一声喊,每个人捧出一块彩色牌子,无数块牌子拼合在一起,就是一句气壮山河的口号,再一翻,是另一句口号。这法子比他高明得多了。

他顾不上了,这是他们的事情,他必须用自己的方式。狼的嗥叫带着悲哀,但它还在叫。

金喇叭太响了,他连自己的喊声都听不见了。他还是挥动破旗,绕着场子跑。

S队一个前锋接到传球,急速起动,连过两人,拔脚怒射,球进了!

他双手伸直，跃起身子欢呼。刚静下来，女人向他跑来了，她额上汗湿湿的，脸胀得通红，贴着他的耳朵说，不好了，赵会长拿收音机给我听，D队已经踢进7个球了。

他不相信自己的耳朵，对着女人吼，你胡说，不可能！女人的牙齿咬着了他耳朵，我听得清清楚楚，不相信，你自己去听！

他两腿发软，一团灰蓝色的烟雾在眼前飘动，这是怎么回事？足球不是篮球，这么容易进球的吗？而这里的比赛马上要结束了，已经到伤停补时阶段了，S队的球员一次一次进攻，都无功而返。他的心提到嗓子眼了，他的声音喊不出来了，只在胸腔里打转。

一声长哨，比赛结束了。他的颈子垂下，像是断了骨头。身子索索发抖，一点力气都没有。好一会儿，才勉强抬起头。

场边的大屏幕上忽然出现了小金豆，大概是有人采访他，他的脸变得非常大，光彩奕奕，差不多占据了整个屏幕。他身子一阵阵抽动，嗓子里发腥。他又一次想起了狼，它不适合这个世界，执意要死在他的太极刀下。那么，我也不适合这个世界了吗？

他眼前发黑，胸腔里涌上一股气，哇一声栽倒了。

不知过了多少时候，他一个人坐在场边。球场上的人早散了，路上扔下许多纸片和撕碎的横幅，是失望的球迷干的。四周静悄悄的，偶然走过一个夜行客，脚步脆亮。他看着黑幽幽的路，又一次想起了狼，那头孤独雄壮的狼，它死在他的刀下了，这个世界再没有伟大的狼了。

又不知过久，面前出现了两个人影，他抬起头，是白乌鸦和女人。

在幽暗的路灯光下，他和白乌鸦的目光碰上了，他觉得他明明灭灭的眼里有一种怨恨。白乌鸦说话了："你在骗我们，你是皇帝我们才跟你走的，以为你还会威风凛凛，支配一切。睁开眼睛看看，你成什么了，连叫花子都不如，你可怜巴巴呆在这里，有谁听你的？我们又得了你什么好处？球迷皇帝没有了，死了！现在走红的是小金豆，人家比你高明一百倍，他知道造势用势，办出这么多的公司，就发展到高级阶段，他有钱了，现在有钱还有什么不能办到？"

他一动不动地看着白乌鸦，绝望的情绪像水一样在胸腔里慢慢涌上来。他想他没有说错，他什么都没剩下，跟一个叫花子也差不多了。女人抓住白乌鸦的肩膀使劲摇，声音哀婉："不要再说了，求你了！"

他说："你让他说，说下去。"

白乌鸦哼一声："你以为我不敢说了？还要说呢，你举着破旗在那里奔跑，有个屁用！就是S队进球也是白搭。小金豆有一大批人，他们像网络一样遍布各个方面，神通广大，不但做明的生意，还做暗中的生意。他们早做好手脚了，比赛前就定下了，F队净输7个球。你相信不相信？要是S队进一个球，F队就输7个，S队进2个，F队就输8个……都说好了，不停地用手机联系……不要瞪眼睛，今天下午，你喝了酒睡大觉，我可没有闲着，我去找小金豆，恰好听见他打手机……"

他跳起来，揪住白乌鸦的衣领："你说是小金豆做了手脚？"

白乌鸦怪叫起来："哎哎，你要干什么，要打人啊？"他拼命挣扎，女人也上来解他手。他松开了。

白乌鸦冷笑说："随便给你漏一点，你就受不了啦？告诉你，多着呢！你想告？没有证据。就你那副傻相，还能拿到证据？"

他重新蹲下来，垂下头，目光落在两腿间一块地方，那地方被夜光照着，幽幽地变成紫红色。他说："你走。"

"你以为我还留恋？我早就要走了，小金豆对我器重着呢。"白乌鸦拉起女人的手："告诉你，她现在又跟我了，我们走。"

女人被他拉着走了几步，挣开了跑回来，蹲下来，用轻软的手摸他的肩膀："你累了，要休息了。"他说："你也走。我注定是一个人。"

白乌鸦笑起来："听见了吧，我的姐，你还不清醒吗？"

女人的声音越发细软："我不走，我留下来。"

他说："你走。"

白乌鸦说："这倒有点英雄气。姐，你还没有看出来吗，他和我们不是一类人。"他再次拉起女人的手，女人不得已移开了脚步，但走得期期艾艾。

月亮慢慢淡下去，成一片苍白的纸，星星一颗一颗向高渺的空中升去，后来看不清了，放出一个阔大寂寥的空间来。他站了起来，身上的骨节都在发疼，他抓住旗杆，旗面缓缓展开，露出字母：SOS。地下只有他一个人的影子，他转过头，目光越过铁栏杆，越过空无一人的绿茵场，越过空荡荡的看台，眼里湿了。

突然，从丹田里升起一股气，他发出一声粗犷猛烈的呼喊，滚滚地越过赛场，许久不消失。

不为绿卡

曹晓风坐在车里，满心狐疑地看着黄燕上了车，她开的是一辆二手的宝马，银灰色的。她的车出了路口，曹晓风就起动车子，从绿树的掩映中开了出来，尾随着她，上了32号公路。已经5点多了，不那么炎热了。车窗摇下一小半，风呪呪地吹进来，他的头发像茅草一样飘了起来。太阳西斜，迫近高耸的山头，光亮忽然变成猩红色的了，洒在宽阔的公路上，洒在前面黄燕那辆银灰色车子的顶棚上，使它看起来像一只雨燕，迅捷地从血雨中穿过。

这些日子，曹晓风一直处在疑惑和烦恼之中。他和黄燕相处已经半年多了，第一次见面，他在心里对自己说，就是她了，第二个我都不要。一个月后他们就如胶似漆。可就在不久前，他隐隐产生一种预感，他们的交往不会平常，但他没有想到会来得这么快。15分钟前他们通电话，她还说在公司里，今天要加班。可是，谁能想到她却驾着车子，神不知鬼不觉地溜走了。

小月迢迢

  银灰色车离他大概有 100 米，中间隔了两辆车，他不想靠得太近，太近了黄燕会察觉的。她是个机灵的女人。两旁的车子多起来了，他们驰入了主干道。黄燕的车子时隐时现，他紧紧盯着，不能被她甩掉。不好，她变道了，向公路右边移了，曹晓风要跟着变道，却听到脑后传来巨大的轰隆声，一辆大型集装箱车从相邻的右道开上来了，他只得改变主意，继续在原来的道上开。集装箱车是乳白色的，有半列火车那么长，它出现时，好像拉起了一堵白色的墙，把什么都挡住了。

  白墙终于移走了，他迅速变过道去。却不见了银灰色车。她上哪去了，难道在他避让集装箱车时，她已经下高速了？要真是那样，那就惨了，今天泡汤了。不管了，那个出口早过了，他只能当她没下高速。他加快了车速，为了超车，连划了两个S。哦，看见她了，银灰色的车还在高速上，在右边二道上。

  在通过一座宏大的空中拱桥后，黄燕下高速了。他也悄无声息地跟着下了。驰过一座尖顶的教堂，又驰过一个邮局，楼上的星条旗半卷半舒，再往前就是茂密的树林和草地。曹晓风心里越发狐疑了，她跑这来干什么，这已经是 F 区了，从来没听她说过在这里有业务。

  前方有个小广场，银灰色的车拐进去了，在一栋楼前停下了。曹晓风也停下车，他看见她下了车，用手拢了下耳朵后的头发，进了那栋楼。曹晓风看清楚了，那是一家旅馆，她上旅馆来干什么，他心里有了不祥的感觉。他也下了车，这是一幢二层的楼房，天已经暗了。二层有 3 间屋子亮着灯，一层有 5 间屋亮着灯。她进了哪间房间了呢？他呆呆地站在楼前，像个傻子一样。传来了声音，笃笃笃，是她的脚步声，还是谁在用木锤敲打铁皮？响亮而均匀，像

223

文章中的一连串省略号，6个圆点，又是6个圆点，似乎在讥笑他，你知道省掉的是什么秘密吗？他心里一阵冲动，跑进了楼，跑过一个直道，又跑过一个弯道，一楼没有她。他上了二楼，过道里也没有她的踪影。她进了哪个房间？她来这里干什么呢？他攥紧了拳头，就要敲靠他最近的那扇房门。高高地举起，却又缓缓地收下。他不能鲁莽，首先要弄明真相。

曹晓风重新坐回车里去，天是灰蓝色的水，一颗颗星星从水面浮起。他发现刚才二楼有3间屋子亮灯，现在亮灯的只有2间了。难道灭灯的那间就是黄燕进去的吗？他心里又一阵潮热。车前有一个黑影跑过，他打开车灯，是条狗，很大，狗冲着他车子叫了两声，摇着尾巴走了。他一阵难受，心里叫了起来，曹晓风啊曹晓风，你什么时候落到和这狗一样，做起探听的事来了？在中国的时候，临近高中毕业了，他独自背着书包到香港去，参加了美国的高考，本来只想试试玩的，没想到竟然考上了，还拿了两年5万元美金的奖学金。不仅学校震动了，报纸大版介绍，整个城市都惊动了。

到了美国曹晓风才知道，美国的大学不好上，在国内为了高考，学生头悬梁锥刺股，可是一旦考进大学，就似大功告成，马放南山了。可是美国大学不一样，好进不好出。有时为了准备考试，他夜里都不睡觉。6年过去了，总算熬出头了，他以优秀的成绩毕业了，工作也十分如意。于是，男人该想的事情就不可抑制地迸发出来了。十多年的积攒，十多年的等待，此时爆发出来了。他的母亲，每次在网上见面都要催促他。华人找女朋友，自然还是找华人。第一个见面女生的也是大陆来的，见面就问，你父母做什么的，收入高不高？曹晓风心里冷笑，你把大陆最俗气的东西带来了。第二个是官二代，眼睛长到额头上，口气大得吓人，张口就说，我爸爸是市长，在中国没有他办不成的事。你有什么事要办？第三个丑得叫人不忍心看第二眼，他心想，签证官真有本事，把中国打灯笼也难找的丑人签过来了。

正在他心灰意懒的时候，遇上了黄燕。他在心里欢呼，上帝是厚爱我的！黄燕活泼、美丽、善良。他们一起上拉斯维加，手拉着手，在赌城里玩得神魂颠倒。又上迈阿密坐游轮，在加勒比海的月光下遨游。曹晓风觉得生活像梦一样迷幻，却没想到生出了意外，黄燕突然变成了令人费解的迷？他不由得问，上帝，你既然厚爱我，为什么又要折磨我？

月亮升起来了，弯弯尖尖的，像一个钩子。楼里走出一个人来，曹晓风看，是个美国人，黑暗中看不清脸，似挺年轻的，走路时两条腿一扎一扎，膝盖不打弯似的。美国人钻进一辆车，开走了。曹晓风收回目光，双手捧住了脑袋。过了好一会儿，楼里又走出一个人，他认出来了，就是黄燕。她垂着头，走得很慢，好像背上负着沉重的东西。曹晓风忍不住了，跳下车去，拦住了她："你怎么上这里来了？"

黄燕的脸骇白了，眼里露出惊恐的光亮，她说："我，我……"她身子晃动起来。曹晓风伸手去扶她。她倒进了他的臂弯里。

20分钟后，他们坐在咖啡馆的桌子旁，曹晓风专注地看着她，她喝了半杯热咖啡，情绪慢慢稳定下来。她说，她认识皮尔斯，是在工作后不久。那天她跟同事去打高尔夫球，她是第一次打，打得很拙劣。正当她灰心丧气的时候，一抬头，看见他就站在不远处看着她。那是个坡地，阳光披着他的双肩，脚下是碧绿的草坪，被那些美丽的颜色衬托着，他显得十分英俊挺拔。他微笑着向她走来，说，You are very nice （你打得非常好）。

不到半年，他们就结婚了，不久她拿到了绿卡。对于一个国际学生来说，绿卡太重要了。在她眼里，美国社会好像是动荡的凶吉未卜的大海，而绿卡就是海中的一叶小舟。但同时，她也接受了一份没有料到的礼物。这个阳光男人十分懒惰，游手好闲，干什么事都漫不经心，一份工作，干不了几天就不干了。他要黄燕心甘情愿来养活他。黄燕的女同事对她说，这样的男人，在正宗的白人中是极少见的。

黄燕试图改变他，让他学会踏实地工作。早晨，她开车把他送到工厂，晚上开车去接他。但是仅仅持续了两天，皮尔斯回家暴跳如雷，他说，你看过卓别林的摩登时代吗？我跟他一样，成天跟着机器转，没早没晚，枯燥无味，等着把我骨髓榨干。她说，你总点干点什么吧。他说，不要和我说，我厌恶！那天，他把番茄酱瓶摔在地下，一拳砸在洗衣机上，砸出一个洞。

她终于明白了，所有的努力都是徒劳，她只是他的性奴，是他的赚钱机器。出路只有一条，离婚。皮尔斯咬着牙说，当时，你为什么要和我结婚？目的是什么？她说，我不知道你不愿意工作。他说，你说谎，你是要利用我，是为了绿卡。她无论怎样解释，都无法阻止他的猜忌和愤怒。

同样让黄燕不可理解的是，他是一个虔诚的基督徒。上教堂祷告时，他微闭双眼，脸上露出纯洁、真诚的神情，活像一个大孩子。她走下台阶时，他用手轻轻扶住她的纤腰。可是离开教堂，他又变得好逸恶劳。她的心颤动起来，眼前出现白色的水雾，看不清楚，这两个皮尔斯，哪一个是她真正的丈夫？

他们几次闹到了法庭上。私下里，他提出一个匪夷所思的方案,她必须每个月满足他两次性要求,他才同意在离婚书上签字。不然他就到移民局起诉她骗婚,取消她的绿卡。

为了摆脱,她不得不接受这荒唐的要求。但又不甘,到了该去的时间,她躲了起来。但都被他找到了。他捉住她的身子,把她塞进车里。车内响着强烈的音乐,他在方向盘上打着拍子,得意洋洋地开往汽车旅馆。她心里充满了屈辱,恨不得一头撞死。后来她已经麻木,就不用他来抓。

曹晓风听呆了,她低沉哀婉的声音像是一把小刀,一刀一刀,把他的心肺割成了碎块,他的胸腔被血堵住了,无法呼吸了。他发着抖,沉重地叹息。太荒唐了,这般荒唐的事怎么就会被自己碰上呢?他喊道:

怎么能够这样?

我又能怎样?她的回答尖锐刺耳。

桌子上的烛光在奇异地变化,刚才还是温柔、委婉的,倏尔升高了,变粗了,变成了一柱愤怒的火苗,悲烈的火苗。曹晓风无法再听她如泣如诉的声音,他离开桌子,冲出门去。车子在45号公路上狂奔,一个声音在心底说,回去吧,你忍心把她一人扔在咖啡馆里?另一个声音却蛮横地说,哪个男人能忍受这般屈辱?我再也不要见到她了。

当天夜里,曹晓风一直被噩梦缠住,醒过来发现枕头湿了。他要忘记黄燕,他有超强的理智力量,能够做到。他把全部精力都扑在工作上,同事们都走了,他还呆在工作室里。可是等他回到家中,一个人独处的时候,等他仰望远空的时候,就不行了。风吹过了,柠檬树叶哗哗响,就像黄燕的活泼、悦耳的说话声。蔚蓝的空中有一抹白云,那就是她飘曳的丝巾。迎面走来一个个女孩子,他恍恍惚惚，觉得每一个都是黄燕，但细看，每个都不如她美丽，可人。

他心中在哀叹，她做出这么荒唐的事！又一个声音说，她也是无奈啊。

曹晓风就这样折磨着自己，他消瘦了，眼睛凹下去，显得特别大。终于，他出现在黄燕住宅的门口，他在车里等，放起杰克逊的摇滚，声音像巨雷像铁球在他心里滚动。太阳落下去了，她的车开来了，黄燕从车上下来。他快速下车，跑上去，拦在她面前。黄燕脸变得像纸一样苍白，绕开他，往家里走。他喊着追上去，在台阶上追上她，又拦在她面前。

她身子发着抖，说，你还来干什么？他说，我想你。她喊道，这几天你干什么去了？他说，我都在实验室里。黄燕说，我有人了。他说，我们分开才三天。她说，就这三天。说完就往屋里跑。他愣住了，眼看着她进屋了，他冲上去，就在她转身关门的一瞬间，他的右腿插进了门里。她的身子倒在门上，一起向他压过来。他小腿一阵剧痛。她惊叫道，你的腿！你干什么啊？

他流泪了，说，你让我进去。她不忍心再顶了，撤了。他挤进屋里，抓住她肩膀说，就三天，你有人了？是谁啊？她站不住，瘫下去。他也随着蹲下，手还是抓着她，是谁啊，我去找他！她说，骗你的。

曹晓风的眼睛睁大了，透出异样的光亮，随后闭上了。他抱住了她，抱得紧紧的，她也往他身上贴，身子的每个部位都贴紧了，不留空隙。两个人的泪流在了一起。

县法院在一座平房里，这类房子在美国很常见，暗红色的斜顶，浅黄色的外墙，里面十分宽大舒畅。他们坐在长条椅子上等，窗外是大片的鲜绿的草地，不远处是个教堂，隔着窗玻璃，能听见随风吹来的悠扬的钟声。接待他们的是一个有年纪的法官，眉心有一颗浅灰色的痣，像粘了一颗米饭。在黄燕陈述的整个过程中，曹晓风始终握紧她的手。虽然是5月，她的手还是发凉。法官听完了，沉吟一会儿，说，孩子，你遇上了一些麻烦。我要告诉你的是，皮尔斯没有权力要求你这么做，这是非法的。但是，按现行法律来说，我们现在无法强制他。

黄燕急了，说，现在他缠住我，我怎么办？法官露出慈祥的笑，说，法律无法帮助你，但上帝会保佑你。我注意到了，这个男孩会给你勇气和力量。曹晓风发现此刻他还握着黄燕的手。

在回来的路上，她问他，我怎么办？黄燕住的公寓后有块草地，曹晓风蹲下身，用杏仁喂松鼠。黄燕也把一颗杏仁扔给松鼠，转过脸问，我怎么办？他把手插进她的长发中，十指慢慢梳过，他说，不理他，从此你再不要去汽车旅馆。

这段时间，他们时时通电话，有时十分钟就通一个。实验室的美国主管皱眉了，曹，你好像心神不定。曹晓风想向他解释，却知道这是无法解释的，他只得苦笑，说，我一定注意。

但是频繁的通话没有结束，黄燕在电话中惊恐不定。她说，皮尔斯的汽车在路上堵她，她狂奔才逃脱。皮尔斯在电话中吼道，不遵守诺言就会毁灭。他在汽车旅馆等了一夜，她始终没有出现，黎明时分，他把房间里的电视机砸了。

傍晚，曹晓风到了她住的地方，黄燕垂头丧气，几天里憔悴了许多。他心里一阵酸楚，捧起她的脸，定定看着，用手指把她眼里的泪拭去。黄燕伸出手臂抱住了他。她说，皮尔斯在电话中说，他买了一把枪，是一把老式的来复手枪。他喜欢复古的东西，他试过了，很好使。他在电话中说得很慢，很有表情，像在读一首诗。黄燕在手机中听到了枪响。

他身子抖了一下，似有一股寒气从底升起。她抱他的手松开了。曹晓风低了头，好一会儿没有说话。她说，你想什么了？他走了几步，坐到椅子上，说，他真的开枪了？她说，是他开的枪，这人发起疯来，什么事都能干出来。她看着他，问，你怕吗？他说，不怕。自己都觉得没有底气。

他站起来说，我上卫生间。黄燕把下巴指了一下。他走过去，进去后锁上了门。面前是一面宽大的镜子，发出明亮的荧光，他看着镜子里那个戴着眼镜的白面书生，心想，就是这个人，9年前从中国过来，苦学苦熬，拼到了现在的地位，而此刻他即将卷入一场可怕的冲突，很可能危及生命。他觉得腿肚子在发抖。

他想起他的爹娘，他们为他付出的太多太大了，他们都是工薪阶层，为了省下钱给他，老爹几年没有买过一件新衣服。家里买一点好吃的，妈妈都舍不得吃，说他用脑辛苦，都留给他吃。要是他死在皮尔斯的枪口下，他们将伤心痛绝，他们的晚年怎么过啊！他还想起母校，这个学校以他为骄傲，他的照片贴在学校的陈列室里，如果他的噩耗传到大洋彼岸，老师们都会震惊，学校也会因他而黯然失色。

曹晓风把灯关掉了，小小的空间里一片漆黑，他不敢看镜子中的白面书生。现在脱身还来得及，他和她还没有上教堂……可是，我就这么扔下她吗，她太孤立无援了。

他在卫生间呆了很长时间，走出来时他看见她站在窗旁，看着窗外。听见他出来了，依然后背对着他。

你走吧，不用来找我了。

小月迢迢

你怎么这么说？

我不想连累你。我要独自面对。

可是，他这么凶悍，又有枪。

这是我的事，我不能太自私。

曹晓风心里说，自私？现在是谁自私，我还是她？他目光落在地下，却似看见了那把来复枪，枪口乌黑，枪身发出古铜色的黯淡的光亮。

他走上前，抱住她的后肩。他说，我们走吧，离开这里，到别的城市去。黄燕摇头说，躲不掉的，我到哪里他都能找到，这是他的国家。

这些日子，曹晓风一直在想这事，想得脑袋痛，似要裂开一样，在实验室里也走神。主管说，曹，你是不是对我们这个团队不满意？他连忙解释，不不，我遇到一些事情。

下班了，他开车去了中国城，进了一个太极馆。教练是个中年人，步履迅捷。曹晓风说，我要学武功，能克敌制胜的武功，越快越好，我有急用。教练脸上掠过不易察觉的笑容，说，那就看你造化了。

他苦练了两天，汗水大颗大颗掉下来，摔在地下，碎成八瓣。可是和别的学员交手，轻而易举就被人摔在地下。但他不气馁，更加顽强地练。

他走出太极馆，黄燕那辆银灰色的车已经停在门口了。他迎着她走去，说，告诉那个皮尔斯，理直气壮地告诉他，你有男朋友了，让他走开。她欣喜地说，真的吗，你学到本事了？

第二天，黄燕在电话中特别慌乱，皮尔斯听她说有男朋友，狂暴地吼叫,今天晚上就来她的住的地方找她。曹晓风倒吸一口凉气,说,我下班了,直接上你那里去。

黄燕住的房子在第二排,门前有一颗橡树两棵无花果树,透过树叶能看见一条拐弯的灰白色的路。他们坐在阳台的长窗后面,曹晓风坐在一把藤椅里,黄燕依偎在他怀里,面前放一张木桌,桌上有酒瓶,只有一个酒杯。曹晓风喝一口,黄燕喝一口。他再喝,她也再喝。不时看那条拐弯的路,等待皮尔斯的车子出现。太阳落下去了,他没有来。他们还坐在那里。他说,一瓶酒喝光了。她说,真爽。天全黑了,四周很安静。夜深了,还是没有人来。

黄燕睡到床上去,曹晓风睡在沙发上,他没有脱衣服,有情况可以立刻爬起来。窗帘外慢慢亮了,鸟叫声清脆悦耳,在树枝上跳来跳去。他爬起来,拉开窗帘看,什么都没有发生。他说,他不会来了吧。她揉了揉眼睛,说,我也不知道。

第二天下班,曹晓风又来了。他们依然坐在长窗后面等。一辆车开过去了,不是皮尔斯。三个小时内,开过很多车,都不是。曹晓风站起来说,我们睡吧。黄燕说,睡吧。她脸上出现一种狡猾的神情,今天,你不要睡在沙发上了,那里不舒服。他知道她的意思,说,那好吗?她说,没有不好的。

他走过去,从后面搂住她,好像捧起刚破壳而出的雏鸟,说,好,我不睡沙发。他刚坐到床上,传来了汽车的声音,很响,是大功率的马达。他们停下来了,车子开近了,雪亮的灯光打到他们的窗帘上。黄燕不自禁地靠住他,他抱住她的肩。车子停下了。他们一动都不动,伸长耳朵听。就听到沉重的摇晃的脚步,一步步向房子逼近。

小月迢迢

　　黄燕的身子抖得厉害了，曹晓风的心怦怦跳起来。脚步声在门口停住了。就听到一个男人粗鲁的喊叫，huang！ huang！两个人坐在床上，手紧紧握在一起。门外的人敲门了，沉重有力，像是熊掌拍在门上。哐哐哐，房子都抖动起来。

　　他用眼睛问她，怎么做。她贴着他耳朵说，不要动。

　　外边越敲越重，薄薄的门板似乎要裂开了。他想站起来，她紧紧拉住他。一声裂响，门洞开了，两人条件反射似的跳了起来。曹晓风摸到墙上的灯开关，打开了。在橘色的光亮中，他看见厅里摇晃摇晃走来一个高大的男人，他一手抓着一个酒瓶，一手在空中抓舞着。

　　黄燕把他往后拉。美国男人恶狠狠地说，你们躲在这里。黄燕朝他叫道，你来干什么？我已经对你说清楚了，我和你没有任何关系，你不要再来缠住我！皮尔斯往嘴里灌一口酒，说，你跑不掉的，跑到哪里，我都会找到你。你以为找来这个臭小子就有用啦？

　　她说，你走！突然间她变得十分勇敢，她把曹晓风护在身后，像一只要保护幼崽的母兽，伸出双手向前冲去，冲到皮尔斯面前，双手推他的胸膛。可是她的努力相当于零，皮尔斯只是晃了一晃，他顺手一拉，她就扑出去，跌在地下。曹晓风叫了一声，上前扶起了她。

　　皮尔斯的目光对准他了，他一步步逼近，满嘴的酒气喷到他脸上，你从哪里来的？你这个臭小子，你能阻挡我吗。你想找死吗？

　　他站了起来，镇静地看着他，皮尔斯的鼻梁挺挺的，像一道高高的山脊，两旁是两颗凹陷的狂暴混浊的眼珠。裸露的臂膀肌肉暴突，从肩头到手腕，一路印着蓝色的花纹。曹晓风知道自己不是他的对手，但总应该试一试呀。

233

皮尔斯伸出手，岔住了他的喉咙。他一下喘不上气来。是时候了，再不试就来不及了。曹晓风努力回想太极教练讲的，用手压住了他的腕子，另一手别住了他的胳膊肘，用身子作绊，突然转身。皮尔斯没有防备，跌了个踉跄，但他太壮了，没有摔倒在地。现在他被彻底激怒了，他捏紧两个小钵一样大的拳头，向曹晓风猛烈挥击，他挡不住，倒在地下，他想爬起来，又被一拳击倒。鲜血从眼角冒了出来，流进他的嘴里。

黄燕扑了上来，抱住他的脑袋，要用身子来保护他。

皮尔斯擦了擦拳头，从屁股后掏出手枪，又摸出一段绳子和胶带，显然他早做了准备。黄燕叫道，你要干什么？不能胡来！

美国人哼哼笑着，转过枪身，对着枪口吹了口气，对着曹晓风脑袋说，你还要这吃饭的家伙吗，我一扣扳机，它就不存在了。曹晓风看，枪身果真是古铜色的，和他梦见的一样。皮尔斯说，如果你还想用它来吃饭，现在滚还来得及。

皮尔斯用枪指了指门。曹晓风知道他可以离开，大门就在5米之外，他的汽车就停在院门外，不到10英尺。如果他走，两分钟就能脱离危险了，这里发生的一切就和他无关了。那黄燕怎么办，我把心爱的女人抛下，还让她履行荒唐的承诺吗？

他不想这么做。他摸出了手机，要拨打911报警。皮尔斯看出来了，他冲上来，抢走了手机，狠狠砸在地下，又猛踩几脚，踩得稀碎。

曹晓风明白，现在做什么都没有意义了，他的手和黄燕的手紧紧握在一起。

皮尔斯挥动手枪，让他们走出屋子去，他们只得听从。他们走进了后院，踩在柔韧的滑滑的草皮上。凉风吹来，把粘粘的蛛网吹到他脸上。曹晓风抬头看,灰蓝的夜空中,悬着一轮尖尖弯弯的月亮。他想,在地球的另一边,父亲和母亲明天看见的月亮,也是这么尖尖弯弯的吗?

皮尔斯在夜色中挥动手枪,说,你欺骗我,和我结婚,就是为了骗取绿卡。黄燕说,不是的。他说,那是什么?黄燕转过头,还是说,不是的。

美国人仰起脖子,把酒瓶里最后一点酒都倒进喉咙,然后把瓶子扔得远远的。

曹晓风想,他要在这里枪杀我们,让我们的血流进这片熟悉而又陌生的土地,这很糟糕,可是,和黄燕一起死,也算个安慰。

皮尔斯没有开枪,而是屈下一条腿,屈下另一条腿,跪了下去,亲吻脚下的土地。好一会儿,直起身子,说,200多年前,我的祖先就生活在这里,他们的英灵听见了我的声音。你这个东方来的女骗子,你这个自以为了不起的臭小子,听着,我皮尔斯家族有荣耀的家史,一百多年前,墨西哥的独裁者安纳将军歼灭了据守阿拉莫的200名德克萨斯人,我的一个叔祖父就在这200人之内,为了独立,他英勇奋战,流干了身上的血。

曹晓风看不清他的脸,借着微弱的天光,他的身子侧影像一个大理石雕塑。皮尔斯喷着酒气的声音蛮横艰涩,在夜风中传得很远。

从此以后,记住阿拉莫!变成了我们的口号。我的曾祖父那年刚19岁,哥哥的死亡使他变得更加坚强。他跟随伟大的山姆豪顿将军,用剑和火,击败了安纳,此后,德克萨斯并入了美国的版图,成为美国的第28个州。

皮尔斯的身子摇摇晃晃,又努力挺直了。他说,自由、平等是我们的灵魂。走吧，你们走，不要再让我看见！

这一切来得很突然，曹晓风没有立刻反应过来，但是，当他意识到发生了什么，心里一阵松弛，又一阵紧张，马上扶住了黄燕，引着她往屋里走。他想，她不用带东西，他们穿过走道，走出大门，钻进他的车子，总共只要两分钟，就能逃离。

停住！脑后传来粗暴的命令。曹晓风心里一凉。皮尔斯走上来，说，不，我走。他擦着曹晓风的肩走过，飘来一股浓烈的酒气。他走出大门，没有关门。听到汽车的粗糙的发动声，灯光从窗帘上划过，他开走了。

灯光下，黄燕的脸依然苍白，她不敢相信这是真的，神经质地问，他走了？他真的走了吗？

曹晓风肯定地点头，他走上去，关了大门。她瘫软了，坐在地下，泪水不停地流，我不是骗子，不是为了绿卡。

曹晓风也坐到地下，用手深情地抚摸她的后背，说，我相信你，不是为了绿卡。

她倒进他怀里，说，不是的。

2013年6月2日初稿
2014年4月17日改

小月迢迢

这老流氓，见谁咬谁

　　阿仓炒股票三年了，输得很惨。他原来不知道什么是股票，他有个朋友叫百盛，从小一起长大的，十来年没有见面了，那天在马路上遇见了。百盛正从一幢大楼里走出来，见了他叫起来："阿仓，是你啊……"阿仓见他西装革履，精神抖擞，不免有些发呆。百盛拉了他就要上咖啡馆。阿仓说："不用破费了。"百盛就很烧包地说："喝 杯咖啡什么了不得！我们是赤屁股一起长大的兄弟嘛。"

　　两人走进一间装潢高档的咖啡馆，百盛拿了小勺，在杯里草草调了几下，两眼飞出激动的光彩："今天我赚了，你猜我赚了多少？"没等阿仓回答，他自己回答："赚了1万8，整整1万8千呀！"阿仓两眼睁大："做什么事，一天能赚1万8？"百盛说："股票，懂吗，股票！大牛市来了，前所未有的大牛市！你见过电视里的西班牙斗牛吗，牛放出来时的那股劲啊……"

　　等到和百盛分手，阿仓已经拿定主意了，向百盛学习，也要炒股。不过家中一关不是容易通过的，妻子是商店里的营业员，每天要站8个小时，腿站麻了屁股都不能坐一坐，她年纪不轻了，比不得那些小青年，一天下来，躺在床上哼哼唧唧喊这里疼那里疼。她的脸本来就不短，听了他话一下拉得更长了："你昏头了，我们家赚点钱容易吗？赔了怎么办，上有老下有小，全家喝西北风去？"阿仓就把百盛的一套话照搬过来，她还是叽叽咕咕反对。阿仓一巴掌拍在桌子上："什么东西，连发财都不敢了，我看你这一生改不了这个穷命！"妻子卟瞪卟瞪翻眼睛，愣在那里了。

阿仓拿了2万块钱进了股市，跟着百盛做，他买什么股，他也买什么，他什么时候抛，他也跟着抛。百盛时不时点拨他几句，慢慢明白了一些做股的窍门。十天下来，居然赚了，赚了3千。阿仓高兴得不行，一定要请百盛上绿柳居吃饭。百盛哼哼冷笑，嘴角扬起来，好像让了分量翘起来的秤杆一样。他不明白，说怎么啦？百盛说："你也太容易满足了，不就是赚了3千嘛？"阿仓看出了自己的浅薄，不由红了脸。

第三天，阿仓又带着6万块进股市了，这可是他在家中斗争得来的果实。妻子顾不得腰痛，披着长发从床上爬起来，用后背顶住抽屉，说："不行，说死了都不行，我们家里就剩这点钱，防着急事用……"一轮微红的月亮像一个醉汉一样摇摇晃晃起来，月光照进许多人家的窗子，也照进他们家的。他看过去，月光照在妻子的一双青白色的发肿的光脚上。他解释了很多，都不行。他想女人真是头发长，见识短。他只得动粗的了，他一点都不敢弄痛女人，像搬一个充气的橡皮人一样把她抱起来，轻轻地放在床上。可是妻子不愿意，踢腿挥手，弄出很大的动静。住在北边小屋里的儿子开门出来了，敲他们的门说："妈妈，出什么事了？"妻子不说话。阿

小月迢迢

仓站在月光里不动。儿子又问。他说："没什么,你妈妈腰疼,我给她推拿。你去做功课吧,要用功啊,还有一年要考大学了。"

6万元投进去,阿仓又赚了2千块。但是,很快噩运就来了,噩运像一只黑乌鸦张开两只大翅膀,把股市遮得不见天日。买的股票很快就套住了,百盛有经验,立马割肉,阿仓心疼得哆嗦,一刀下去就是几千元,怎么下得了手?下不了手也得下啊,百盛像一只乌眼鸡在旁边盯着。百盛是个不服输的人,再买,阿仓也跟着买,接着又是割肉,真是血淋淋啊。但百盛的心里总是燃着希望的火光,这火光又映到阿仓的心里,他也不敢不抱希望。哪想到长路漫漫不见头,阿仓差不多要绝望了。他做股实际上是走上一条金钱的不归路。他投进去8万元,现在连2万元都不到了。

阿仓回到家里,妻子喊他一声,他不答话,走到床边坐下来,他觉得眼前乌黑的一片,那乌鸦的翅膀真是大啊。他的脑袋垂了下来,颈骨像打断了一样。妻子在厨房里大声说："吃饭了,把菜端过去,你当老爷了,不肯动一动?"他还是不动,妻子走过来,看他脸,吓得把喉咙口的话吞回肚里去。夜里,他躺在床上,翻来覆去睡不着,他上有岳母要养,下有儿子要考大学,却输得这般惨。一只手抖抖地摸到他的脸上,摸到了满脸的泪水,他说:"谁想得到,谁想得到啊,我不如去死了好……"妻子忙用手捂住他嘴,说:"你不要这么说,不要瞎说嘛……"

第二天,阿仓还是到证券公司去,将收盘时见到了百盛,百盛脸上虽说还是灰灰的,可是和前些日子比发生了变化,似乎有一种奇异的光亮在闪动。百盛说:"我有话对你说。"说完了就往外走。阿仓犹豫了一下,心想,都是你害我的,输成这样了,还有什么好怕的,就跟了出去。

百盛走出门，往边上走，边上有一个小园子，园里种着几棵桂花树，现在是秋天了，树上长满了密密麻麻的浅黄的小花，真是香啊，没走到跟前已经香得不行了，阿仓一个劲地吸鼻子。走到里面反而闻不到了，这是怎么回事？曾经有人对他说，走进桂花树丛中，你鼻子里肺腑里都被香气充满了，就觉不出香了。等到你走出来，慢慢地又闻到香了。这个现象很是奇怪。

百盛在一棵树旁站住了，说："阿仓，我害了你……"阿仓心里叫道：可不是吗？如果那天不去喝咖啡，可能就逃过一劫了，但嘴上还是说："这不怪你，炒股是谁也怪不得的。"百盛抬起头，看着脑袋上方的桂花："连累了你，我心里非常难过，怎么说呢，没有别的办法。我一直在研究，你看我的眼睛，都熬成烂成桃子了，报纸上的字都看不清了，我天天研究到夜里12点以后，心里急呀……"

他停了停，声音变得神秘而急迫："告诉你，我在研究一个项目，这是我们扳本的最好机会。你看见ST中原了吗，它上市三年亏损三年，完全是个流氓，半年前被停牌，但我们国家能随便叫一个公司垮台吗？现在放出来了，说是被一个大公司重组了，这还了得，放出来后一天一个涨停，连涨十几天。"

"你说这，什么意思？"

"什么意思？你还不明白？这里藏着巨大的商机！举一反三嘛，你看，ST江浦也要关起来了，我得到一个绝对可靠的消息，我的一个好朋友就在公司管理层，他私下对我说的，一个大公司已经在重组它了，证监委已经批下来了。等它关半年出来，你看着吧，这老流氓关狠了，见谁咬谁！你把手上的钱都集中起来，砸锅卖铁也要买它，现在它是4元1角，等这个老流氓放出来，肯定比ST中原还要凶,股价至少翻倍,还能拐个弯。"

阿仓觉得心脏在膨胀,把别有器官都挤到一边去,好像胸腔里只剩一个心脏在跳,声音变得可怜巴巴的:"这有风险吗,还是输怎么办?"

百盛冷笑一声:"告诉你,股市上输的钱,别的地方是赢不回来的。没想到你输成一个老鼠胆了,那就趁早回家,从此不踏进这个门。"

从那天起,阿仓变得很奇怪,一会儿,他眉心紧锁,脸上一团黑气,嘴里不停地念叨,好像演员在背台词,股市上输的钱别的地方是赢不回来的,可不是,你说你说,什么地方能赢回来?只有到股市上扳回来……一会儿,脸松开了,好像把一张捏成团的纸铺开来,细细抚平皱折,脸上充满一种昂扬的神情,这老流氓,放出来还了得,见谁咬谁!再过一会儿,愁容又回到脸上,要是还输呢,那真得去死了。转而又想,大丈夫就这么认输了?打退堂鼓了?我真是这么窝囊?不可以的呀。于是,一咬牙,一跺脚,大有风萧萧兮易水寒的气概。

这时遇上一件巧事,他的单位不景气,要卖掉改行,一大部分职工要内退。许多人不愿意,都在闹。阿仓想,天赐一个找钱的机会。于是,他第一个同意了,得了买断工龄钱6万元,加上剩下的2万,又回到8万了。他兴冲冲赶到证券公司,百盛在门口迎着他,两只眼睛瞪得像两只田螺:"今天是最后一天了,明天就要关起来了。我已经全部买进了。还好,还来得及……"

阿仓用卡划开电脑交易系统,该往里打ST江浦的代号了,他的手忽然抖得厉害,眼前冒出一片金星,像无数蝴蝶在纷飞,他身子也晃起来,几近站不住了。百盛关心地问:"你怎么啦?我来替你打。"他推开他,说:"不用,我自己打。"

买好了,阿仓扭头就往外走,走进了那片桂树中,果然又闻不到香味了,不仅闻不到,而且脑袋里晕晕的,想什么事都迷糊。这是怎么啦?我不是在股市上输得一败涂地,怎么又倾我所有来买ST股票了呢?可是,我不来买,输的钱什么地方能扳回来?从明天起它要关半年了,老流氓啊老流氓。他面前是一段青灰色的半透明的时空,像一段巨大的鲜藕,他知道自己要从这鲜藕中穿过去,却不知道前面是凶是吉。他抬手折了一枝桂花,放在鼻子底下闻闻,插在上衣口袋里。

晚上回到家里,妻子问他,你买断工龄了,那钱呢?他沉默着,妻子又问他。他嗡声嗡气地说:"买股票了,关起来了,半年后才能交易。"妻子尖叫一声,好像谁把利器刺进她的腰里。顿时他怒从胆边生,也叫道:"要还是输我就去死。"妻子说:"好啊,我们一起去死,你想怎么死?"他说:"吃强力散老鼠药,再从十三楼上跳下去。"

当晚他喝酒了,儿子吃了饭早早进北屋用功夫了,他把那枝桂花插进瓶子,放了清水,端了酒杯,对着桂花独饮。思前想后,泪水滴进杯子里,竟着了魔似的低下头对桂花说:"你说说看,人还管得了自己?我说管不了,你越怕的事就越要干,越怕的事就越有刺激,你说对不对……"桂花枝上只有3朵瘦花,自然无语。

一顿酒喝了大半天,等他走进卧室,妻子早睡了,他浑身热烘烘的,爬上床,一会儿就进入梦乡。只觉得身子如游丝一般在飘忽。忽然一阵刺耳的声响,妻子先伸手,接了床边电话,他只听得模模糊糊说了几句,妻子翻身推他,他哼哼唧唧不动,她死力掐他肩膀,他惊叫一声,坐了起来:"什么事啊,你虐待我。"妻子说:

"不好了,我妹妹打电话来,我妈出事了,送医院了……"他说:"这怎么好?"

两个人穿了衣服,不一会儿到了医院,小姨子在急诊室门口接着了,红着眼睛说:"妈妈晚饭时还好好的,还喂小强饭呢,忽然就不行了,嘴角翻起来,叫也叫不醒,我们连忙打120,又给你们打了电话……"

阿仓和妻子走进病房,见老岳母直挺挺地躺在床上,脸似乎是蜡制的,黄黄的,没有活气,想想她以前的模样,他心里一阵惊悚。医生说了,是中风,非常危险,晚送一步就没救了。

妻子和小姨子一起嘀咕了,走到外边对他,一边流泪,一边对他说:"医生说只有住院治疗,首期就要付4万元,我和妹妹商量了,一家一半,各拿2万。我不能没有良心,你知道我爸爸很早就过世了,是妈妈把我们姐妹俩拉扯大的,说什么也要救……"

他被她哭烦了,说:"救,救,当然救!怎么会不救?"可是钱呢,他的钱都被关起来了,怎么办呢?他愣愣地站着,他觉得脸上的皮肤干干的,深秋的风已经有些寒了,吹在脸上有一种弹动蒙在二胡上的蛇皮的感觉。他懵懵懂懂在街上走,迎面走来许多红男绿女,一个女孩子中间空了一截,肚脐眼露在外边。商店在促销,几个模特煞有介事地在台上走来走去。一家店里传出金属声十足的爵士乐。他想,要是现在就是半年之后,那就好了,半年就像一天过得那么快,该有多爽。如果老天爷允许,减去他半年阳寿,他也心甘情愿。

他只得向朋友借钱了,朋友是一个好说话的人。但阿仓没有向人借钱的习惯,脸憋红了,两手比划着,说:"我买股票了,买的是一只ST股票……"怕人不相信,他从怀里掏出交易卡和交割单,伸出一根食指，指着上面的阿拉伯数字："你看这里，我买的不少了，足足买了 8 万块钱。"

朋友瞥了一眼，说："我不看了。"说了开箱子拿了存折，跟他一起上银行去取钱。

阿仓心里很感激，一路上不停地说："你放心，国家不会让 ST 股票垮掉，一定会重组。有绝对可靠的消息，这股票已经被有实力的大公司购买了，只要关半年，就能放出来。"他停了停，咬着牙说："到时候这老流氓放出来，见谁咬谁。"朋友吃一惊："什么老流氓？谁是老流氓？"他醒过神来，忙说："我瞎说说的。"

——三个月悠悠忽忽地过去了，好像是在梦中度过的。清晨，蟹壳青色的晨曦从窗子里悄悄溜进来，而梦的丝线还没有扯断，比蛛网还要粘，随后阳光照进来了，灿灿的如金色的流苏，窗外伸进一根绿色的枝条，好像竹叶青小蛇一样发亮，交织在一起，构成一个五彩的世界。阿仓喝的酒虽然便宜，但却醇浓，三盅下去，可以一夜不醒。现在他是掰着手指过日子，半年，就是 183 天呀，他第一次觉得 183 天太长了。如果让他折半年阳寿，一觉醒来，就是半年之后他也愿意。

巷子口有两家足疗房，阿仓走过，免不了眼睛往里看，违法的事他从来不做，可是喜欢捏脚。他曾经进去过，有一个郊区来的小姐，圆头圆脑，手上的劲特别大，却很柔顺，把他的脚搁在她的腿上，仔仔细细捏，他舒服得骨头都要酥了。现在不能进去了，这半年里他必须咬紧牙，杜绝人间一切享受，因为老流氓关起来了。等它放出来了，他一定要让小姐好好地做，彻头彻尾做，一连做他三个点，遂了这段心肠。

小月迢迢

儿子开始高考了，全家跟着一起忙，一早起来给他烧好吃的，还要带这带那，喝的、吃的、用的、防备的，所有的细节都想到了，还在附近的宾馆包了钟点房，让儿子中午休息好。然而，天不遂人意，还是没有考好，离本科线差了2分，但又够了另一条民办的本科线，交3万块钱，还是能进。阿仓难受得像猫抓心一样，这倒霉的2分，儿子啊儿子，你怎么就偏偏缺2分，2分就是3万块钱啊。他的钱都买了ST，如果它放出来后发狠，那8万就可能变成16万，但现在它还关在里边。还有2个月才能刑满释放，老流氓啊老流氓。

儿子关紧了北屋的门，把自己锁在里边，也不知在干什么，喊他吃饭都不出来。妻子揪住了阿仓的衣服，把他拖进厨房，说："这是他的终身前途，说什么也要让他上。现在就业这么难，不上大学，将来好工作肯定轮不到他。我就这么一个儿子，千辛万苦为什么，还不是为了他？你竖起耳朵听着，你要不让他上，我和你没完！"

阿仓叫起来："谁说不让他上了？我说了吗？"

没有办法，还得厚着脸皮去向朋友借钱。这回朋友没有上次爽快，皱了眉头，不停地搔头皮。阿仓仿佛有芒刺在背，但想到妻子一张拉长的苦瓜脸，只得忍了。不过，朋友毕竟是朋友，借出了1万元。他的苦衷被百盛发现了，百盛长叹一口气，说："阿仓，都是我把你拖入苦海，始作俑者是我。无奈我手头也紧，这样吧，你拿8千块去，聊补无米之炊吧。熬一熬，再有两个月，等老流氓放出来就好了。"

回到家中，妻子拼拼凑凑，拿出了5千元，还差7千，真是急人啊，离最后的交费日子只有两天了。阿仓什么都努力过了，再也没有办法了,他歪倒在床上。儿子走出小房间,也不看他,沉重的脚步从厅里通过,出门了。阿仓想问他上哪里去的,可是没有问出口,他觉得自己没有资格问,他是一个可怜的糟透的爸爸。他的脑袋低下去,低下去,直直地顶在床垫上,而腹部却拱起来,拱起来,顽强地拱起来,像是一个被子弹击中要害、又不甘死去的人。

妻子很晚才回来,她进门先奔厨房,一阵掀盖敲锅,喊道:"怎么啦,不炒菜也不做饭,不想吃了?做神仙了?"虽然是责怪,阿仓却从她声音里听出了欣悦的信号。果然妻子没有按捺住,很快告诉他,她的妹妹听说了,和妹夫商量,两人想法一致,很想帮助他们。可是妹妹家也不宽裕,妹夫还刚下岗呢,他们拿出了7千元,本来是准备开家小吃店的,暂时不开了,先给他们交上大学的赞助费。

阿仓从床上跳下来,赤着脚跑过来,接了妻子从包里拿出的7千元,又从橱里拿出2万3,合到一起,于是,桌上就有一叠玫瑰红色的人民币。他眼巴巴看着,还变换角度看,脸上神情有些古怪。妻子在旁边说:"这钱要尽早还,他们还等着开店过日子呢,我不能害他们。"

燃眉之急虽然解救了,但阿仓心里并不舒服,小姨子一家是用口粮来救他们的,他琢磨着怎么早些把钱还上。一天早晨,他溜达着,走上一条土路,路旁是浅绿的青草,面前水汽浓郁起来,白茫茫的,像是澡堂子里放出来的蒸汽,再往前走,就见一条月白色的大江横亘在眼前,就是母亲河长江了。由于水汽,阿仓看不清它的全貌,只看见它的一段,静静地躺着、发出微微的鼾声,它还没有完全醒过来,太劳累了,需要很长时间的睡眠。忽听得一声喊,回头看,是一个码头,几条船靠上来,岸上就有人围上去,船上人就

小月迢迢

抱出一只只大竹篓，阿仓走上前看，船上人掀开一块盖着竹篓子的土布，底下是大条大条的江鱼，闪着银色的光亮。两边谈了个价，岸上的人就把篓子抬下船去了。阿仓心里一动，他见过在小区周围摆地摊卖鱼的，他也买过一次，因为是从江里直接捕上来的，买的人很多。如果我也来倒卖呢？他的心像一只青蛙一样跳起来。水汽慢慢散开，母亲河的肌肤在阳光下闪耀着一种慵懒和华丽的光亮。他想，就是每天赚几十块钱也是好的，积少成多，也能早一点还上小姨子。

阿仓是个说干就干的人，也不怕吃苦。第三天，当太阳像一个西红柿刚从江水中捞起来时，他已经抱着一篓子鱼从船上下来了。这篓子鱼不是容易到手的，他起了个大早，又费了许多口舌，差一点和人打架，才弄到一篓。他把篓子放到自行车后架上，绑好，戴上一顶旧草帽，斜过来遮了半个脸，这不光是为了挡很快就会辣起来的太阳，也是为了不让熟人看见，大惊小怪地叫，阿仓怎么做起鱼贩子来了？他还顾及这个脸。

他骑车往南走，天空中飘拂着大片的彩云，但又不齐整，似被无形的手扯成丝丝缕缕的，好像是梦中不连贯的思绪。他骑出足有两公里，才放慢速度，选准了一个小区，门口进进出出的人不少。他放下篓子，朝四周看，觉得路人投过来的目光都有些异样，一时脸上有些硬，像是刷了糨糊。恰好边上有一棵树，他躲到树背后，举止像个小偷。一个老太提着菜篮走过，他从树影后伸出脸来："你要鱼吗？我有鲜鱼。"

"鲜鱼，你拿给我看看。"老太是个大胖子，蹲不下来，阿仓只得把一条大鱼抓到她眼前，老太伸出两根肥嘟嘟的手指，掰开鱼腮，说："鱼倒是新鲜的，几钱一斤？"他说了一个数。老太的手马上缩回来,像是被鱼活过来咬了一口:"哪有这么贵的,谁吃得起?"她还了一个价。阿仓心想,你还得太狠了,这个价卖给你,我不是替你忙了,小姨子的钱怎么还?

"这鱼不错。"一个健朗的声音说。阿仓抬头看,是一个老者,可能是晨练回来,穿着蓝绸的练功服,满头银发,没有一根黑的。阿仓像是遇上了知己,连忙夸自己的鱼。老者也爽快,拎了一条就要称。老太已经走出两步又走回来,也拎了一条,两只小眼睛射出针一样的光芒,盯着秤杆上的星点,等到付钱时,又说没有零钱,少给了5角。阿仓心里有气,也奈她不得。卖开了头,下面就好办了,不少人围上来,你一条,我一条,一会儿就篓底朝天了。阿仓算了算,赚了39元7角。

第二天生意还是不错。第三天他还多卖了一篓。十天下来,他把5百块钱交到妻子手中,洋洋得意地说:"还给你妹妹,早还一天是一天。"妻子知道了钱的来处,眼里满是痛惜,说:"不要太苦自己。"

不知哪一天开始,忽然不灵了,没有人来买鱼了。阿仓把篓子重新放上车后座,骑到另一个小区,摆了半个小时,竟然一条都没有卖掉。那地方没有树,已经是酷暑了,太阳像一个疯子一样发威,万里长空一片云都没有,都被太阳烧光了。豆大的汗珠从他额上掉下来,一颗一颗掉在柏油路上,立时就干了。他口干舌燥,为什么没有人来买了呢?是鱼不新鲜了?是水中有污染了?都不是呀,阿仓百思不得其解。

好容易熬到中午,总算卖了三分之一,他想找个地方吃点东西,推车刚要走,前面扬一蓬烟尘,一辆大卡车从尘土中钻出来,到他面前哧地停下。他想拦着我的路干什么,心里刚嘀咕,车子上

小月迢迢

霍霍地跳下五六个人，都穿着制服，把他团团围定。阿仓的耳朵里立时闹哄哄的，好像有几个高音喇叭对着他放。大概是说，他们是市容。他在这里摆摊，违反了城市管理条例，要全部没收。

阿仓怔怔的，像是一个失去意识的人，等到一个人收了他手中的秤，另外两人把篓子往车上抬时，他忽然醒了，说："不行啊，你们不能拿走我的鱼……"一个蓄胡子的人说："你在这一带卖了好多日子，我们早侦察了，你是个惯犯。"

阿仓还是说："不行啊，你们不能拿走我的鱼。"

搬鱼篓的两个迟疑一下，又动手了。阿仓扑过去，抓住篓子不让他们抬。你抢过两步，他夺回一步，进进退退，拉拉扯扯，眼看篓子要碎了，鱼也七歪八裂地从碎缝处往外滑。阿仓好难过，仿佛扯碎的不是鱼篓，而是他一颗酸涩的心。肺腑里一股股苦意往外涌，他想说，没有办法，我输得太惨，只得一搏，所有的钱都买了ST江浦。他想说，岳母生病，不能不救呀；儿子上大学是他的终身大事。他还想说，没有路了，我才来卖点鱼，小姨子的钱早还一天是一天。像是鱼肚子里的胆破了，这些话搅在一起，全被绿莹莹的胆汁浸透了。他突然吼了一声，抢篓子的两个人就停下来，想听他说什么，旁边的人也都停下手。

他咽了一下口水，说出口的不是那些浸了胆汁的话，而是一句不相干的："等到放出来，这老流氓，见谁咬谁。"

围着的人愣了，什么，老流氓？他骂谁？

阿仓又郑重其事地说一遍。

"什么，他骂我们老流氓……"市容们醒过来了。蓄胡子的冲上来，劈脸一个大巴掌。阿仓的脑子里嗡地一声响，仿佛是无数只蜜蜂把他的脑袋当了蜂巢。蓄胡子的手劲真是大，他打了个旋，觉得自己的脚飘起来,像在梦中一样,踩不到实地。他看见自己的手臂从一个市容手中夺回秤杆,打出去,秤杆在蓄胡子的额门上断了。篓子散了,鱼全倒在地下,一只只脚在上面碾过来碾过去,胆汁和肠子都流出来了。他看见无数根各种颜色的线条,鲜红的、蟹青的、鹅黄的、草绿的、宝蓝的,还有许多叫不出名字、只在梦中才会有的颜色。到处都是线条在飞舞。蓄胡子的踢过一脚,踢在他的小腿上,他一点都不愿意倒下去,但还是跌倒了。柏油地好烫,鸡蛋都能煮熟吗?

他已经在家中了,彩色的线条还在眼前飞。妻子替他洗去脸上的血污,用热毛巾熨他青肿的小腿。妻子把门关紧了,不敢让儿子看见。她不停地流泪,他心里也难过,却不流泪,用手把她的泪拭掉。后来他上床,很快就睡着了。

第二天醒来了,一摸身边的被子是空的,下地看,儿子也出门了。阿仓忽然想起,半年过去了,ST江浦今天该放出来了,老流氓啊老流氓。他一看时间不早了,来不及吃早饭了,出门跳上自行车就骑。他骑得飞快,看见大楼上一口钟,再有5分钟要就要开盘了,赶快!恰好吃了个红灯,他不停地摇头。

奔进证券公司,已经开盘了,他扑向一台机器,打了一串数字,心里急慌慌的,涨停了没有?ST江浦跳出来了,定神一看,没有开盘,一笔成交都没有。怎么回事?他忍不住叫起来:"它为什么不开盘?为什么,这老流氓没有放出来吗?"

有人朝他看,又低下头去。他再喊:"它为什么不开盘……"很多人都朝他看,眼神里有惊诧,有疑惑,有讥笑。一个中年人走上来,问:"你乱喊什么?"同他一起看荧屏,忽然笑了:"你真是想它想疯了,它不是要关半年嘛。"

小月迢迢

阿仓说:"半年不是过去了?"那人说:"你看看墙上的电子日历,今天是几号啊?"阿仓抬头看墙上,简直不敢相信自己的眼睛,日历表上一个醒目的红"14",而自己是"13"日买的呀。这怎么可能,他狂叫一声,浑身发软。

他回到家中,餐桌上,那个空酒瓶还在桌上站着,那桂花枝还插在瓶子里,挂着3朵瘦花,散出淡淡的有近于无的香气。这么说,真是昨天的事,只是睡了一觉,所有的事故,岳母生病、儿子高考差2分、他卖鱼挨打,都是在梦中发生的,他是白白地吃苦,白白地担惊受怕了?老流氓关进去刚一天,他还有整整183天要熬?世上有这么离奇的梦?

阿仓晃着脑袋,半天不肯相信。

后 记

我有了重返文学的念头。

不知是突发奇想,还是早有预谋。

说重返,倒不是说我脱离了有多久。事实上,这些年我断断续续写文章,没有停止过。然而,主要的精力,主要的心思,是不是还在文学上呢?倒还真不是了。用老百姓的说,早就分心了。

在60岁之后,我做了几件重要的、似乎超越了我的年龄、可以拿来在朋友面前炫耀的事情。这里,我不惜笔墨来说说。在这个后记里,我表现得很随意,信马由缰吧。

我的儿子要结婚了,对他对我们家,都是一件大事。我36岁时有了儿子,两人都属兔。依我之见,婚事从简,小范围内庆贺一下即可,那也比我们老子一代要强。可是,时代不同了,社会不同了,风俗不同了,你简得起来吗?而且,南京这个地方从来古风绵延,你凭什么悄无声息地把人家的姑娘,变成你家的媳妇了?所以,我向各方无条件地缴械投降。然而,投降就行了?还得你来干,而且主要就是你干!我儿子在美国学习和工作,回南京不超过一个星期,所以,婚事的大大小小,里里外外,事前事后,事无巨细,都得由我们老头老太包办。当然,亲家也跑不了,可你是儿子呀,当然以你家为主!

那些日子,我经常深夜惊醒,想到前方堆积如山的事,不寒而栗,我体力已经明显下降,能如约完成吗?不过,我终还是领略了人的潜力,哪怕是一对半老的老人。感谢我的作家协会的同事和朋友们,由于他们的捧场,儿子的婚事热热闹闹、欢天喜地地办成了。我也瘦了一廊。

这是第一件,再说第二件。

我一直想办一个个人的书法展览。有人说,好好的当个作家,怎么跑来办书法展,不是隔行夺食么?其实不是,我自幼就爱书法,8岁时,在母亲的引诱和逼迫下,写起毛笔字,学的是颜字,以大字为主。说出来见不得人,在"文革"中,我这一特长得到发挥,抄写大字报,那时,我上初中二年级,班上写大字报,都是我的活。使写毛笔字成为一种常态,就是从写大字报开始的。

以后,我下乡到黑龙江农场,为了对付漫漫的冬季长夜,我就写毛笔字。别人抽烟喝酒,打牌,下军棋,我也玩,但不沉溺,沉溺的是写小说,写毛笔字。那时哪有宣纸,连白纸都找不到,我就溜到大队部去,不干别的,专门搜罗报纸,如果搜到一堆,我就欢天喜地卷起来,捧着逃回宿舍。后来进了宣传科,就名正言顺了,我和天津的那个丁姓的知青,两个秀才,他临赵,我习颜,狠狠地涂黑了一堆

又一堆白纸。在华东师大上学时,我参加了学校书法组。到了十多年前,写毛笔几乎成了我的主业。这里摘抄一段散文:

> 有段时间,每天早晨6点我一定会醒来,虽然还想再睡,可总要去拿笔,总要读帖,很快睡意就消失了。这样忙忙弄弄,不知不觉就到8点了。几乎天天如此。不光早晨写,一天中的其他时间还想写,吃完早饭又过来写两张。烧了开水冲了茶,又走来写一会。打开电脑码不了多少字,又爱过来涂鸦一张。已经到了无法不写的地步了。我告诉自己,这样不行,该把长篇小说写完了,该做点其他的事情了,可总是控制不住。稍一得闲,就身不由己,腿不由己,往放有文房四宝的房间里走。我曾经写过一部中篇小说《书痴》,写的是一个叫谭一池的人,他以生命来滋养书法。现在我自己也有点谭一池的影子了。为了不要痴过头,我必须逼着自己不写,不想书法。
>
> 有时一人在家,到夜里要上大门的保险扣了,看了发笑,一整天还没有打开过呢。

我不惜篇幅抄来,是为表明当时的状态。自然而然,我就想办个书法展。我知道,这里有无穷的麻烦:要联系场地,和各方谈妥;要选材,精写各种作品,以往不满意的都要重新写;要装裱,要制框;要印作品册子;要请各方人士,要布置展厅。我已经不甚灵活的身体像陀螺一样转起来,那些天我白天黑夜连轴转,在床上躺几个小时,忽然想起什么,又跳了起来。不由感叹,天呢,我怎么总是和自己过不去。然而,更多的时候,我是信心十足的。既然开始了，就不要停下来。到上海办展，我和工人一起搬又大又沉的木镜框，我的手臂受了伤，现在还时时作疼。

这里，省作家协会主席范小青和省文联党组书记章剑华的大力支持和鼓励，起了重要的作用。没有他们，我的书展是不可能办的。省内外的众多书法家为我的展出题了词，留下宝贵的墨宝。许多作家朋友也都予我有力的支持。

终于，我的书法展在南京、上海两地成功举办，两地的开幕式都是在剧场里举行的，在南京时有将近三百人参加开幕式，在上海更是达到四百多人。我实践了以笔抄写新诗的主张，取得了应有的效果。

说第三件事。卖房，买房，装修，搬家。

2014年，我卖掉了河西龙江的房子，买了江北的两套房子。就在我买进房子后两个月，南京江北成为国家级的新区。不到一年的时间，我两套房子的价格几乎都翻了一倍。

然而，最辛苦的却是搬家。我们等于是搬了两次家，第一次把家搬到过渡房，一年后，又从过渡房搬进装修后的新房子。除了请搬家公司之外，许多琐碎的细致的东西都是自己搬。我们就像是蚂蚁搬山，来来回回搬了几十趟。我的太太为此跌坏了腿，不过休息了两天，脚踝还肿如馒头，她又拖着伤腿一趟一趟跑。对她的吃苦耐劳我实在钦佩。可以说，这次我吃足了搬家的苦头，在有生之年，我再也不会搬家了。

第四件，是炒股票，在2015股灾之年大翻身。由于我对炒股有研究，所以，在几年前，身旁一些人把账户交给我，让我替他们炒。我也自以为是，慷慨允诺。哪想到接下是绵绵的熊市，他们的账户都出现了亏损，而自己的亏得尤其严重。这时我才明白，世界上最不能做的事，就是代人炒股。对于我来说，操作别人的账户，和操作自己的完全不是一回事。

当时正是 2014 年年底，我刚办完两地的书法展，改革牛即将起来之时。我深思之后，壮士断腕，不再替人炒股，把他们账户上的亏损尽数赔还，赔了 40 万。然后，毅然决然，我把所有的资金都投入股市，激战半年，当股市跃上 5000 点之后，我悉数抛空，大赚四倍之上，彻底翻了身。我从 1992 年涉足股市，从未获得如此大胜！

有人问：你能在 5000 之上抛空，是不是预见到将要发生的股灾？我笑笑，答道，讲预见到，那是骗人，任何人讲短期的预测，你都不要信。但是，我有长期的经验和教训，如此火爆，必有陨落之时，我不过及时躲开而已。我想得很简单，赚这么些，已经够了，我很满足了。

讲第五件事，我在 62 岁时，不仅取得了中国的驾照，还取得了美国的驾照。这并不容易，尤其是在美国，我是用英语考的，这对我蹩脚的英语水平来说，有相当的难度。儿媳妇替我把六百道题下载下来，太太陪我一起学习，测试。到了考的那天，我突然没有了信心，说，不考了，休斯顿有用中文考的，我到休斯顿去考。儿子和太太就做我的工作，说，你来都来了，为什么不考，就当玩玩。我就进场了，他们在外面等。等着等着，就是不见我出来，就觉得可能有戏，再等还是不出来，就议论起来，因为美国的笔试不限时，我要是前面就爆了，早该出来了。再等等，我满面笑容出来了，他们欢呼起来。

在南京车考时，也有趣。一群女孩子都是来学车的，和我在一起说笑。那边教练招呼我了，我就过去上了车，那是我在驾校的第一次上车，跟教练学了一会儿，他就下车了，再练一会儿我也下车了。那些女孩子围上来，叽叽喳喳抢着说，教练刚过来说了，这老爷子车感不错。原来，在我前面也有几个年纪大的，但都比我小，练了好几天，却连车库都倒不进去。怪不得教练表扬我。不过，这是第一次有人当面叫我老爷子。

做了这么多事，怎么会不挤兑文学？

于是，一个急迫的、近似于庄重的声音在我心底多次响起来。

重返文学。

我起先不敢相信，以为听错了。周遭的世界不是早就不把文学当回事了？

我再次细听，没有错。

重返文学。

这是第六件事吗？前面五件加起来，意义也没有它大的第六件事？

我的写作起步比较早。在黑龙江农场，在广袤的凛冽的雪原上就开始了，那时我还是一个不到二十岁的毛头小伙子。那时知青睡的是南北大炕，我睡在最里头，在炕上放一个箱子，就是我的书桌。我趴伏在上面，就着昏暗的灯光，用钢笔写下了《开渠新歌》，《雪原扬鞭》等。当初这些作品并不能发表，只以手稿的形式在知青中间流传。但是，很多人都知道，十一分场有个写小说的上海人。

不知道强烈的写作动力来自哪里呢？很长时间都不能发表，一次次收到退稿信。就是后来能发表了,也没有一分钱稿费。再者,前头那么多舞文弄墨者都被打倒了,遭到了残酷的斗争,一次次运动都是整他们的。我不是没有看见,怎么就会如痴如醉地,要死要活地想走这条路呢?

给出现成的、简单的答案并不难。可我不愿意这么做。我年轻的时候,内心是十分执拗、狂热的。今天,我只是追溯自己的写作过程。

很多年后,在我成了专业作家,写出了很多自己较为满意和不甚满意的作品之后,在经济大潮洗冲我们的社会之后,我听说了一段轶事。有人问一个小说家,你最近在忙什么?小说家低声地回答,写小说。那人惊讶地叫起来,什么年代了,你还在写小说?!

不能不承认,这或多或少影响了我。我发现,原来自己并不纯粹。

又过一些年之后,我忽然发现,任何别的方面的成功,都无法取代文学创作带来的乐趣和快感,即使是我酷爱的书法,也和文学的成功不一样。哪怕股市你赚了很多钱,你买到了飞快涨价的房子,那种感觉都不一样。

因为那是灵魂的独白,是精神的飞翔。因为你可以把人类的内心如此细腻、透彻而深刻地展现出来,不管是真还是假,是美还是丑,是恶还是善,都可以展示到令人恐怖的地步。你是你的精神王国的主宰。其他行业都不可能。

同时,我发现我还有许多题材应该写,也就是说,我根本没有完成使命。我有我的文革感受,虽然写过长篇小说《狗在1966年咬谁》,但还远远不够。我的家庭有那么多的特殊性,待我去开掘。

小月迢迢

兄弟姐妹们在中国就有许多承载,后来来了美国,他们的下一代在另一片土地上长大,生活,展现出无比的丰富性。我是上世纪五十年代的人,有着曲折、丰富、深邃的内心,刻画出我一个人,就是展现了一辈知识人的灵魂。

啊啊,热血,眩晕。犹如重新回到了北大荒,我又是那个毛头小伙子了!

重返文学。

这个念头啃咬我的心灵,像三月的春蚕,疯狂的春蚕,啃咬嫩绿的桑叶。

在此抄录我小说《小月迢迢》中的句子:

> 桦树林里惨白得惊人,鹿举着步子在林子里走。月亮在树梢头歇一歇,然后一跃身,起步了。它宁静地向中天游去,漂洗过的血随它同行。他的头顶上,从地平线的这一头到那一头,是一个无限广阔的湛蓝的空间,月亮是一个灵魂,任它自由翱翔。
>
> 人的权利是精神活动。

夜间,那个声音又来叩问,你都退休了,还提什么重返?

我说,我注意到,雨果的好几本长篇小说都是七十岁以后写的。我还有时间。

那个声音说,现在的媒体、娱乐有多发达,年轻人的趣味发生了非常大的变化,你能赶上吗?

我说,我相信文学的本质是不会变的。我试试看。

声音说，你认为你将写的作品有什么艺术特点？

我说，内心。复杂、深刻、丰富、高贵的内心。在各种外部压力下的内心。中国文学的一个缺点是，重视所谓史诗，忽视内心。

声音说，你以为你还能写出好作品？

我回答，我不预测，但总觉得，我还能写得更好，不管它是不是幻觉。有人说过，作家自认为最好的作品，总是下一部。我欣赏这说法。我可能还能写出不少，也可能只写一两部。

最后提到我发表在《上海文学》2013年7期上的散文，《台北寻故》。

在遥远的1950年，国民党溃败台湾，当时大陆上的很多有钱人，都随之逃往台湾，逃往海外。而我的父亲却逆袭这股人流，携一家老小，离开台湾，迎着冉冉升起的五星红旗，返回祖国大陆。以后却有了难以想象的遭遇。

当我第一次踏上了台湾的土地，在父母亲曾经居住的台北市西门汀的故居前，突然泪如泉涌。

我的重返，和父亲是不是同工异曲呢？

我感觉到无以名状的痛苦和激动，仿佛听到冥冥之中的召唤。

这本小册子收了我的六篇短篇小说，三部中篇小说，除了《小月迢迢》，都是在二十一世纪写的。感谢为这本册子出力的朋友，感谢北京鸿儒文轩的陈武先生。

我把这当作迎接我的重返。算一个兆头吧。

2016年4月25日　写于美国康纳迪克州　东温莎